KB219083

블랙 노 모어

Black No More

BLACK NO MORE

블랙 노 모어

더 이상 흑인은 없다

조지 스카일러 지음 | **박재영** 옮김

소리내

일러두기

1. 이 번역은 Project Gutenberg에 공개된 George S. Schuyler, *Black No More* (McGrath Publishing Company, 1969)를 원전으로 한다.
2. 주석은 옮긴이가 덧붙인 것이다.

목차

열 세대를 거슬러 올라가도 패밀리 트리의 이파리, 잔가지, 큰 가지,
줄기 어디에도 흑인은 없다고 당당히 말할 수 있는,
이 위대한 공화국의 모든 백인에게 이 책을 바친다.

머리말

2년 전 뉴저지주 애즈버리 파크의 한 신사는 강철 같은 흑인 머리털을 순식간에 반듯하게 펼 수 있는 제품을 만들어 광고하기 시작했다. 이 약품의 이름은 킹크-노-모어(더 이상 곱슬머리는 없다)였는데, 2주에 한 번씩 트리트먼트를 반복해야 했기 때문에 그 이름처럼 꼭 영원한 것은 아니었다.

그 후에도 많은 화학자가, 전문가든 아마추어든, 학대받는 미국 흑인을 어떻게든 옆에 있는 백인 시민처럼 보이게 하려고 여러 방법을 궁리해 왔다. 일시 효과가 있는 제품들이 마켓에 나왔고, 제조업자나 광고업체, 흑인 신문, 헤어 드레서에게 상당한 수익을 안겨주었다. 수백만 사용자는 비록 잠깐이지만 꼬불꼬불한 머리털을 없애거나 피부색을 몇 단계 톤 다운하는 행운에 대단히 만족스러워했다. 백인 우월성이 끊임없이 재생산되는 미국에서 흑인들이 완벽하게 탈색할 수 있는 어떤 비결을 갈망하는 것은 쉽게 이해할 수 있다. 마침내 과학이 그들을 만족시키기 일보 직전에 이른 듯하다.

1929년 10월, 일본 벳푸시(市) 노구치 병원 원장인 유사부로 노구치 박사는 15년간의 각고의 연구와 실험 끝에 비로소 흑인을 백인으로 바꿀 수 있다고 미국 신문 기자에게 말했다. 인종 변신이 하룻밤 사이에 일어날 수는 없다고 인정하면서도 "시간이 주어진다면 일본인을 키가 크고 눈이 파란 금발로 바꿀 수 있다"는 견해를 고수했다. 그는 선열을 제어하고 전기 영양 공급을 통해 인종 변화를 일으킬 수 있다고 주장했다.

뉴욕에 거주하는 전기 엔지니어 벨라 캐티 씨의 진술은 더 긍정적이다. 미국 흑인 지위 향상 협회에 보낸 1930년 8월 18일 자 서신에서 그는 이렇게 밝혔는데, 일부 발췌한다.

> 한번은 내가 햇볕에 너무 그을어서 어느 유럽의 시골 사람들이 나를 흑인으로 본적이 있었다. 딱히 고생하지는 않았지만, 썩 마음 내키는 상황은 아니었다. 그 후 나는 이 문제를 연구했고, 잉여 색소를 제거할 수 있다는 확신을 얻었다. 만약 당신이 이것에 관심이 있고, 의사의 도움을 빌려 이 기본적인 실험을 할 수 있다고 믿는다면, 나는 이 특허의 세부 사항과…… 이 발명과 연관된 계약 조건을 기꺼이 보내 줄 수 있다. …… 비용은 소위 무시해도 될 정도이다.

『블랙 노 모어』에 세심한 관심을 보이며 다정하게 격려해 준 V. F. 캘버튼 씨와 이 소설을 완성하는 데 협력과 비평으로 큰 도움을 준 아내 조세핀 스카일러에게 진심으로 감사와 존경을 표한다.

조지 S. 스카일러

1930년 9월 1일

뉴욕시

1장

맥스 디셔는 홍키통크 클럽 밖에 서서 카바레로 들어가는 백인과 흑인 들을 쳐다보며 시가 연기를 뿜어내고 있었다. 맥스는 키가 크고, 말쑥하고 미끈한 커피 다갈색이었다. 흑인 특유의 생김새에는 얼핏 흉악한 빛이 감돌았고, 태도에는 건방지게 냉담한 구석이 있었다. 그는 건달처럼 모자를 쓰고, 흠잡을 데 없는 야회복 위로는 라쿤 코트를 걸쳤다. 젊었고, 빈털터리는 아니었다. 하지만 지독하게 침울했다. 오늘은 1933년 새해 전날이었으나 마음에 즐겁거나 유쾌한 기운은 없었다. 여자가 없이 어떻게 이 많은 사람과 들뜬 마음을 나눌 수 있을까? 바로 그날, 고상한 여친, '누런' 왈가닥 미니와 다투었고, 그리고 완전히 끝났다.

"여자란 엄청 웃긴 존재다." 맥스는 혼자 중얼거렸다. "더욱이 누런 피부 여자는 더해. 달을 가져다줘도 고마워하지 않을 거다." 아마 그게 문제였을 거다—미니에게 너무나 많은 것을 준 것. 여자들에겐 아무리 많은 돈을 써도 소용이 없었다. 새 옷을 사 주고, 방 세 개짜리 아파트에 세를 내면, 여자는 금세 시건방져졌다. 피부색, 그게 바로 문제다! 그는 입에서 시가를 떼고 케엑 침을 뱉었다.

똥똥하고 귀엽게 생긴 작달막한 흑인 녀석이 건들거리며 걸어와 맥스의 어깨를 툭 쳤다. 남자는 카멜 헤어 코트와 스패츠, 챙이 좁은 갈색 페도라로 빛이 났다. "어이, 맥스!" 방금 나타난 남자는 황갈색 장갑을 낀 손을 내밀며 알은체했다. "뭔 생각 하는 거야?"

"이것저것." 멋쟁이 맥스가 대꾸했다. "빌어먹을 누런 계집년이 사정없이 목이 뻣뻣해지더니, 가 버렸어."

"진짜로!" 작은 흑인 친구가 한탄했다. "난 니들이 잘나가는 줄 알았는데."

"맞아. 한때 그랬지. 내 돈을 쓰고 나서도 그랬고! 나를 진짜 핫하게 만들지. 그래서 오늘 밤 홍키통크에 두 명 부킹 했거든. 그녀가 꼭 올 줄 알았는데 시비를 걸더니, 끝냈어!"

"염병!" 버니가 툭 던졌다. "나 같으면 하나도 걱정 안 해. 다른 스커트를 찾으면 되지 뭐. 새해 첫날을 망칠 수야 없잖아."

"나도 그럴 거라네, 영리한 친구. 근데 내가 아는 놈은 전부 하나씩 끼고 있더라. 그래서 나도 잘 차려입었는데, 갈 데가 있어야 말이지."

"두 명 예약했다며? 나랑 같이 가면 되지." 버니가 제안했다. "거기서 다른 사람들을 만날 수도 있잖아."

두 남자는 지팡이를 흔들며, 홍키통크 클럽 입구의 사람들 무리에 합류했다. 그리고 연기가 자욱한 곳으로 내려갔다. 그들은 몸을 들썩이는 웨이터를 따라 테이블 미로를 통과해 댄스 플로어 가까이에 앉았다. 진저에일에 얼음을 많이 넣어 달라고 주문하고, 뒤로 돌아보며 사람들을 쓱 훑어보았다.

맥스 디셔와 버니 브라운은 그 전쟁 이후 줄곧 친구로 지냈다. 그때 그들은 당시 15연대 소속으로 프랑스에서 함께 군 생활을 했다. 맥스는 미흑인 화재 보험사에서 잘나가는 판매원이었고, 버니는 더글러스 은행 출납원이었다. 둘 다 흑인 할렘에서는 기세등등한 사내로 유명했다. 둘 다 똑같이 약점이 있었는데, 미흑인 수컷들이 흔히 그렇듯, 황색 피부 여자를 선호한다는 거였다.

그들은 맹세컨대 유색인 신사가 행복하려면 세 가지 필수 조건이 맞아야 한다고 믿었다. 누런 돈*, 누런 여자, 그리고 누런 택시. 첫 번째 것을 얻는 데는 별 어려움이 없었고, 세 번째 것은 전혀 어렵지 않았다. 하지만 누런 여자는 변덕이 죽 끓듯 했다. 그

---

* 현금성 자금

래서 붙잡고 있기가 되게 힘들었다. 경쟁자가 낚아채 가지 못하도록 지키려면 족히 백만 달러는 있어야 한다는 걸 맥스와 버니는 절실히 깨달았다.

"누런 애는 이제 끝이야!" 맥스는 음료를 한 모금 하며 단호하게 선언했다. "난 검은 애를 먼저 잡을 거야."

"진짜로!" 커다란 은빛 플라스크에서 잔을 채우며 버니가 말했다. "숯덩이랑 해 보려고 하는 건 아니지?"

"어," 상대편이 설명했다. "내 운명이 바뀔 수도 있지. 검은 애는 믿을 수가 있잖아. 너한테 착 달라붙어 있을걸."

"네가 그걸 어떻게 알아? 한 번도 가져 본 적이 없잖아. 너랑 같이 있는 애는 항상 백인 같아 보이던데."

"흠!" 맥스가 푸념했다. "다음 것도 백인일 수 있어! 덜 귀찮게 하거든. 그들은 달을 가져다 달라고는 하지 않아."

"맞아, 맞아." 버니가 맞장구를 쳤다. "근데 나는 클라쓰가 있는 여자를 갖고 싶어. 여기 울워스 마트 처자들은 아니야! 너무 귀찮게 쪼아 대거든…… 그러니까, 빅 보이, 여기 여자들은 쓸데가 없어. 하나같이 마트에서 일하면서 늙어 가겠지."

뒤죽박죽 섞여 있는 주변 사람들에게 눈길을 두며 그들은 말없이 잔을 들었다. 흑인, 갈색인, 황색인, 백인 들이 수다를 떨고, 시시덕거리고, 술을 들이켜고 있었다. 나이트 라이프의 민주주의 속에 서로 어깨를 비비며. 그들 머리는 담배 연기 안개 속에 잠겨 있고, 바지런하게 왕왕거리는 재즈 밴드는 알아들을 수 없는, 귀청을 찢는 새된 소리를 연주했다. 색종이 모자를 쓴 고객들은 악단과 박자를 맞추거나, 색 테이프를 던지거나, 서로의 어깨에 기대 넋두리를 했다. 웨이터들은 테이블 사이를 오가며, 트레이를 균형 잡아 높이 들고 춤을 추었다.

"저기 봐! 야, 죽이는데!" 버니가 입구를 가리키며 소리쳤다. 한 무리의 백인이 들어왔다. 모두 야회복 차림이었고, 그 중앙에는 천국에서 내려왔거나 매거진 표지에서 걸어 나온 듯이 보이는, 키가 크고 늘씬한 황갈색 머리의 젊은 여자가 있었다.

"음, 음, 음!" 맥스가 민첩하게 똑바로 앉으며 말했다.

두 남자와 네 명의 여자가 일행을 이루고 있었다. 그들은 이 멋쟁이 흑인들의 옆 테이블로 안내되었다. 맥스와 버니는 슬쩍 그들을 훔쳐보았다. 키 큰 여자는 진정 환상의 여자였다.

"이제야 나에게 행운이 왔군." 버니가 속닥거렸다.

"정신 차리셔." 맥스가 말했다. "너는 십 미터 막대기로도 건드릴 수 없을 테니까."

"어, 정말 그럴까, 빅 보이." 버니가 당당하게 웃어 보였다. "그건 누구도 장담할 수 없지! 누구도 장담할 수 없어!"

"흥, 나는 알아." 맥스가 토를 달았다. "왜냐, 저 여자는 남부 여자니까."

"네가 어떻게 알아?"

"남부 인간이라면 나는 일 킬로 밖에서도 알아볼 수 있어. 내가 조지아주 애틀랜타에서 태어나고 자란 게 헛짓이 아니야. 저 여자 말소리 들어 봐."

버니는 귀를 쫑긋 세웠다. "그런 거 같군." 그가 동의했다.

그들은 다른 어떤 것보다도 그 일행에게 계속 눈이 갔다. 맥스는 더할 나위 없이 매료되었다. 그녀는 그가 보았던 어떤 여자보다 예뻤고, 그녀에게 빠져드는 것은 어쩔 수 없었다. 은연중에 그는 넥타이를 조이고, 깔끔하게 다듬어진 손가락으로 빳빳하게 뻗친 머리를 빗질했다.

그때 돌연 백인 남자 하나가 일어나 그들 테이블로 왔다. 맥스와 버니는 미심쩍은 눈초리로 그를 보았다. 뭐를 시작하려고 그러나? 그들이 여자를 계속 쳐다보는 것을 알아챘나? 그가 다가오자, 그들은 몸이 굳었다.

"어이," 남자는 테이블로 몸을 기울이며 알은척했다. "친구들, 이 주변 어디서 먹을 만한 술을 구할 수 있는지 알아? 술이 바닥인데, 이 웨이터 놈들은 우리한테 더는 못 준다고 하네."

"요 거리를 내려가면 괜찮은 거 찾을 수 있어." 맥스가 알려 주었다. 약간 긴장이 풀렸다.

"이 사람한테는 안 팔걸." 버니가 말했다. "아마 주류 단속반이라고 생각할 거야."

"니들 중 하나가 가서 좀 사다 줄래?" 남자가 물었다.

"그러지." 맥스가 흔쾌히 대답했다. 얼마나 운이 좋은가! 드디어 기다리던 기회가 왔다. 이 사람들이 테이블로 초대할지도. 남자는 10달러 지폐를 건넸고, 맥스는 모자도 쓰지 않은 채 주류 마트로 향했다. 10분 후, 맥스는 돌아와 남자에게 1리터 술병과 거스름돈을 건넸다. 남자는 거스름돈은 다시 주며 그에게 감사 표시를 했다. 그들 무리에 합류하라는 초대 따위는 없었다. 맥스는 자기 테이블로 돌아가 못내 아쉬운 눈빛으로 그 무리를 보았다.

"그쪽으로 오래?" 버니가 물었다.

"내가 여기 돌아왔잖아, 그치?" 맥스가 은근히 짜증 내며 대꾸했다.

무대에서는 쇼가 시작되었다. 흑인 얼굴의 코미디언, 진으로 거칠어진 목소리로 흑인 여자 노래를 찢으며 불러 대는 가수, 세 명의 초콜릿색 소프트 탭댄서, 누드나 다름없는 옷차림으로 꿈틀거리는 물라토* 여성 8중창 코러스.

---

* 흑인과 백인의 혼혈인. 인종 차별주의자들은 피부색의 연한 정도에 따라 흑인을 구별했다. 흑인의 피가 절반 이하로 섞였다는 물라토, 1/4 섞였다는 쿼드룬, 1/8 섞였다는 옥토룬 등이 있다. 인종 차별의 산물인 이 용어들은 현대에는 모두 모욕적인 표현으로 간주된다.

그리고, 자정이 지나고 새해 첫날이 밀려오면서 발생한 대혼란. 그 요란하던 소리가 가라앉자, 조명은 어두워지고, 악단은 지친 블루스를 구슬프게 연주했다. 커플들은 플로어를 채웠다. 옆 테이블의 두 남자와 여자 둘은 춤을 추려고 일어났다. 그 아름다운 여자와 다른 한 여자는 그대로 있었다.

"내가 가서 춤을 추자고 해 볼게." 뜬금없이 맥스는 버니에게 공표했고, 버니는 아연해했다.

"진짜로!" 훌륭한 인격의 버니가 대꾸했다. "개쪽 당할 텐데, 빅 보이."

"그래도 한번 해 보지, 뭐." 맥스가 고집을 피우며 일어났다.

맥스는 이 아름다운 여인의 최면에 걸렸다. 맥스는 그녀와 춤을 한 번 추는 데 모든 것을 걸 수 있었다. 늘씬한 그녀의 허리를 팔로 감싸고 플로어를 한 번 도는 것은 천국에서 영생을 누리는 것 같으리라. 맞다. 누구라도, 그것을 위해 거절당하는 망신을 감수할 것이다.

"하지 마, 맥스!" 버니가 호소했다. "저놈들이 뭔 짓을 할지 몰라."

그러나 맥스는 말을 듣지 않았다. 그가 뭔가를 하고 싶어 한다면 아무도 붙잡을 수 없었다. 더욱이 미모의 처녀에 관한 일이라면 군말이 필요 없었다.

맥스는 가장 멋스러운 자세를 취하며 그 테이블로 느긋이 걸어가, 아련하게 빛을 발하는 딸기 빛 금발 머리를 내려다보며 섰다. 그녀는 참으로 매혹적이었다. 담배 연기 구름에도 불구하고 그녀의 이국적인 향수 향이 콧속을 간질였다.

"춤출래요?" 잠깐 주저하다 그가 물었다.

그녀는 차가운 초록 눈으로 도도하게 그를 올려다보았다. 그의 무례함에 다소 놀라고, 어쩌면 은근히 흥미를 느꼈을 것이다. 그러나 대답은 한 치의 여지도 없이 단호했다.

"싫어." 그녀가 쌀쌀맞게 말했다. "검둥이랑은 절대 춤을 추지 않아!" 그러고는 친구에게 돌아서며 투덜댔다. "검둥이들의 뻔뻔함은 정말 어쩔 수 없나 봐?" 그녀는 입가에 경멸의 조소를 살짝 띠더니, 고상하게 어깨를 으쓱하고는 이 불쾌한 일을 털어버렸다.

맥스는 자존심이 산산이 깨지고 화가 나 아무 말 없이 제자리로 돌아왔다. 버니는 방정맞게 크게 웃었다.

"니가 남부 여자라고 했잖아." 그는 깔깔댔다. "이제 너도 그걸 확실히 알았겠지."

"야, 닥쳐." 맥스가 불퉁댔다.

바로 그때 헤드 웨이터인 빌리 플레처가 옆을 지나갔다. 맥스는 그를 멈춰 세웠다.

"저기 저 아가씨, 전에 본 적 있어?" 맥스가 물었다.

"크리스마스 전부터 거의 매일 밤 여기에 왔어요."

"누군지 알아?"

"어, 듣기로는 휴양차 애틀랜타에서 온 부잣집 갈보라고 하던데요. 왜요?"

"아, 아냐. 그냥 궁금해서."

애틀랜타라! 맥스의 고향. 그를 거절한 게 당연했다. 그녀는 여기서 블랙 벨트*의 짜릿함을 즐기려고 했다. 하지만 그건 직접 참여해서 느끼는 짜릿함이 아니라 그저 구경하면서 느끼는 짜릿함이었다. 음, 그러니까 백인들은 웃겼다. 그들은 흑인의 유희에 끼고 싶어 하지 않았다. 그런데도 언제나 흑인 유흥지를 찾았다.

3시가 되어서야 맥스와 버니는 계산을 하고 거리로 올라왔다. 버니는 다호메이 카지노의 모닝 댄스에 가려고 했지만, 맥스는 그럴 기분이 아니었다.

"집에 갈래." 맥스는 간결하게 선언하고, 택시를 향해 손을 흔

---

* 할렘을 의미한다. 할렘은 '뉴욕의 블랙 벨트'로 알려져 있다. 원래 블랙 벨트는 미국 남부 앨라배마주 중앙부에서 미시시피주 북동부까지 펼쳐진 비옥한 지역을 말한다. 이곳에는 백인이 운영하는 농장이 많았다. 이들은 흑인 노예의 무료 노동력을 이용하여 농장을 운영했고, 그래서 노예제 폐지를 끝까지 반대했다. 노예제 폐지 후에는 이 지역에 인종 차별이 심했으나, 한편 흑인 인구가 많아 흑인 문화가 발전하기도 했다.

들었다. “굿 나이트!”

택시가 7번길을 어지럽게 돌아가는 동안 맥스는 느긋이 앉아 애틀랜타 여자를 생각했다. 그녀를 머릿속에서 내보낼 수 없었고, 그렇게 하고 싶지도 않았다. 택시가 하숙집에 이르자 그는 기사에게 택시비를 내고, 현관문을 열고, 방으로 들어가 옷을 벗었다. 그는 기계적으로 움직였다. 마음에는 변덕이 요동쳤다. 애틀랜타, 바다 빛깔 초록 눈, 늘씬한 몸매, 황금색 머리카락, 쌀쌀맞은 태도. “검둥이랑은 절대 춤을 추지 않아.” 맥스는 5시쯤 되어 잠이 들었고, 이내 꿈에 그녀가 나타났다. 그녀와 춤을 추고, 식사를 같이하고, 드라이브를 하고, 사슬에 묶인 수많은 백인 노예들이 앞에 엎드려 있는 황금 왕좌에, 그녀 옆에, 앉아 있는 꿈을 꿨다. 그리고 엽총을 든 험상궂은 잿빛 남자들과 짖어 대는 사냥개들, 휘발유에 흠뻑 젖은 나뭇더미, 귀를 찢듯 소리를 지르는 광란의 폭도들의 악몽이 이어졌다.

맥스는 땀에 흠뻑 젖어 잠에서 깼다. 전화벨이 울리고 있었다. 늦은 아침 햇살이 방으로 흘러들었다. 침대에서 벌떡 일어나 수화기를 들었다.

“야,” 버니가 소리쳤다. “오늘 아침 「타임즈」 봤어?”

“아니,” 맥스가 불퉁거렸다. “방금 일어났어. 왜, 뭐가 있는데?”

“어, 주니어스 크루크먼 박사 기억해? 한 삼 년 전에 독일로 유학 갔던 흑인 말이야. 그가 돌아왔는데, 「타임즈」에 따르면 검둥이를 희게 만드는 방법을 발표했대. 어젯밤에 백인 년한테 정신 못 차리는 너를 보니, 니가 관심 있을 거라 생각했어. 크루크먼이 곧 할렘에 요양원을 설립할 거래. 너한테 기회가 왔다, 빅 보이. 딱 한 번 있는 기회야." 버니는 낄낄 웃었다.

"야, 끊어." 맥스가 불퉁거렸다. "헛소리 그만하고."

하지만 맥스는 마음이 흔들렸고 살짝 흥분되었다. 그게 사실이라면? 그는 찬물에 샤워를 하고, 서둘러 옷을 입었다. 그리고 신문 매대로 갔다. 「타임즈」를 하나 사서 섹션을 훑어보았다. 그래, 여기 있군.

흑인, 놀랄 만한 발견 공표

사흘 안에 흑인을 백인으로 바꿀 수 있다

맥스는 지미 존슨 레스토랑으로 갔다. 아침 식사를 기다리며 그 기사를 게걸스럽게 읽었다. 그래, 사실임이 틀림없다. 그 옛날 크루크먼이 이런 일을 할 수 있다니! 몇 년 전만 해도 그는 할렘 근처를 떠도는 배고픈 의대생이었다. 맥스는 신문을 내려놓고 멍하니 창밖을 보았다. 음, 크루크먼은 눈 깜짝할 사이에 백만장자가 되겠군. 아마 억만장자가 되겠지. 남북전쟁이 실패한 곳에서 과학이 성공을 이루어 낸 듯했다. 하지만 어떻게 그게 가능할까? 맥스는 손을 바라보았다. 그리고 뒤통수를 만져 보았다. 머리털을 반듯하게 펴는 로션은 꼬불꼬불한 것을 완전히 펴지는 못했다. 그는 햄과 달걀을 장난스럽게 건드리며 이 발견의 실현 가능성을 가늠해 보았다.

그러다 불현듯 하나의 결심을 하게 되었다. 그는 신문 기사를 다시 보았다. 그렇다, 크루크먼은 필리스 휘트니 호텔에 머물고 있었다. 직접 가서 이게 뭔지 알아보면 어떨까? 이 실험에 참여하는 첫 번째 흑인이 되면 어떨까? 물론 이건 모험이지만, 사흘 안에 백인이 된다니! 더 이상 짐 크로*는 없을 것이다. 더 이상 수치를 당하는 일도 없을 것이다. 백인이라면 어디든 갈 수 있고, 되고 싶은 것은 무엇이든 될 수 있고, 하고 싶은 일은 무엇이든 할 수 있고, 마침내 자유인이 되는 것이다. 그리고 어쩌면 애틀랜타 여자도 만날 수 있을 것이다. 이 얼마나 환상적인 미래인가!

맥스는 벌떡 일어나 식사비를 계산하고 서둘러 문을 나가다가 하마터면 흑인 남자 댄스 클럽의 홍보 간판을 나르는 백인 노인과 부딪힐 뻔했다. 맥스는 뛰다시피 성큼성큼 걸어서 필리스 휘트니 호텔로 향했다.

---

* 흑인 차별 (정책)

한 번에 두 칸씩 계단을 부수며 올라가 라운지로 들어갔다. 그곳은 일간 신문사의 백인 기자들과 흑인 주간 잡지사에서 나온 흑인 기자들로 가득했다. 맥스는 그 중앙에서 키가 크고, 강단 있고, 칠흑 같은 피부색의 학구적이며 세련된 매너를 갖춘 주니어스 크루크먼 박사를 찾을 수 있었다. 박사 양옆으로는 '복권' 자본가인 헨리 (행크) 존슨과 그 왁자지껄 한가운데 매우 진중하고, 중요하고, 소유욕이 강해 보이는 부동산업자 찰리 (척) 포스터가 있었다.

"네, 그렇습니다." 크루크먼 박사는 기자들에게 말하고 있었고, 기자들은 그 말을 열심히 받아 적었다. "대학 일 학년 때 일입니다. 하루는 거리에서 얼굴과 손 이곳저곳에 하얀 패치를 붙이고 있는 흑인 여성을 보았습니다. 나는 그 모습이 매우 흥미로웠습니다. 그래서 피부병을 공부하기 시작했고, 그녀가 신경 조직과 연관된 병으로 고통받고 있다는 걸 알게 되었습니다. 백반이라고 알려진 병인데, 보기 드문 질환이었죠. 니그로인이나 코카시아인 모두 가끔 걸리지만, 당연히 백인보다는 흑인이 눈에 더 띕니다. 이 병은 피부 색소를 빈틈없이 제거하기 때문에 간혹 삼십 년이나 사십 년 후에는 흑인이 완전히 백인으로 변하기도 합니다. 그래서 나는, 만약 우리가 이 신경 조직 질환을 마음대로 인위적으로 생산하고 활성화시킬 수 있는 방법을 발견한다면 미국의 인종 문제를 해결할 수 있겠다는 생각이 들었습니다. 한 번은 나를 가르치던 사회 선생님이 미국 내 흑인 문제를 해결하는 방식에는 세 가지가 있다고 말씀하시더군요." 그는 길고 가는 손가락으로 제스처를 했다. "'여기를 벗어나든지, 백인이 되든지, 아니면 같이 잘 지내야 한다'고 했죠. 선생님은 벗어날 수도 없었고, 벗어나려고도 하지 않았습니다. 선생님은 그저 차별을 받으며 같이 살고 있었기 때문에 그에게 남은 선택은 백인이 되는 것뿐이었죠." 박사는 멋지게 왁스를 바른 콧수염 밑으로 잠깐 치아가 번득이더니 이내 침착하게 말을 이었다.

"시간이 있을 때마다 나는 이 문제를 심도 있게 연구하기 시작했습니다. 안타깝게도 이 나라에는 그 주제에 관한 정보가 거의 없었죠. 그래서 나는 독일로 가기로 결심했는데, 돈이 없었습니다. 해외에서 실험과 연구를 수행할 자금이 없어 낙담했죠. 바로 그때 존슨 씨와 포스터 씨가," 그는 손으로 정중하게 두 남자를 가리켰다. "나를 구해 주었답니다. 내가 성공한 것은 모름지기 이 두 분 덕분입니다."

"근데 어떻게 그렇게 하죠?" 한 기자가 물었다.

"음," 크루크먼은 미소 지었다. "전기 처리와 분비선 조절을 통해서 가능하다고만 해 두죠. 영업 비밀을 폭로할 수는 없으니까요. 다른 분비선들은 상당히 약화되는 반면, 특정 분비선은 강하게 자극받게 됩니다. 강도가 높고 위험한 트리트먼트지만 제대로만 하면 괜찮습니다."

"머리카락이나 이목구비는 어떻게 됩니까?" 흑인 기자가 물었다.

"그것도 트리트먼트 과정에서 변합니다." 생물학자 크루크먼이 대답했다. "사흘 안에 니그로인은 완전히 코카시아인 생김새를 갖게 됩니다."

"이 변신이 자손에게도 전이됩니까?" 흑인 신문 기자가 계속해서 물었다.

"아직은 아닙니다." 크루크먼이 대답했다. "그렇게 혁신적인 일을 이루는 방법은 아직 발견하지 못했습니다. 다만 흑인 아이의 경우는 이십사 시간 안에 백인 아이로 변신시킬 수 있습니다."

"이미 니그로인한테 시험을 해 보았습니까?" 회의적인 백인 저널리스트가 질문했다.

"물론이죠." 살짝 짜증스럽게 박사가 대꾸했다. "그렇게 해 보지 않았다면 이 공표를 하지 않았겠죠. 이리 오게, 샌덜." 박사는 그 사람들 가장자리에 서 있던 창백한 백인 청년을 불렀다. 그는 이 방에서 가장 게르만인처럼 보였다. "이 남자는 세네갈 사람입니다. 한때 프랑스 군대에 소속된 비행사였죠. 이 사람이 바로, 내 주장이 사실임을 증명하는 살아 있는 증거입니다."

이어서 크루크먼 박사는 아주 검은 남자의 사진을 보여 주었다. 숱이 많은 흑인 머리털과 납작한 코, 두툼한 입술을 제외한다면 얼핏 샌덜을 닮은 듯했다. "이것이 바로 트리트먼트 받기 전 샌덜의 모습입니다." 박사는 자랑스럽게 공개했다. "내가 이 친구에게 한 것과 똑같이 다른 흑인에게도 할 수 있습니다. 여러분도 보다시피 그는 육체적으로나 정신적으로 건강한 상태입니다."

마땅히 회중은 놀라워했다. 기자들은 몇 가지를 더 메모하고, 크루크먼 박사와 동료들 그리고 샌덜의 사진을 찍고 물러갔다. 마침내 말쑥하게 차려입은 맥스 디셔만 남았다.

"안녕하세요, 닥!" 맥스가 손을 뻗고 앞으로 나아오며 말했다. "저를 기억하시겠어요? 맥스 디셔입니다."

"오, 물론 기억하지, 맥스." 생물학자가 다정하게 일어나며 대답했다. "우리가 만난 게 꽤 오래됐지. 여전히 깔끔해 보이는구먼. 어떻게 지냈는가?"

두 남자는 악수를 나누었다.

"어, 잘 지냈습니다. 닥, 혹시 저걸 저한테 시험해 볼 수 있을까요? 지원자를 찾고 계실 것 같은데."

"그러네. 근데 아직은 아니야. 먼저 장비를 설치해야 하거든. 두어 주 정도면 작동할 준비가 될 것 같네."

뚱뚱하고 턱살이 물렁하게 늘어진 물라토인 '복권' 자본가 헨리 존슨은 빙그레 웃으며 크루크먼 박사로 팔꿈치로 슬쩍 찔렀다. "우리 옛 친구 맥스는 허투루 보낼 시간이 없어, 닥. 저 검둥이가 백인이 되면, 내 장담컨대 그동안 못했던 백인 년들하고 연애하기 바쁠 거야."

작달막하고 홀쭉하고 진중하고 말수가 적고 피부가 호박색인 찰리 포스터가 마침내 입을 열었다. "괜찮아 보이는데, 크루크먼. 자네가 이 많은 검둥이를 하얗게 만들면 너도나도 돈을 내겠다고 난리가 날 걸세. 그리고 여기저기서 물라토 아기들이 나타나겠지. 그러면 어쩔 셈인가?"

"암울한 소리 집어치우게, 척." 존슨이 버럭 소리를 질렀다. "일이 닥치기도 전에 지레 걱정할 필요는 없어. 박사가 잘 해결할 거야. 게다가 그때쯤이면 우리는 헨리 포드보다 돈이 더 많을 거야."

"아무런 문제도 없을 겁니다." 다소 성마르게 크루크먼이 안심시켰다.

"그러길 바라지."

이튿날 신문에는 크루크먼 박사와 후원자들 그리고 백인으로 변신한 세네갈인 사진이 군데군데 삽입된 긴 인터뷰 기사가 실렸다. 이것은 시내를 떠도는 얘깃거리가 되다가, 곧 나라 전역에서 회자되었다. 신문의 사설은 이 발견을 길게 다루었고, 학술 협회에서는 이 흑인 생물학자에게 강의 자리를 제안하며 애정 공세를 퍼부었고, 잡지들은 기사를 달라고 사정했다. 그러나 박사는 모든 제안을 물리쳤다. 트리트먼트에 대한 설명도 거절했다. 그러자 그들은 이런 그의 태도는 과학자답지 않다고 비난했고, 흑인한테는 더 이상 어떤 것도 기대할 수 없다고 에둘러 표현하다가, 급기야는 대놓고 떠벌렸다.

하지만 크루크먼은 이 요란한 여론을 무시했고, 동업자들의 재정 지원을 받아 니그로인을 코카시아인으로 바꾸는 위대하고 수익성 좋은 실험을 계획했다.

마음이 다급한 맥스 디셔는 가능한 한 자주 박사를 찾았고, 진척 상황에 줄곧 주의를 기울였다. 그는 처음으로 트리트먼트를 받는 사람이 되고 싶었으며, 방심하다 그걸 놓쳐 버리고 싶지 않았다. 그의 마음에는 가장 우선한 목표가 두 개 있었다. 백인이 되는 것과 애틀랜타에 가는 것. 그 조각상 같던 도도한 금발 머리는 그의 머릿속을 떠나지 않았다. 그는 사랑에 푹 빠져 있었고, 자신이 다갈색인 이상 그녀를 차지할 희망은 없음을 알았다. 맥스는 매일 크루크먼 요양원이 될 높은 빌딩 앞을 지나면서 인부들과 배송 트럭이 오가는 것을 보곤 했다. 그 근사한 모험에 들어서기까지는 얼마나 더 기다려야 할지 의아해하면서.

드디어 요양원이 영업할 준비가 끝났다. 지역 흑인 주간지에는 커다란 광고가 등장했다. 할렘 흑인 사회에는 긴장감이 흘렀다. 호기심 많은 흑인과 백인 들은 수수한 6층 건물 앞에 모여들어 유리창을 통해 올려다보았다.

안에서는 크루크먼과 존슨, 포스터가 완벽하게 준비하도록 직원들을 재촉하며 초조하게 서 있었다. 그들은 밖에서 웅성거리는 사람들의 소리를 들을 수 있었다.

"저건 바로 돈이지, 포스터." 비프스테이크 같은 손을 서로 비비며 존슨이 외쳤다.

"그럼." 부동산업자 포스터가 대꾸했다. "근데 한 가지 분명히 하고 싶은 게 있는데, 검둥이 방언은 어떻게 되는가? 그건 바꿀 수 없겠지."

"그럴 필요가 없어요, 포스터." 닥터가 차분히 설명했다. "흑인 방언이란 건, 문학이나 드라마에서 볼 수 있는 거지 실제로는 존재하지 않습니다. 특정 지역의 흑인이 이웃에 사는 백인과 똑같은 방언을 쓴다는 것은 이미 알 만한 사람들 사이에서는 잘 알려진 사실입니다. 남부에서 전화 통화를 하면 목소리만 듣고서 백인인지 흑인인지 구별할 수 없죠. 뉴욕에서 북부 흑인이 수화기에 대고 말할 때도 같습니다. 웨스트버지니아주 서부나 테네시

주 구릉 지역에서도 똑같은 현상이 있다는 걸 나는 알고 있습니다. 교육을 받은 아이티 사람은 프랑스 표준어로 말하고, 자메이카 흑인이 말하면 꼭 영국인이 말하는 것처럼 들립니다. 인종이나 피부색과 연관된 방언은 존재하지 않습니다. 단지 지역 방언이 있을 뿐이죠."

"자네 말이 맞는 것 같군." 포스터가 마지못해 동의했다.

"제 말이 맞습니다. 더욱이 제 트리트먼트가 소위 말하는 흑인 입술을 바꾸지 못한다 할지라도 그 또한 장애가 되지는 않을 겁니다."

"어째서 그렇지, 닥." 존슨이 물었다.

"그러니까, 우리처럼 입술이 두껍고 코가 널찍한 코카시아인들도 많으니까요. 사실 코카시아인과 니그로인의 용모를 비교한 것을 보면 너무 과장된 부분이 많습니다. 그렇게 된 것은 풍자 만화가나 민스트럴 엔터테이너*의 책임이 크죠. 소말리족이나 필란족**, 이집트인, 하우사족, 에티오피아인 같은 니그로인은 얄따란 입술과 콧구멍을 가졌으니까요. 마다가스카르 사람들도 마찬가지고요. 단지 아프리카 작은 특정 지역의 흑인만이 입술이 덜렁거리고 콧구멍이 널찍합니다. 반면 흔히 코카시아인이라 불리

* 흑인처럼 분장하고 흉내 내면서 흑인 삶을 비웃거나 풍자하는 백인 엔터테이너
** 서아프리카 지역에 흩어져 살았던 인종

는 사람들, 특히 라틴계, 유대계, 남아일랜드계, 그리고 스웨덴인처럼 가장 게르만족에 가까운 사람에게서는 대체로 니그로 입술과 코를 볼 수 있습니다. 백인이 흑인으로 분장한다면 베냉 거주민을 속일 수도 있을 겁니다. 게다가 조상에 코카시아인 피가 섞이지 않은 우리 니그로 인구가 이십 퍼센트 이하이고, 인디언 조상을 가진 미국인 인구가 삼십 퍼센트에 가까운 것을 고려하자면, 많은 사람이 상상하는 것과는 달리 코카시아인과 미국 흑인의 얼굴 특징이 그리 다를 수 없다는 걸 금방 알게 될 겁니다."

"닥, 자네는 지식이 풍부하군." 존슨이 존경하듯 말했다. "저 늙고 의심 많은 도마*는 신경 쓰지 말게. 파이 가게에 가서 배고파 죽겠다고 소리 지를 양반이니까."

밖은 소란스러웠고, 나지막하게 웅얼거리는 대화 소리 속에 한 성난 목소리가 들렸다. 그러고는 맥스 디셔가 코트 자락에 경비원을 매단 채 문을 박차고 들어왔다.

"나 좀 내버려 두라고, 이 친구야." 맥스가 투덜댔다. "여기 약속이 있다니까. 닥, 이 사람한테 말씀 좀 해 주실래요?"

크루크먼은 보험 판매원 맥스를 풀어 주라고 경비에게 고갯짓

* 포스터를 빗대어 한 표현이다. 도마는 의심 많은 예수의 제자로, 부활한 예수의 못 자국과 창에 찔린 자국을 만져 보고 예수 부활을 믿었다.

했다. "음, 딱 맞춰 도착했군, 맥스."

"저는 언제든 준비된 사람이라고 말씀드렸잖습니까." 옷에 주름진 곳이 있나 살피며 맥스가 말했다.

"음, 모든 게 준비되었다면, 저기 접수실로 가서 등록부에 서명하고 가운으로 갈아입게. 자네가 명부의 맨 처음이네."

맥스가 복도 끝 작은 방으로 사라지자 세 동업자는 서로 마주보고 씩 웃었다. 크루크먼 박사는 집무실로 들어가 하얀 바지와 신발, 겉옷을 입었다. 하얀 가운을 입은 사람들이 복도를 오가는 동안 포스터는 사무실로 들어가 직원을 지휘했다. 굉장한 무리의 사람들이 밖에서 웅성거리는 소리가 점점 또렷하게 들렸다.

존슨은 창을 통해, 흑인들이 이미 모퉁이까지 줄을 선 것을 보고는 흐뭇하게 웃으며 많은 금니를 모두 드러냈다. "이런, 이런, 이런!" 그는 포스터를 향해 껄껄 웃었다. "한 번에 오십 달러씩. 이 사업에 비하면 복권 장사는 새 발의 피도 안 되겠는걸!"

"그러면 좋겠군." 포스터가 진지하게 말했다.

하얀 가운을 입은 두 수행원은 병원 실내복에 슬리퍼만 신은 맥스 디셔를 엘리베이터로 이끌었다. 그들은 6층에서 내려, 복도 끝으로 걸어갔다. 맥스는 흥분과 걱정으로 몸이 떨렸다. 만약 일이 잘못된다면? 만약 닥이 실수라도 한다면? 맥스는 여름이 오면 베어산으로 이주하는 엘크가 생각났다. 콧대 높은 황색인 미니와 그녀의 컬러풀한 아파트, 다호메이 카지노에서 할렘의 다갈색 미녀와 최신 댄스를 추며 흥겹게 보낸 저녁 시간, 라파예트 극장에서의 기운찬 코러스, 부기스와 홍키통크 클럽에서 보낸 시간들을 생각하며, 맥스는 망설였다. 그러다 그는 백인으로서의 미래를, 어쩌면 애틀랜타에서 온 늘씬한 금발 머리의 남편으로서의 미래를 그려 보았다. 그리고 단단히 마음을 먹고 그 미지의 방으로 발걸음을 옮겼다.

번득이는 니켈로 도금된 경이로운 장치를 보며 맥스는 움찔했다. 치과 의자와 전기의자를 합쳐 놓은 것 같았다. 전기선과 가죽 띠, 빗장과 레버가 튀어나와 있고, 기사의 투구처럼 생긴 커다란 니켈 헬멧이 매달려 있었다. 빛은 채광창을 통해 들어온 것이 전부였고, 외부 소음은 들리지 않았다. 벽은 기구 케이스와 선반으로 둘러 있었고, 선반에는 이상한 빛깔의 액체를 담은 병들이 놓여 있었다. 맥스는 공포로 숨이 막혔다. 그를 붙잡고 있는 억센 두 수행원이 아니었다면 그는 문으로 돌진했을 것이다. 그들은 그의 옷을 벗기고, 의자에 동여맸다. 후퇴는 없었다. 이게 새로운 시작이든지, 아니면 끝이었다.

2장

천천히, 멈칫멈칫, 맥스 디셔는 발을 질질 끌며 복도를 내려가, 엘리베이터로 갔다. 양옆에는 수행원이 그를 부축하고 있었다. 맥스는 끔찍하게 힘이 없고, 속이 허하고 메스꺼웠다. 피부가 씰룩거리고, 건조하고, 열이 났다. 뱃속은 뜨겁고, 욱신거렸다. 셋이 복도를 따라 서서히 걷는데, 환자가 한 문으로 들어갈 때면 이따금 문을 통해 푸르스름한 초록빛이 번득였다. 기계가 윙 하며 진동하는 소리가 나직이 들렸고, 공기는 시큼한 냄새로 가득했다. 제복을 입은 간호사와 수행원은 업무로 바쁘게 오갔다. 모든 것이 조용하고, 신속하고, 효율적이고, 불길했다.

맥스는 전기의자에 가까운 무시무시한 기계의 시련을 통과해 살아남은 것에 감사했다. 그는 그것에 잡혀 보낸 시간을, 간간이 역겨운 조제약을 먹어야만 했던 시간을 기억하며 몸서리쳤다. 그러나 엘리베이터에 다다랐을 때, 맥스는 거울에 비친 자신을 보며 화들짝 놀라고 미칠 듯이 기뻤다. 드디어 백인! 매끄러운 다갈색 피부는 사라졌다. 살짝 두툼했던 입술도, 에티오피아인 코도 사라졌다. 킹크-노-모어 로션이 미흑인을 포악하고 고통스러운 빗질로부터 해방시킨 이래로 줄곧, 그것을 꼼꼼하게 발라서 반듯하게 펴 왔던 곱슬머리도 사라졌다. 피부 미백제를 위한 비용을 더는 지불할 필요가 없었다. 차별받을 일도 없고, 그의 길을 가로막는 장애도 더는 없었다. 그는 자유인이었다! 세상은 그의 손안에 있었고, 돼지 색 피부를 가진 사람이 가는 쉬운 길을 그 또한 가게 되었다.

거울이 비친 모습에서 맥스는 새 삶과 힘을 얻었다. 그는 이제 도움 없이 똑바로 서서 키가 큰 두 흑인 수행원에게 웃어 보였다. "자, 제군들," 그가 의기양양하게 말했다. "나는 이제 괜찮소. 닥의 기기가 마술처럼 작동했군. 뱃속에 뭘 좀 채워 넣으면 당장 괜찮아질 거요."

여섯 시간 후, 샤워하고 식사하고 깨끗이 면도하고 기운을 되찾은, 한껏 기분이 달아오른 금발 머리 맥스는 외래 환자 병동에서 나와, 쾌활하게 복도를 내려가 정문으로 향했다. 앞으로 깜둥이랑은 엮이지 않으리라 그는 결심했다. 복도 한 벽을 따라 흑색이거나 갈색인 사람들이 길게 줄을 서 있는 것을 그는 거만하게 흘긋 보았다. 그들은 트리트먼트를 받기 위해 끈기 있게 기다리고 있었다. 그가 알던 사람도 많이 있었으나 누구도 그를 알아보지 못했다. 맥스는 비로소 미국 인구 열의 아홉 중 하나가 되었다는 사실을 온몸으로 느끼며 짜릿해했다. 절대다수 중 하나. 아, 더 이상 흑인이 아니라서 좋았다!

요양원 정문을 열고 나가려던 차에 경비가 완강한 팔로 그를 막았다. "잠깐만요." 경비가 말했다. "이 사람들을 통과해 가도록 우리가 도와 드리겠습니다."

잠시 후, 억세 보이는 특별 경찰관 대여섯 명이 맥스를 중앙에 놓고 V자 대형으로, 떼를 지어 서성거리는 유색인들을 가르며 이동했다. 요양원의 계단 위쪽에서 보니 사람들은 인도에, 거리에, 모퉁이 주변에 흩어져 있었다. 50명의 교통경찰은 예비 환자들이 택시나 트럭 바퀴에 깔리지 않도록 줄을 세우느라 긴장하며 땀을 뻘뻘 흘렸다.

마침내 맥스는 그를 밀고 당기는 사람들을 지나 도로 앞에 이르렀다. 힘겨웠다. 그러나 그곳에는 신문 기자와 사진 기자가 무리 지어 대기하고 있었다. 처음으로 트리트먼트를 받은 사람으로서 그가 저널리스트 거머리 15마리의 관심 중앙에 놓인 것은 당연지사였다. 그들은 동시에 수천 개의 질문을 던지는 듯했다. 이름이 어떻게 됩니까? 어떤 느낌입니까? 앞으로 무엇을 할 계획입니까? 백인 여성과 결혼할 겁니까? 계속해서 할렘에서 살 작정입니까?

맥스는 아무 말도 하지 않을 것이다. 우선, 그는 속으로 생각했다, 이들이 이 사건에 대해 정말 알고 싶다면, 이들은 분명 그것을 얻으려고 돈을 지불할 것이다. 백인으로서의 인생을 만끽하려면 맥스는 돈이 필요했다. 내 경험담을 돈을 받고 팔면 어떨까? 기자들은 남자 여자 할 것 없이 눈물을 글썽이며 한마디만 해달라고 애걸복걸했다. 그러나 그는 절대 응하지 않았다.

그들이 입씨름하고 있을 때 빈 택시가 다가왔다. 맥스는 꼬치꼬치 캐묻는 기자들을 한편으로 밀치고 택시에 올라타 소리쳤다. "센트럴 파크로 갑시다!" 그 순간 그의 머릿속에 떠오르는 유일한 장소였다. 마음을 진정시키고, 이 위대한 백인 세계에서의 미래를 계획할 시간이 필요했다. 택시가 신속히 움직이자 그는 고개를 돌렸고, 옆에 승객이 있는 것을 보고 화들짝 놀랐다. 곱상한 여성이었다.

"놀라지 마세요." 그녀가 미소 지었다. "당신이 저 사람들부터 벗어나고 싶어 할 거라 생각했어요. 그래서 모퉁이를 돌아가서 당신을 위해 택시를 잡았죠. 나랑 같이 가요. 내가 모든 것을 준비해 줄게요. 난 「시미터」 기자예요. 우리는 당신 스토리에 많은 돈을 줄 거예요." 그녀가 빠르게 말했다. 맥스에게 순간 드는 생각은, 자신이 피하려고 했던 기자와 사진 기자 패거리를 다시 맞닥뜨리는 한이 있어도 당장 택시에서 튀어 나가는 것이었다. 그러나 돈 이야기가 들리자 그는 마음을 바꿔 먹었다.

"얼마요?" 맥스는 그녀에게 눈길을 주며 물었다. 그녀는 매우 예뻤다. 그녀의 발목이 정숙하게 돌려져 있는 것을 그는 보았다.

"어, 아마 천 달러는 될 거예요." 그녀가 답했다.

"음, 괜찮게 들리는군요." 1,000달러라! 그 돈이면 얼마나 좋은 시간을 보낼 수 있을까! 돈을 받자마자 브로드웨이로 직진할 것이다.

택시가 속도를 내며 7번길을 내려가는데, 신문팔이가 최근 에디션이라고 소리치고 있었다. "호외요! 호외요! 흑인이 백인이 됩니다! 흑인이 백인이 됩니다! …… 이 위대한 발견에 관해 읽어 보세요. 아저씨, 신문이요! 신문! …… 크루크먼 박사에 관한 모든 것이 있습니다."

공원을 지나가는 동안 맥스는 편하게 자리를 잡고 이따금 옆에 앉은 젊은 여자를 흘긋거렸다. 그녀는 굉장히 멋있었다. 이 거래에 대해 그녀와 어떻게 말문을 터야 할까? 어쩌면 함께 저녁을 하고, 같이 카바레에 갈 수도. 그게 가장 좋은 시작이 될 것이다.

"당신 이름이 뭐라고 했죠?" 맥스는 시작했다.

"말하지 않았는데요." 그녀가 발뺌했다.

"어, 이름이 있을 거 아니오, 안 그래요?" 그가 집요하게 물었다.

"그렇지 않을까요?"

"걱정돼서 말하지 않는 건 아니겠죠?"

"왜 내 이름을 알고 싶어 하죠?"

"예쁜 아가씨 이름을 알고 싶어 하는 게 죄는 아니잖아요, 안 그런가요?"

"음, 스미스예요. 시빌 스미스. 이제 만족하나요?"

"아니, 아직요. 좀 더 알고 싶어요. 나랑 저녁 같이하는 건 어때요?"

"몰라요. 그 경험을 해 보지 않고서는 알 수 없겠죠." 그녀는 요염하게 웃었다. 그와 함께 나가면 내일 신문에 실을 수 있는 환상적인 스토리의 초석을 마련할 수 있으리라 그녀는 계산했다. '백인으로서 맞는 흑인의 첫날 밤!' 아주 좋아!

"만약 당신이 보통 사람이라면," 맥스는 그녀에게 밝게 미소 지으며 말했다. "당신이랑 저녁을 같이하는 건 대단한 스릴일 거요. 그곳에서는 당신만이 내가 흑인이라는 사실을 알 테니까."

그들이 「시미터」 사무실에 도착하고 얼마 되지 않아 맥스는 합의에 이르렀다. 그는 속기사에게 자기 경험을 이야기하고 빳빳한 새 지폐 한 다발을 받았다. 두어 시간 뒤, 그는 스미스 양과 팔짱을 끼고 건물을 나섰다. 이미 신문팔이들은 그 기묘한 이야기의 첫 회를 실은 호외라고 소리치고 있었다. 타블로이드 1면은 커다란 그의 사진이 채우고 있었다. 자기 이름을 윌리엄 스몰이라고 하길 잘했다고 그는 생각했다.

그는 짜증이 나고 화가 나기까지 했다. 어쩌자고 그들은 신문 1면에 대문짝만하게 내 사진을 실은 걸까? 이제 그가 누군지 세상 모든 사람이 알 것이다. 그는 검은 피부색이 눈에 띄는 것을 피하려고 크루크먼 박사의 사악한 기계에서 고초를 당했다. 그리고 지금은 그가 한때 검은 피부였다는 이유로 사람들의 이목을 끌게 되었다. 우리는 이 지겨운 인종 문제에서 언제나 벗어날 수 있을까?

"걱정하지 말아요." 스미스 양이 위로했다. "아무도 당신을 알아보지 못할 거예요. 당신처럼 생긴 백인이 수천, 아니 수백만 명 있으니까." 그녀는 그의 팔짱을 끼고 바싹 달라붙었다. 그를 편안하게 해 주고 싶었다. 고군분투하는 가난한 여기자가 두둑한 현금 다발을 가진 신사와 저녁 외출을 하는 것은 흔치 않은 일이었다. 게다가 그녀는 그의 경험을 묘사한 기사로 어쩌면 승진할 수도 있었다.

그들은 하얀 불빛을 받으며 디너 클럽을 찾아 브로드웨이를 걸었다. 맥스는 파라다이스에 있는 기분이었다. 그는 전에 느껴 보지 못했던 완벽한 자유와 당당함으로 타임스퀘어를 가로질러 여유 있게 걸었다. 옥토룬이었던 전 여자 친구 미니와 같이 있을 때는 사람들이 그를 별난 듯 쳐다보곤 했었다. 지금은 백인 여자와 같이 있었지만 아무도 그렇게 쳐다보지 않았다. 아, 정말 좋다!

그들은 함께 식사를 하고, 춤을 추었다. 그리고 카바레에 갔다. 담배 연기와 왁자지껄함과 육체 내음이 가득한 곳에서 위스키라는 것을 마시며, 반쯤 벌거벗은 코러스가 하는 공연을 보았다. 맥스는 행복감을 느끼면서도 그곳이 지루했다. 이런 백인 유흥업소는 뭔가가 부족했다. 그게 아니라면, 여기에는 할렘의 흑색인-갈색인 번화가에서는 찾을 수 없는 무언가가 있었다. 이곳의 오락과 자유분방은 분명 억지스러운 면이 있었다. 여기 손님들은 자기들이 멋진 시간을 보내고 있음을 서로에게 보여 주기 위해 몸부림치고 있었다. 모든 것이 너무나 부자연스러웠다. 그가 익히 친숙한 것과는 전연 달랐다. 할렘의 흑인들은 매우 신이 나고, 상당히 즐기는 듯하면서도, 한편으로는 더욱 차분하고, 사실 더욱 품위가 있었다. 심지어는 그들이 추는 춤 동작도 달랐다. 할렘 흑인들은 리듬을 정확하게, 힘들이지 않고 우아하게 따랐지만, 여기 느릿느릿 움직이는 커플들은 스텝이 반은 꼬이고, 마치 부두 일꾼들이 화물선에서 짐을 내리듯 힘겨워했다. 요란스럽고, 서툴고, 우아하지 않았다. 흑인들이 감각적으로 움직이는 곳에서 이들은 기껏해야 체조를 하고 있었다. 역겨움과 환멸과 향수가 뒤섞이며 맥스는 순간

통증을 느꼈다. 다만 그것은 그저 일시적인 것이었다. 그는 어여쁜 스미스를 건너다보고, 주변에 다른 백인 여자들도 보았다. 많은 여자는 미모를 갖추었고, 값비싼 드레스를 입고 있었다. 이 광경을 보자니, 그의 머릿속을 차지하고 있던 생각은 잠시 밀려났다.

그들은 3시에 헤어졌다. 스미스는 그에게 전화번호를 주었다. 그리고 어쩌면 즐거운 저녁 대접에 대한 보상으로 그의 뺨에 살짝 입 맞추었다. 맥스는 그녀의 아파트 내부가 궁금하다며 관심을 드러냈지만, 그녀는 전혀 반응을 보이지 않았다. 약간 실망한 맥스는 택시 기사에게 할렘으로 가자고 했다. 결국 떳떳하게 행동하려면 자기 구역으로 가야 하는 법이라고 그는 혼자 핑계를 댔다.

택시가 110번가에서 센트럴 파크를 벗어나자 맥스는 묘하게 마음이 평온했다. 모든 게 예전에 친숙했던 그 모습 그대로였다. 밤새 영업하는 무허가 술집, 소시지 파는 노점상, 거리를 어슬렁거리는 사람들, 늦게 귀가하는 행인들, 중국식 잡채 식당, 위험하게 달리는 택시들, 음탕한 웃음소리.

맥스는 133번가에서 내려 친구들의 소굴인 부기스로 내려가고 싶은 충동을 억누를 수 없었다. 그는 문을 가볍게 두드렸다. 문구멍으로 눈알이 나타나 그를 날카롭게 가늠하더니 사라지고, 구멍이 닫혔다. 정적이 흘렀다.

맥스는 인상을 찌푸렸다. 이 친구 밥이 왜 이러지? 왜 문을 열지 않는 거야? 1월의 냉랭한 바람이 그가 서 있는 작은 뜰을 휩쓸며 그를 바르르 떨게 했다. 좀 더 크게, 더 끈질기게 문을 두드렸다. 눈알이 다시 나타났다.

"누구요?" 문지기가 으르렁거렸다.

"나야. 맥스 디셔." 한때 흑인이었던 남자가 대답했다.

"백인 양반, 갈 길 가시오. 여기는 문을 닫았소."

"안에 버니 브라운 있어?" 맥스가 초조하게 물었다.

"어, 여기 있소. 그 사람을 아시오? 여기로 불러서 그가 당신을 아는지 봅시다."

맥스는 추위 속에서 2, 3분을 더 기다렸다. 갑자기 문이 열리고 버니 브라운이 다소 불안해하며 나왔다. 그는 문 위에 달린 전등 빛에 맥스를 힐끔 보았다.

"안녕, 버니." 맥스가 알은척했다. "나 모르겠어? 나야, 맥스 디셔. 내 목소리 알겠지, 그렇지?"

버니는 그를 다시 보고, 눈을 비비더니 머리를 흔들었다. 맞다, 목소리는 맥스 디셔였다. 하지만 이 남자는 백인이었다. 그런데 웃을 때면 눈에 냉소적인 빛이 어렸다. 그건 그 친구의 특징이었다.

"맥스?" 그가 불쑥 내뱉었다. "정말이야? 세상에나! 니가 거기 크루크먼한테 가서 변신했구나. 와, 미치겠다. 앗, 내가 입을 다무는 게 좋겠어! 밥, 문 열어. 여기는 우리 친구 맥스 디셔야. 그 크루크먼한테 가서 완전 백인이 돼서 왔네. 너무 완벽한데. 금발 머리에, 와, 완벽해."

밥은 문을 열었고, 두 친구는 담배 연기 가득한 좁다란 지하실로 들어가, 조그만 둥근 테이블에 앉았다. 그들은 금세 친구 떼거리에 둘러싸였다. 친구들은 맥스의 무색 피부를 넋을 잃고 보았고, 피부 밑으로 보이는 푸른 혈관에 한마디씩 하며, 연한 금발 머리를 만져 보았다. 그리고 입을 헤벌리고 그의 경이로운 이야기를 들었다.

"이제 뭐 할 거야, 맥스?" 팔다리가 껑충하고 머리가 둥근 흑인 집주인 부기가 물었다.

"저 녀석이 뭘 할지 나는 알지." 버니가 말했다. "애틀랜타로 돌아갈 거야. 그렇지, 빅 보이?"

"맞아, 그래." 맥스가 인정했다. "곧장 거기로 갈 거야, 친구. 잃어버린 시간을 메워야지."

"무슨 말을 하는 거야?" 부기가 물었다.

"어어, 내가 밤새 쉬지 않고 이야기해도 넌 모를걸."

버니와 맥스는 거리를 천천히 걸었다. 둘 다 말이 없었다. 프랑스에서 함께했던 격동의 시간 이후로 그들은 둘도 없는 친구로 지내 왔었다. 하지만 이제 헤어져야 할 시간이 되었다. 맥스가 대양을 건너 외국에 가는 것과는 다른 일이었다. 그들 사이에는 그보다 더 넓은 간격이 있을 것이다. 색깔의 거대한 바다. 그들은 똑같이 그것을 생각하고 있었다.

"너 없이는 꽤 외로울 거야, 버니."

"너답지 않게 왜 그래, 빅 보이."

"음, 너도 준비해서 백인이 되는 건 어때? 그러면 우리가 계속 함께할 수 있잖아. 내가 돈을 댈게."

"진짜로! 그런 돈을 갑자기 어디서 날 건데?" 버니가 물었다.

"내 경험담을 「시미터」에 천 달러 받고 팔았어."

"그걸 전부 받았어?"

"일부만 받을 수는 없잖아!"

"좋아. 그러면 나도 합류하지, 멋쟁이." 버니는 통통한 손을 내밀었고, 맥스는 100달러 지폐를 한 장 주었다.

그들은 크루크먼 요양원 근처에 있었다. 일요일 아침 5시였지만, 빌딩은 꼭대기에서 지하까지 환히 불이 켜져 있었고, 전기 모터가 윙 돌아가는 묵직하고 강력한 소리가 들렸다. 꼭대기에서 2층까지는 초록빛으로 테두리를 만든 커다란 화살 모양의 전광판이 걸려 있었다. 위에서부터 아래까지 수직으로 블랙-노-모어라는 글자가 채워져 있었다. 화살 아랫부분에는 흑인 얼굴이 그려져 있고, 화살 끝은 맨 위에 있는 백인 얼굴로 향하고 있었다. 먼저 화살의 테두리가 번쩍이고, 이어서 블랙-노-모어가 켜졌다 꺼졌다 했다. 그리고 아랫부분의 흑인 얼굴이 나타나고, 아래서부터 위로 긴 화살을 따라 글자가 하나씩 켜졌다. 마지막에는 맨 위에 있는 백인 얼굴이 빛을 발했다. 간판이 꺼졌다가 켜지고, 다시 이 과정이 반복되었다.

요양원 앞에는 반쯤 얼어붙은 4,000명 정도의 흑인이 떼를 지어 돌아다녔다. 장총과 기관총, 최루탄으로 무장한 폭동 진압대가 질서 비슷한 것을 유지했다. 진압대는 그 블록 처음부터 끝까지 가로등 사이를 강철선으로 이어서 그 힘겨워하는 인간 무리가 도로로 나가지 않고 인도에 머물도록 했다. 할렘의 모든 인구가 그곳에 모여 있는 듯 보였다. 두 친구가 그 무리 가장자리에 이르렀을 때, 할렘 병원에서 구급차가 와 사람들 발에 밟힌 두 여자를 태워 갔다.

요양원 문에서부터 도로 연석까지는 슬럼가에서 그러모은 험상궂은 특수 경비대가 일렬로 서 있었다. 우범 지구에서 온 냉혹한 아일랜드인들, 113번가와 5번길 부근(뉴욕의 '비일 거리'*)에서 온 거친 흑인들, 웨스트사이드 아래 지역에서 온 격렬한 이

* 테네시주 멤피스 시내의 번화가로 블루스 음악이 유명한 관광 명소이다.

탈리아인들. 그들은 환자들이 오갈 수 있도록 간신히 복도를 비워 두고 있었다. 연석 근처에는 리포터와 사진 기자들이 진을 치고 있었다.

떠들썩한 소리는 요란스럽다가 가라앉았다. 처음에는 낮게 웅얼거리는 말소리가 들릴 것이다. 말하는 사람들이 활기를 띠면서 목소리는 점점 커지고, 큰 정문이 활짝 열리고 탈색된 흑인이 나오면, 소리는 거대한 야수처럼 으르렁거리며 절정에 이를 것이다. 그러고는 그 군중은 인공 게르만인을 유심히 보고 질문하기 위해 앞으로 몰려나올 것이다. 때때로, 전 에티오피아인은 몰려드는 군중을 보고 소스라치게 놀라며 건물로 뛰어 돌아갔다. 그러고는 건장한 경비들이 특별 기동대를 형성하고, 그를 대기 중인 택시까지 신속히 밀고 갔다. 빌딩에서 나오는 다른 전 흑인은 싱글벙글거리며 친구나 친지와 악수하고, 자기 경험을 적나라하게 묘사하기도 했다. 주변에 모여든 흑인들은 그의 선명한 하얀 피부에 부러운 듯 감탄했다.

다음 변신인이 나타나기까지 핫도그와 땅콩 노점에서는 활발한 거래가 이루어졌고, 동시에 이 구역에 허다한 소매치기가 활개를 쳤다. 홀쭉하고 허약한, 쥐새끼같이 생긴 물라토 흑인 하나는 거대한 흑인 세탁부의 지갑을 훔치려다 그녀에게 거의 맞아 죽을 뻔했다. 뜨거운 군고구마를 파는 흑인은 장사가 활기를 띠었고, 근처 술집들은 금주법이 시행된 이래로 최근 급격히 그 수가 늘었다. 많은 이탈리아인 업주는 꽤 많은 소득세를 냈고, 믿기 어려울 정도로 독한 술을 수십 리터씩 팔아 치웠다.

"그래, 잘 가, 맥스." 버니가 손을 내밀며 말했다. "나도 내 운을 시험해 볼게."

"잘 있어라, 버니. 애틀랜타에서 보자. 소식 전하고."

"어, 아니, 여기서 나를 기다리지 않을 거야, 맥스?"

"응, 안 기다릴 거야! 난 이 도시에 질렸어."

"에이, 웃기시네. 새해 전날 홍키통크에서 봤던 그 계집을 찾아보려고 하는 거지. 다 알아." 버니가 생글거렸다.

맥스는 씩 웃으며 얼굴이 살짝 붉어졌다. 그들은 악수를 하고 헤어졌다. 버니는 연석에서 통로로 뛰어 올라가 요양원 문을 열더니 뒤도 돌아보지 않고 그 안으로 사라졌다.

맥스는 어찌할 줄 몰라 1, 2분 정도 웅성거리는 사람들 속에 서 있었다. 이상하게도 그는 여기 흑인들 사이에서 편안함을 느꼈다. 그들이 대화 중에 툭툭 던지는 말과 우스갯소리, 요란한 웃음소리는 하나같이 낙원의 선율 같았다. 맥스는 잠시 그들 사이에 머물고 싶은 마음이 들었다. 그들은 무심하지 않으면서도 항상 가볍게 걱정거리를 이겨 내는 듯했다. 그들과 다시금 걱정거리를 나누고 싶었다. 그러다 불현듯 그에게 그런 과거는 이제 영원히 사라졌음을, 그에 따른 회한의 가냘픈 흔적을 보게 되었다. 그는 다른 목초지를, 다른 일을, 다른 친구를, 다른 사랑을 찾아야만 했다. 그의 사람들과 머물고 싶어도, 사람들은 옥토룬이나 백인에 가까운 사람들을 대할 때처럼 그를 부러워하든지 아니면 미심쩍어할 것이다. 이제는 그가 속한 인종인 코카시아인들 사이에서 미래를 찾는 것 외에는 달리 방도가 없었다.

이것은 결국 찬연한 새 모험이었다. 이렇게 생각하면서 맥스는 눈빛이 반짝였고 맥박이 빨라졌다. 이제 그는 어디나 갈 수 있고, 누구와도 사귈 수 있고, 그가 원하는 것은 무엇이라도 될 수 있었다. 문득 새해 전날 홍키통크에서 보았던 예쁜 젊은 여자와, 그가 연인을 고를 수 있는 광활한 땅이 그려졌다. 그렇다, 백인이 되면 확실히 혜택이 있었다. 그는 주변에 가득한 흑인들을 우쭐한 자세로 쳐다보며 얼굴이 밝아졌다. 그리고 다시, 미시즈 블랜디시스에서 구매한 옷과 호주머니 안의 현금, 그리고 난생처음 포터가 아닌 승객으로 풀먼 열차*를 타고 애틀랜타로 가는 장면을 상상하며, 그는 돌아서서 군중 사이로 길을 찾아 밀고 나갔다.

맥스는 자취 집까지 웨스트 139번가를 터벅터벅 올라갔다. 이른 아침 공기를 들이마시며 가볍게 걸었다. 자유롭고, 백인이고,

* 고급 (침대) 열차

또 수중에 지폐 다발이 있는 것은 얼마나 좋은 일인가! 그는 주머니를 더듬어 작은 거울을 찾았다. 각도를 달리하며 자기 모습을 보고, 또 보았다. 연한 금발 머리를 도닥이며 더는 머리털을 반듯이 펼 필요가 없고, 그것이 젖을까 염려할 필요가 없음을 은밀히 자축했다. 푸른 혈관이 보이는 매끄럽고 하얀 손을 황홀하게 바라보았다. 크루크먼 박사는 정말 기적을 만들었다!

그가 입구로 들어서는데, 산처럼 거대한 집주인 여자가 불쑥 모습을 드러냈다. 그녀는 그의 얼굴을 보고 화들짝 놀라며 뒤로 물러섰다.

"당신 여기서 뭐하는 거요?" 그녀는 소리를 지르다시피 했다. "이 집 열쇠는 어디서 났어요?"

"저예요. 맥스 디셔." 그는 경악하는 그녀에게 싱긋 웃으며 안도감을 주었다. "저 모르겠어요?"

믿을 수 없다는 듯 여자는 그의 얼굴을 빤히 보았다. "정말 당신이 맥스야? 대체 어떻게 이렇게 하얗게 된 거지?"

맥스는 그녀에게 설명하고, 그의 기사를 실은 「시미터」 잡지를 보여 주었다. 그녀는 현관 전등을 켜고 그것을 읽었다. 그녀의 얼굴에는 상반된 감정이 들락거렸다. 업계에서 블랜디시 부인은 할렘에서 가장 잘나가는 헤어 스트레이트 전문 뷰티 숍을 소유한 뷰티 스페셜리스트, 시쎄리따 블랜디시 마담으로 알려져 있었다. 그녀는 경쟁이 심해져서 가게는 이미 잘 안 되는데, 거기에다 이 크루크먼 박사란 작자가 나타나 모두를 죽이려고 하는구나 하고 내심 생각했다.

"후유." 그녀가 한숨을 내쉬었다. "이제 당신도 다운타운에 가서 살겠네. 나는 늘, 검둥이는 자기 인종에 대한 자부심이 없다고 말해 왔지."

맥스는 겸연쩍어하며 대답하지 않았다. 그 뚱뚱한 다갈색 여자는 경멸적인 콧방귀를 뀌며 돌아섰고, 복도 끝에 있는 방으로 사라졌다. 맥스는 가볍게 계단을 올라가 짐을 쌌다.

한 시간 후, 맥스와 그의 짐을 태운 택시는 센트럴 파크를 가로질러 굴러갔다. 맥스는 기분이 들떠 있었다. 펜실베이니아 역으로 내려가서 애틀랜타 직통 풀먼 열차를 탈 것이다. 애틀랜타에서는 최고급 호텔에 들 것이고, 흑인 지인들은 찾아 나서지 않을 것이다. 너무 위험할 수 있을 테니까. 그저 빈둥거리고 인생을 즐기며 뒤에서는 백인들을 비웃으리라. 아! 이 얼마나 멋진 모험인가! 어릴 때는 감히 접근할 수도 없었던 곳에서 백인들과 어울리는 것은 얼마나 기가 막힌 보상이 될까! 마침내 미국 시민이 된 듯한 기분이 들었다. 그는 택시의 열린 창 밖으로 시가 재를 털고, 세상과 화해하는 느낌으로 느긋하게 자리 잡았다.

3장

주니어스 크루크먼 박사는 피곤하고 지쳐 보였다. 옆에 있는 커피 메이커에서 커피를 한 잔 더 따르고, 행크 존슨을 향해 돌아서며 물었다. “새 전기 장치는 어떻게 됐어요?”

“오고 있어, 닥. 금방 올 거야.” 전 복권 실업가 존슨이 대답했다. “오늘 아침에 직원이랑 얘기했는데, 아마 내일이면 도착할 거래.”

“그게 꼭 필요하지.” 긴 가죽 의자에 그의 옆에 앉아 있던 척 포스터가 말했다. “지금 이대로라면 우리가 모든 일을 감당할 수는 없으니까.”

“당신이 매입하려던 그 새로운 장소는 어떻게 됐어요?” 의사가 물었다.

“어, 에지콤길에 있는 큼지막한 주택을 만 오천에 샀어. 지금

인부들이 고치고 있지. 한 주 안에 완성될 거야, 별일 없다면." 포스터가 설명했다.

"별일 없다면?" 존슨이 되물었다. "무슨 일이 있을까? 우리는 세상 위에 자리 잡았고, 법의 테두리 안에서 돈벌이를 하고, 또 우리가 셀 수 있는 것보다 더 빠르게 돈을 벌고 있어, 안 그런가? 글쎄, 무슨 일이 일어날 수 있을까? 지금 하는 일은 내가 해 본 것 중에 단연 최고야. 가장 안전하지."

"어, 그거야 또 모르지." 한때 부동산 사업을 했던 이가 말했다. "이 백인 신문들, 특히 남부에 있는 것들이 우리를 적대시하는 사설을 강도 높게 쓰기 시작했고, 우리 사업은 겨우 두 주 됐잖아. 광적인 분위기를 부추기는 게 얼마나 쉬운지 당신도 알 거야. 우리가 미처 깨닫기도 전에 우리를 반대하는 법을 만들려고 할지도 모르지."

"그렇게는 안 되지. 내가 먼저 입법 기관에 손을 쓸 테니까." 존슨이 끼어들었다. "이 백인들을 어떻게 다루는지는 내가 잘 알아, 알다마다. 돈으로 안 되는 것은 없어."

"포스터가 말한 것에는 우리가 신경 써야 할 부분이 있어요." 크루크먼 박사가 말했다. "오늘 아침 신문에서 오린 기사들을 보세요. 잘 들어 봐요. 리치먼드 「블레이드」는 '우리 가운데 있는 독사', 멤피스 「버글」은 '과학의 위협', 댈러스 「썬」은 '모든 백인에 대한 도전', 애틀랜타「토픽」은 '경찰, 백인 피부를 갈망하는 흑인 폭도들과 충돌', 세인트루이스「노스 아메리칸」은 '흑인 의사, 독일에서 배웠다고 인정',「오클라호마시티 해칫」의 사설에서 한두 줄 읽어 보자면, '우리 인종의 안녕이 법보다 우선되어야 하는 시기가 있다. 우리가 폭도들의 무력행사를 민주 정부의 가장 나쁜 적으로 보고 반대해 왔듯이, 인종의 순결과 보존에 관심 있는 뉴욕시 백인 지성인은 이 흑인 불한당들이 혹여 법의 범주 안에 있을지라도 크루크먼주의의 도전에 대응해야만 한다. 이 나라는 이미 법의 끝자락에 숨어 있는 범죄자가 넘쳐 난다.'

마지막으로 탤러해시「아나운서」가 말하길, '돈으로 무엇을 하든 그건 시민의 권리지만, 백인 미국인이라면 이 발견과 이것의 끔찍한 잠재력에 눈을 감고 있어서는 안 된다. 백인 피부를 새롭게 얻은 수백 명의 흑인은 백인 사회에 흘러들었고, 앞으로 수천 명이 그 뒤를 따를 것이다. 지난 두 주간 이 나라 한끝에서 반대편 끝까지 흑인종들은 백인이 될 수 있다는 기대로 완전히 미쳐 버렸다. 우리가 애써 세워 놓은 인종의 경계선이 매일 급속도로 파괴되는 것을 본다. 이 백반 현상이 유전되지 않는다는 사실에 개의치 않는다면, 어쩌면 우리는 이처럼 경계할 필요가 없을지도 모르겠다. 그러나 백인으로 변신한 이 니그로인의 자손은 니그로인일 것이다! 이 말인즉슨, 당신의 딸이 백인이라고 생각한 남자와 결혼했는데, 흑인 자식을 낳을 수 있다는 말이다! 이렇게 사악한 일이 벌어지고 있는데, 남부의 위풍당당한 백인 남성들은 자기들의 전통을 지키는 일에 수수방관할 텐가?'"

"그렇게 암울한 블루스 노래를 불러 봐야 소용없어." 존슨이 다독였다. "저 남쪽 백인 멍청이들이 우리를 귀찮게 한다고 해도 우리는 신경도 안 쓸 거니까. 저기 밖에 모인 사람들이 하는 달콤한 노랫소리를 들어 봐! 새된 소리가 들릴 때마다 오십 달러가 들어오지. 돈을 더 못 버는 것은 순전히 공간이 없어서야."

"맞는 말이에요." 크루크먼 박사가 맞장구를 쳤다. "십사 일 동안, 하루에 백 명씩 바꾸었어요." 그는 뒤로 기대며 담배에 불을 붙였다.

"한 번에 오십 달러씩." 존슨이 끼어들었다. "그러니까 칠만 달러를 거둬들인 셈이지. 위대한 날이 밝아 온다! 할렘에 이렇게나 많은 인간이 있었다니, 놀라워."

"맞습니다." 크루크먼이 계속했다. "한 주에 삼만 오천 달러를 벌어들이고 있습니다. 당신과 포스터가 그 새 건물을 다 고치면 두 배로 벌게 되겠죠."

현관홀에서 전화 교환원이 평이하게 웅얼거리며 응대하는 소리가 들렸다. "안 됩니다. 크루크먼 박사님은 아무도 만날 수 없습니다…… 크루크먼 박사님은 할 말씀이 없습니다…… 크루크먼 박사님이 조만간 성명을 발표할 겁니다…… 오십 달럽니다…… 아니, 크루크먼 박사는 물라토가 아닙니다…… 죄송하지만 저는 그 질문에 답할 수 없습니다."

세 동업자는 주변의 어수선한 소리 속에 말없이 앉아 있었다. 행크 존슨은 시가의 끝을 물고는 화려하고 정신없었던 과거를 회상하며 웃음 지었다. 오늘 자신은 세상을 선도하는 흑인 중 하나라고, 미국인의 삶에서 가장 곤란한 문제를 해결하는 데 능동적이고 뜻깊은 역할을 하는 사람이라고 생각했다. 그런데도 그는 10년 전만 해도 사슬에 묶인 캐롤라이나 죄수였다. 잔인한 백인 교도관의 장전된 소총과 험악한 눈빛 아래서, 2년을 길에서 노역했다. 거지 같은 음식과 벌레가 득실거리는 잠자리, 두들겨 맞고, 발로 차이고, 욕을 먹었던 2년. 조그만 주사위 도박에 참여했다는 이유로 2년. 그러고는 찰스턴으로 흘러들었고, 당구장에서 일을 했고, 주사위 행운이 있었고, 뉴욕으로 가 불법 복권 사업에 안착했다. 징수원 혹은 '심부름꾼'을 하다가 곧 '물주'가 될 만큼 그는 사업 수완이 좋았다. 1센트로 6달러를 벌 수 있는 기회를 간절히 잡고 싶어 하는 흑인들로부터 돈이 쏟아져 들어왔다. 몇몇은 당첨되었지만 대부분은 잃었고, 그는 날로 번창했다. 아파트를 매입하고, 경찰에게 뇌물을 주고, 보석 보증금 사업에 손을 대고, 니그로 예술의 발전을 위해 2, 3천 달러를 내놓고, 할렘에서 가장 크고 가장 잘나가는 비밀 조직인 크로커다일의 유서 깊은 모임에서 훌륭한 종신 쇼군으로 선출되었다. 그러던 중, 젊은 크루크먼이 제안서를 들고 그를 찾아왔다. 처음에는 그를 돕는 것에 주저했으나 나중에는 설득되었다. 천박한 흑인이라면 그의 유학 자금을 도와주지 않을 거라고 그 젊은이가 씁쓸히 투덜거렸기 때문이다. 이 같은 일의 발판을 마련하는 데 참여했다니 얼마나 운이 좋은가! 1년 안에 그들은 모두 록펠러보다 더 부자가 될 것이다. 1천2백만 명의 흑인, 한 명당 50달러! 위대한 날이 밝아 온다! 존슨은 사무실 맞은편에 있는 놋쇠 타기* 안으로 멋지게 침을 뱉고 만족스러워하며, 긴 의자의 부드러운 쿠션을 등 뒤에 대고 기댔다.

척 포스터도 자신의 과거 경력을 되돌아보았다. 그의 인생 또한 행크 존슨의 삶 못지않게 컬러풀했다. 버밍햄 이발사의 아들로서 그는 지역 사회가 검은 피부 아이들에게 주었던 교육의 혜택을 즐겼다. 교사와 보험 판매원, 사회 복지사 일을 번갈아 가며 했다. 그러고는 이주의 물결을 따라 처음 신시내티로 흘러들어왔고, 다음은 피츠버그로, 그리고 마지막에는 뉴욕에 닿았다. 뉴욕은 흑인 인구가 증가하고 아파트 수는 적었기 때문에 부동산

* 가래나 침을 뱉는 그릇. 씹는담배를 씹으며 침을 뱉을 때 주로 사용한다.

분야가 전에 없이 활황을 이루며 그의 관심을 끌었다. 신중하고 조심성이 많고 검소하고 감성이 없는 포스터는 사업이 잘 풀렸으나, 그의 간교한 사업 방식에 관한 얘기가 떠돌면서 꼴사나운 구설에 오르기도 했다. 그는 서서히 할렘 사교계의 정점에 이르면서 이중 계약과 교활한 일 처리—그 지역 부동산업자 대부분은 이 같은 방식으로 일했지만—에 대한 오명을 만회하려고 했다. 영 맨 크리스천 협회와 영 우먼 크리스천 협회에 거금을 기부하고, 흑인 어린이를 위해 장학금을 제공하고, 정성껏 파티를 준비해 지역 사회에서 잘나가는 흑인들을 초대했다. 그는 행크 존슨이 이 벤처 사업의 가능성을 언급했을 때, 그의 말을 듣고 젊은 크루크먼에게 유학 장학금을 준 것에 흡족해하고 있었다. 그 결과는 그가 기대했던 어떤 상상보다 훌륭했다. 하지만 그는 천성적으로 보수적이고 소심해 미래를 다소 염세적으로 보았다. 그들 행동에 따른 수많은 비극적 결과를 가정해 보았고, 바로 전날 생명 보험금을 증액했다. 그는 마음에 의심이 가득했고, 유명세를 그리 좋아하지 않았다. 품위 있는 대중의 관심 정도는 괜찮았지만, 악평은 아니었다.

크루크먼 박사는 커피를 마시고 담배를 피웠지만, 졸렸다. 책임감, 부하 의사와 간호사를 감독할 필요성, 트리트먼트의 비법을 공개하라고 끈질기게 요구하는 의료업계와 신문사들, 그리고 귀찮은 수천 가지 자질구레한 사안은 그를 쉬지 못하게 했다. 실제 그는 거의 모든 시간을 요양원에서 보내고 있었다.

이렇게 눈코 뜰 새 없이 바쁜 생활은 처음이었다. 한 달 전까지만 해도 그의 35년 인생은 평온했고, 주로 학구적이었다. 그는 감독 교회 목사의 아들로 태어나 뉴욕 중심부에서 성장했다. 가족들은 그가 미국 흑인들 사이에 팽배한 패배 의식을 갖지 않도록 최대한 유의해서 친구를 선별했고, 전문성을 갖출 수 있는 모든 기회와 동기를 제공했다. 그리하여 그는 완벽하게 세련되고 교양이 높은 인물이 되었다. 그의 부모는 비록 가난했지만, 자부심이 강했고, 귀족 흑인 사회에 속한 것을 자랑스러워했다. 크루크먼은 아버지의 건강이 안 좋아져서 대학을 스스로 마쳐야만 했다. 그런데도 삶의 생경함과 조악함, 잔학함은 거의 경험하지 않았다. 그는 순조롭게 성공했고, 대개 성공이 그러하듯 많은 부분에서 자신은 운이 좋았다고 믿을 만큼 분별력이 있었다. 그는 자신의 위대한 발견에서 미국인 삶의 가장 괴로운 난제를 해결할 수 있는 대책을 보았다. 만약 흑인이 사라진다면 흑인 문제도 틀림없이 사라질 것이라고 그는 추론했다. 흑인 문제가 없으면 미국인은 건설적인 일에 집중할 수 있었다. 자신의 노력과 블랙-노-모어 법인의 활약으로, 시민운동과 교육과 입법 조치가 실패한 것을 가능하게 할 수 있었다. 그는 자기가 하는 일에 반대가 있으리라는 사실에 순진하게 놀랐다. 비전과 계획, 프로그램, 구제책을 가진 사람들이 대체로 그러하듯, 크루크먼 또한 인간은 좋은 것이 주어졌을 때 그것을 받아들일 만큼 지적일 거라고 마음대로 상상했었다. 이 상상은 그가 인간이라는 종에 대해 너무나 몰랐다는 결정적인 증거가 되었다.

크루크먼 박사는 자기 인종에 애착을 가졌고, 무엇보다도 그런 자신이 대견했다. 그는 자기 인종의 역사를 공부했고, 그들이 투쟁하는 것에 대해 읽으며 그들이 어떤 성과를 이루었는지 알아가고 있었다. 예닐곱 개의 흑인 주간지와 두 개의 매거진을 구독했다. 미국 흑인들이 끊임없이 앞으로 나아가는 것에 관심을 가졌고, 그들의 인종적 특성을 없애는 것으로 그 진로를 가로막는 장애물을 제거하고 싶었다. 집과 사무실에는 흑인이 그린 흑인 그림과 아프리카 탈이 많았다. 흑인 사회에서 그는 인종의 사람으로 알려져 있었다. 여자를 제외하고는—그의 아내는 흑인 혈통과는 동떨어진 연한 피부색 숙녀로 흔히 '백인으로 패스*할 수 있을 것'이라 말하는 그런 유의 흑인이었다—그의 모든 것은 검은색과 연관되어 있었다. 해외에 머무는 동안 그는 도서관에 가서 흑인의 업적에 관한 사실들을 샅샅이 찾아보거나, 만날 수 있

---

* 패스란 연한 피부색 혼혈인이 백인 행세를 하는 것을 말한다.

는 미모의 부인이나 숙녀와 관계를 가지며 여유 시간을 보냈다.

"어이, 닥," 행크 존슨이 뜬금없이 말문을 열었다. "집에 가서 잠을 좀 자는 게 좋을 것 같아. 이렇게 생을 마감할 필요는 없지 않겠나. 여기는 괜찮을 거야. 급하게 할 일이 있는 것도 아니고."

"앞에 저렇게 진을 치고 있는데 어떻게 여길 나갈 수 있겠나?" 포스터가 물었다. "저 검둥이들을 뚫고 가려면 탱크라도 있어야 할걸."

"아, 그건 내가 해결할 수 있지, 컬래머티 제인*." 존슨이 아무렇지도 않게 툭 던졌다. "간단해. 지하로 내려가서 뒷골목으로 향하는 문으로 나가면 돼. 나가면 거기에 내 차가 대기하고 있을 거야."

"정말 고맙습니다, 존슨." 의사가 말했다. "피곤해 죽을 지경입니다. 몇 시간 자고 나면 새로 태어난 것 같을 거예요."

하얀 유니폼을 입은 흑인 남자가 문을 열고 알렸다. "크루크먼 부인이 오셨습니다!" 그는 멋스럽게 차려입은 자그마한 의사 부인이 들어오게 문을 잡고 있었다. 세 남자는 벌떡 일어났다. 존슨과 포스터는 이 아름답고 귀여운 옥토룬 여성에게 머리 숙

---

* 마사 제인 캐너리(1852-1903)의 별칭. 캐너리는 사격 명수이자 이야기꾼으로 잘 알려진 19세기 미국 개척자이다. 행크 존슨은 대화 중에 여러 역사적 인물의 이름을 써서 상대를 지칭한다.

여 인사하며 감탄하듯 눈길을 주었다. 그들은 그녀가 너무나 쉽게 '백인으로 패스'할 수 있으리라 생각했다. 마치 무연탄이 검은색으로 패스하듯이.

"여보!" 그녀가 남편을 향하며 크게 말했다. "집에 와서 좀 쉬지 그래요? 계속 이러면 몸이 상할 거예요."

"마침 내가 그렇게 말하고 있었답니다, 크루크먼 부인." 존슨이 서둘러 말했다. "박사를 내보낼 준비가 다 끝났죠."

"음, 그렇다면, 여보, 우리가 가는 게 좋겠어요." 부인이 결연하게 말했다.

크루크먼 박사는 하얀 유니폼 위로 긴 코트를 걸치고 순순히 아내를 따라 터벅터벅 문을 나갔다.

"크루크먼 부인은 미모가 대단하군." 포스터가 물끄러미 보며 말했다.

"대단하지!" 존슨이 허풍스럽게 감탄하며 따라 말했다. "에이, 젠장, 저 여자는 사냥개도 품을 수 있는 토끼 같은 여자야. 닥은 그녀가 유색인이라고 하던데, 그리고 그녀도 그렇게 말하고. 근데 내가 보기에는 완전 백인이야."

"이놈의 나라에서는 하얗게 보인다고 그것이 꼭 하얀 것은 아니야." 포스터가 대꾸했다.

한편 할렘의 금융가는 뜨겁게 달아오르고 있었다. 더글러스 은행의 행원들은 크리스마스이브 때의 술 밀조업자보다 바빴다. 게다가 버니 브라운이 묘연하게 행적을 감춘 바람에 일손이 부족했다. 흑인들은 은행 정문에서부터 벽을 따라 모퉁이를 돌아 길게 늘어섰고, 은행 직원들은 그들을 정렬하느라 애를 쓰고 있었다. 그들은 하나같이 돈을 인출하고 있었다. 입금하는 사람은 없었다. 은행원들은 자금을 회수하지 말라고 호소했지만, 쓸데없는 일이었다. 흑인들은 완강했다. 그들은 자기들의 돈을 원했고, 당장 원했다. 블랙-노-모어 법인이 흑인을 백인으로 바꾸기 시작한 이후로 날이면 날마다 이 일이 계속되었다. 처음에는 예금주들을 우격다짐으로 위협해 보려고 했으나 성공하지 못했다. 이 사람들은 대충 다룰 수 있는 상태가 아니었다. 미국에서 평생 흑인으로 살았던 이들은 백인이 되면 얼마나 큰 이익이 있는지 너무나 잘 알고 있었다.

"뭐, 뭔 소리 하는 거여?" 직원이 돈을 빼지 말라고 조언하자 커다란 영연방 서인도 흑인 여자가 콧방귀를 뀌었다. "이건 내 돈이야, 맞지? 당신들이 지금껏 내 돈을 사용한 거잖아, 안 그래? 내가 돈을 빼면 안 된다니, 그게 뭔 소리냐고? 내 돈 내놔, 안 그러면 내가 여기를 작살내 버릴 테니까!"

"계좌를 해지하시게요, 로빈슨 부인?" 부드러운 음성의 물라토

행원이 부루퉁한 덩치 큰 부두 일꾼에게 물었다.

"계좌를 여는 것은 아니잖는가."가 대꾸였다. "전부 내줘. 그리고 내가 맘 바꿀 일은 없을 거야."

휘틀리 신용 조합에서도 유사한 장면이 벌어지고 있었다. 그리고 지역 우체국에서도.

거리를 오가는 사람이라면 그 지역에서 사람들이 이주해 나가는 것을 알아차렸을 것이다. 대체로 모든 블록에서 아파트마다 이사 트럭이 서 있었다.

지난 25년 어느 때보다 많은 집에 '임대 가능'이라는 표지가 붙었다. 집주인들은 아파트가 하나씩 비어 가고 채워지지 않는 것을 보며 좌절했다. 보증금을 돌려주지 않겠다고 해도 세입자가 떠나는 것을 막을 수는 없었다. 욕설과 배척과 인종 분리와 차별을 뒤로 하고 떠나겠다는데, 진정 50, 60, 70달러가 무슨 의미가 있겠는가? 더욱이 백인으로 변신한 흑인은 거주 구역을 바꿀 수 있게 되면서 많은 돈을 절약하고 있었다. 인종 편견의 역학으로 흑인들은 인구 밀도가 높은 할렘으로 들어왔어야 했고, 주택 수요가 공급을 훨씬 앞질렀던 까닭에 백인과 흑인 부동산 상어들에게 자비를 구하며 터무니없는 집세를 내야 했었다. 일반적으로 흑인들은 방 개수도 적고 서비스도 형편없었지만, 집세는 다른 구역에 사는 백인이 내는 것의 두 배를 내고 있었다.

이곳에서 가구와 의류를 할부로 파는 가게들도 블랙-노-모어 법인의 활약을 체감하기 시작했다. 할부금을 수금하는 수금원은 특정 가족이나 그들이 후불로 구입한 물품을 찾을 수 없다고 보고했다. 많은 흑인은 가구를 중고 가게에 팔고, 그 판매 대금과 함께 백인이 운집한 지역으로 사라졌다는 말이 돌고 있었다.

또한 할렘 거리에는 지난 20년 어느 때보다 많은 백인이 오가는 듯했다. 그중 많은 수는 코카시아인과는 전혀 다른 방식으로 웃고 말하고 식사하고 춤추며, 흑인과 더없이 친해 보였다. 이런 교제는 언제나 밤에 이루어졌고, 낮에는 자주 볼 수 없었다.

그 좋은 소식을 듣고 서부와 남부에서 온 이방 흑인도 거리와 공공장소에 모습을 드러냈다. 그들은 크루크먼 연구소에서 그들의 순서가 오길 진득하게 기다리고 있었다.

시쎄리따 블랜디시 마담은 자신이 운영하는 잘 꾸민 헤어-스트레이트 숍의 앞문 언저리 안락의자에 앉아, 거리를 오가는 행인과 자동차 들을 멍하니 바라보며 수심에 잠겨 있었다. 지난 두 주간, 그녀는 힘겨웠다. 모든 것이 나가고, 아무것도 들어오지 않았다. 수년 동안 그녀는 그 천직을 훌륭하게 수행했고, 지역 사회에서는 비즈니스 리더로 인정받았다. 흑인을 최대한 백인처럼 보이게 만드는 일에 성공한 사업체의 경영자로서 명성을 쌓았고, 근래에는 아메리카 인종 긍지 연맹의 부회장으로 네 번째 선출되었다. 그녀는 또한 사회적 평등 연맹 뉴욕 지부의 여성 위원회 의장이었고, 지역 공화당 정치판에서 중요한 자리를 차지하고 있었다. 하지만 이런 명예는 돈이 전혀 되지 않거나, 되더라도 보잘것없는 정도였다. 그것으로는 집세를 낼 수도 없고, 그녀의 아마존 체형에 예쁘게 걸칠 만한 펑퍼짐한 드레스를 구입할 수도 없었다. 오늘, 그녀는 집주인에게서 세를 내든지 아니면 가게를 비우라는 슬픈 소식을 들었다.

마담은 어디서 돈을 만들어야 하나 머리를 굴렸다. 보통 뉴욕 사람들이 그러하듯, 그녀는 앞모습을 그럴싸하게 포장했지만, 그 뒤에는 현금이 거의 없었다. 늘 내일에는 행운이 찾아오리라는 기대감으로 살았다. 집세의 3분의 2는 대부분 빌려서 이미 마련했고, 만약 꼬불꼬불한 머리 한두 개만 '할' 수 있다면 집세는 해결될 것이다. 하지만 지난 두 주 동안, 다운타운 게르만 세계에서 눈총받는 것을 견디지 못해 정기적으로 머리를 펴려고 오는 유대인 여자 두엇 말고는 가게 문지방을 넘어오는 손님이 거의 없었다. 흑인 여자들은 그녀를 버린 듯했다. 날마다 그녀는 옛 고객이 가게 쪽으로는 눈도 돌리지 않은 채 황급히 지나가는 것을 보았다. 진정 흑인 사회에서는 혁명이 일어나고 있었다.

"오, 미스 심슨!" 젊은 숙녀가 지나가자 헤어-스트레이트너는 소리쳤다. "인사도 하지 않고 그냥 갈 거예요?"

젊은 여자는 마지못해 멈추고 가게 문 가까이 왔다. 그녀의 다갈색 얼굴에는 긴장감이 돌았다. 2주 전 그녀는 비틀린 머리카락이 펴지지 않아 블랙 벨트에서 진귀한 풍경을 만들고 있었을 것이다. 지금 그녀는 단지 머리를 빗어 깔끔하게 핀을 꽂았다. 미스 심슨은 니그로 인종에서 영원히 벗어날 수 있는 돈까지는 겨우 15달러가 부족한 시점에서 더는 머리를 '하기' 위해 매주 돈을 쓰는 일은 없을 거라고 다짐했다.

"미안해요, 미시즈 블랜디시." 숙녀가 사과했다. "하지만 맹세컨대, 마담을 보지 못한 것은 직장과 집을 왔다 갔다 하는 거 말고는 어떤 것에도, 누구에게도 한눈팔 시간이 없을 정도로 바빠서 그랬어요. 저는 지금 완전 혼자잖아요. 그래요. 찰리는 두 주 전에 그곳으로 갔고, 그 후로는 소식을 들은 적이 없어요. 생각해 보세요! 제가 그 검둥이를 위해서 지금껏 한 걸 생각하면. 어, 참! 저도 곧 그곳으로 갈 거예요. 한 주만 더 일하면 될 거예요."

"흥!" 블랜디시 마담이 콧방귀를 뀌었다. "요즘 너네 검둥이들은 온통 그 생각뿐이지. 여기 들어와서 나한테 일거리를 좀 주지 그래? 서둘러서 돈을 더 만들지 않으면, 나도 문을 닫고 일하러 가야 할 거야."

"어, 미안합니다, 미시즈 블랜디시." 숙녀는 무심히 말하며 다가오는 트램을 타려고 모퉁이 쪽으로 발걸음을 뗐다. "여기 이 엉망인 머리 상태로 토요일 저녁까지는 버텨 보려고요. 이 기회를 놓치기에는 지난 이십이 년 동안 흑인이라는 이유만으로 받은 형벌이 너무 가혹했어요…… 참." 그녀는 어깨 위쪽으로 휙 뛰어올랐다. "안녕히 계세요!"

블랜디시 마담은 120킬로그램의 몸을 안락의자에 앉히고, 깊이 한숨을 내쉬었다. 모든 미국 흑인처럼 그녀도 젊었을 때는, 사업에 뛰어들어 지역 사회의 주요 인사가 되기 전에는, 백인이 되고 싶었었다. 지금은, 하얀 피부의 마법에 환상을 갖지 않을 만큼 나이를 먹었다. 그녀는 자신이 운영하는 가게가 좋았고, 할렘에서의 사회적 지위도 좋았다. 백인 여자가 되면 전부 다시 시작해야 할 것이다. 그렇게 할 자신이 없었다. 여기서 그녀는 저명인사였다. 거대한 코카시안 세계에서 그녀는 한갓 또 하나의 백인 여자일 것이다. 기사도 정신과 결혼율, 직업 매춘의 동반 추락과 더불어 백인 여자는 시장에서 천덕구니가 되어 가고 있었다. 블랜디시는 머리가 허연 늙은 코카시안 여자가 바닥을 쓸고 싱크대에서 고생하는 것을 너무 자주 보았기 때문에 그저 또 하나의 백인 여자가 된다는 게 무엇을 의미하는지 익히 알고 있었다. 그럼에도 불구하고, 놀림거리나 시답지 않은 편견의 표적이 되지 않는다면 좋을 거라고 그녀는 인정했다.

마담은 진퇴양난에 빠졌고, 할렘에서 상류층에 속해 있던 다른 수백 명도 마찬가지였다. 그들 밑에 있던 흑인들이 많이 이주해 나가니, 그들을 따라가는 것 말고는 어떤 다른 선택이 있겠는가? 맞다, 이제껏 겨우 몇백 명 정도가 그들의 일상적인 생활 영역에서 사라졌다. 그러나 수천, 수만, 아니 수백만 명이 그 뒤를 따를 것이라는 건 누구나 아는 사실이다.

4장

한때 맥스 디셔라 불렸던 매튜 피셔는 등나무 지팡이를 빙빙 돌리며, 멋스러운 봄옷을 입고 킥킥거리며 지나가는 예쁘장한 세련된 아가씨들에게 추파를 던지며, 부활절 일요일 사람들에 합류했다. 새해 전날 "검둥이랑은 절대 춤을 추지 않아!"라고 말했던 아름다운 숙녀를 한 번 더 볼 수 있기를 바라며 거의 3개월째 조지아주 주도인 애틀랜타를 어슬렁거리고 있었다. 그는 애틀랜타 사교계 각계각층을 부지런히 훑었지만, 그녀를 찾을 수 없었다. 그 도시에는 키가 크고 아름답고 금발인 처녀들이 셀 수 없이 많았다. 이름도 모르는 누군가를 찾는 일은 브롱크스에서 러시아계 유대인을 찾아내거나 시카고에서 특정한 이탈리안 살인 청부업자를 추적하는 것과 다소 비슷했다.

매튜 피셔는 지난 3개월 동안 행여 그녀의 사진을 발견하지 않을까 지역 신문의 사회면을 꼼꼼히 살피며 그녀를 꿈꿔 왔다. 예쁜 숙녀에게 퇴짜맞은 남자들이 흔히 그렇듯, 그녀를 향한 욕망은 점점 강렬해지고 있었다.

매튜는 백인으로서의 삶이란 것이 자신이 전에 기대했던 장밋빛 인생이 아님을 깨달아 가고 있었다. 그 삶은 매우 따분하고 지루하다는 결론을 내려야만 했다. 어릴 때 그는 신을 받들 듯 백인을 우러러보아야 한다고 배웠었다. 지금은, 하나같이 덜 친절하고 덜 흥미롭다는 것 빼고는 그들도 흑인과 별반 다르지 않다는 걸 알았다.

간혹 흑인들의 태평스러운, 쾌활하고 마음 편한 교제가 그리울 때면, 그는 오번길로 내려가 흑인들을 보고 그들이 나누는 대화와 말장난에 귀를 기울이며 그 근처를 어슬어슬 거닐었다. 그러나 그곳에서는 어느 누구도 그가 서성거리는 것을 원하지 않았다. 그는 백인 남자였고, 그래서 의심스러웠다. 언덕에서 '콜하우스'를 운영하는 흑인 여자들만이 그와 함께하길 원했다. 백인들의 딱딱하고 물질주의적이고 욕심 많고 배타적인 사회 말고는 그에게 남겨진 것은 없었다. 자신이 자기 사람들을 영원히 등졌다는 살짝 후회스러운 감정이 가끔 마음을 스쳐 지나가곤 했지만, 이곳 고향에서의 과거 고통스러운 기억이 떠오르면서 그 감정은 곧 사라졌다.

그는, 어쩔 수 없이 어울려만 했던 사람들이 가지고 있던 비이성적이고 비합리적인 피부색 편견에 극도로 화가 났다. 야비하고 무식한 백인 남자가 니그로인의 열등한 정신력과 도덕의식에 대해 목소리를 높일 때면 그는 대체로 냉소를 지었다. 그는 이제 백인 사회로 옮겨 가고 있었고, 그 사회를 애틀랜타와 할렘의 흑인으로서 자신이 알던 것과 비교할 수 있었다. 뉴욕의 블랙 벨트 동네에서 총애받던 청년으로서 몸에 밴 교양과 세련됨과 품위와 점잖은 냉소로부터 얼마나 큰 추락인가. 이 감정을 정확히 표현할 수는 없었지만, 그래도 그에 따른 반감은 의식하고 있었다.

한 주 내내 매튜는 일을 하는 것에 대해 신중하게 생각해 보았다. 1,000달러는 쪼그라들어 지금은 100달러도 채 되지 않았다. 수입원을 찾아야만 할 것이다. 하지만 그가 일에 관한 이야기를 나누어 본 백인 청년들은 하나같이 일자리가 너무 없다고 투덜댔다. 은행이나 보험사에 일자리를 알아보았지만, 성공하지 못했다. 백인이어도 취업은 누워서 떡 먹기가 아니라고 그는 마침내 결론 내렸다.

매튜는 빈둥대며 편하게 사는 동안 지역 일간 언론의 뉴스와 사설에 관심을 가졌고, 블랙-노-모어 법인에 대한 신문의 적대적 시각에 놀랐다. 일찍이 흑인이었던 사람의 관점에서 보자니, 백인이 피부색에 대한 편견을 갖도록 신문이 어떻게 부채질하는

지 볼 수 있었다. 또한, 사업하는 사람들도 크루크먼 박사와 피부색 민주주의를 실현하려는 그의 수고를 지독하게 반대한다는 걸 알게 되었다.

이 사람들의 태도에 매튜는 어리둥절했다. 남부 사회를 후퇴시킨다고 온갖 비난을 받던 흑인을 블랙-노-모어 법인이 없애주고 있지 않은가? 그러다 어느 날 밤, 거리에서 연설하는 흑인이 138번가와 7번길 모퉁이에서 했던 말이 떠올랐다. 노동조합이 없는 노동이란 값싼 노동을 의미합니다. 값싼 노동을 확보하는 것은 남부로 새 산업체를 유인하는 효과적인 방법입니다. 무지한 백인들의 생각을 흑인이 코카시아 인종의 순결성과 정치적 지배를 위협하는 것에 잡아 둔다면, 그들은 노동조합을 생각하지 못할 것입니다. 홀연 매튜 피셔는 블랙-노-모어 트리트먼트가 백인 노동자보다는 백인 사업가에 더 위협이 될 거라는 생각이 들었다. 그리고 얼마 지나지 않아 그는 이 상황을 이용해 돈을 벌 방법을 생각하게 되었다.

그걸 어떻게 이용할 수 있을까? 그는 아는 사람도 없고, 어떤 조직에 속한 것도 아니었다. 여기에 진짜 금광이 있는데 어떻게 그 광석에 손을 댈 수 있을까? 그 문제를 생각하며 머리를 긁적거렸지만, 해결책이 떠오르지 않았다. 그가 믿을 수 있는 사람 중 누가 그것에 흥미를 느낄까?

그는 부활절 다음 월요일에 안락의자 레스토랑에서 아침 식사를 하면서 그 질문을 생각하고 있었다. 그때 옆 의자에 놓여 있는 신문의 광고가 눈에 띄었다. 그것을 읽고 또 읽었다.

노르디카 기사들

백인종 고결성 수호를 위한 투쟁에 참여할
1만 애틀랜타 백인 남성과 여성을 찾습니다.

오늘 밤, 임페리얼 클론클래이브*

뉴욕에서 과학적인 흑인 마왕의 활약으로
코카시아 인종의 완전성이 위협받고 있습니다.
너무 늦기 전에 이제 우리가 뭉칩시다!
오늘 밤 노르디카 홀로 오세요. 무료입장.

임페리얼 대마법사
헨리 기븐스 목사

---

* 큐 클럭스 클랜(인종차별주의자 백인들의 비밀 조직)의 집회

매튜는 자신이 찾고 있던 것이 바로 이것이라고 확신했다. 아마도 이 기븐스라는 사람과 잘 지낼 수 있을 것이다. 매튜는 커피 잔을 비우고, 시가에 불을 붙이고, 계산을 하고, 피치트리 가(街)의 햇살 속으로 터벅터벅 걸어 나왔다.

노르디카 홀까지는 트롤리를 탔다. 노르디카 홀은 페인트칠이 되어 있지 않은 헛간 같은 큰 건물로 앞쪽에는 사무실들이 있고 뒤쪽에는 커다란 강당이 있었다. 건물 앞면을 가로질러서는 노르디카 기사들이라는 적힌 새 오일클로스 표지가 펼쳐져 있었다.

매튜는 잠시 멈춰 서서 건물의 가치를 가늠해 보았다. 이렇게 큰 장소를 유지하려면 기븐스는 틀림없이 돈이 있을 거라고 그는 생각했다. 들어가기 전에 그에 대해 좀 더 알아보는 것도 나쁘지 않을 것이다.

"이 기븐스라는 사람은 주변에서 꽤 유명하죠?" 길 건너 탄산수 판매점 젊은 친구에게 물었다.

"네, 그렇습니다. 이 동네에서는 대단한 인물 중 한 분입니다. 큐 클럭스 클랜이 사라지기 전에 거기서 어떤 큰일인가 뭔가를 맡았었죠. 지금은 여기서 노르디카 기사들을 시작하고 있고요."

"틀림없이 돈이 많나 보네요." 매튜가 떠보았다.

"그럴 겁니다." 탄산수를 나르는 사람이 대꾸했다. "내 느낌으로는 그가 클랜에 있을 때 돈을 좀 만졌던 것 같아요."

바로 이곳이었다. 매튜는 생각했다. 바로 이곳이 그가 찾던 곳이었다. 탄산수 값을 내고 길을 건너 '사무실'이라고 표시된 문으로 갔다. 손잡이를 돌리고 들어가면서 살짝 불안했고, 몸에 전율이 흐르는 것을 느꼈다. 하얀 피부를 가졌음에도 불구하고 그는 클랜이나 그와 유사한 조직에 대해 대다수 흑인이 가지는 두려움을 변함없이 가지고 있었다.

그가 대기실로 들어서자 젊어 보이는 속기사가 무슨 용무가 있는지 물었다. 배짱 있게 나아가는 게 좋을 것이다, 그는 생각했다. 아마 이것이 그가 굳이 일하지 않아도 괜찮게 해 줄 최고의 기회일 것이다. 밑천이 점점 바닥을 드러내고 있었다.

"임페리얼 대마법사 기븐스 목사께 목사께서 새롭게 시작하는 일과 연관하여 뉴욕 인류학회의 매튜 피셔가 간곡하게 반 시간 정도 대화를 나누고 싶어 한다고 전해 주세요." 매튜는 인상 깊고 사무적인 매너로 말했다. 겸연쩍어하면서도 진중해 보였다.

"네, 선생님." 경외감을 느낀 젊은 숙녀는 작은 소리로 말했다. "말씀 전하겠습니다." 그녀는 안쪽 사무실로 물러났고, 매튜는 혼자 조용히 킥킥거렸다. 이 숙녀를 쉽게 감동시켰듯이 이 늙은 도사도 그렇게 할 수 있을지 궁금했다.

노르디카 기사들의 임페리얼 대마법사 헨리 기븐스 목사는 본래 애틀랜타 북쪽, 언덕이 많은 시골 마을 출신으로, 작고, 여위고, 거의 대머리에, 황소 같은 목소리를 지녔으며, 무식했다. 그는 한때, 이곳저곳을 돌아다니며 설교하는 전도사였다. 1차 세계대전이 끝난 후 큐 클럭스 클랜 조직을 도왔고, 떠돌이 영혼 구원자라는 불안정한 자리에서 벗어나게 한 하나님께 감사하며, 오직 그 감사에 버금갈 만큼 열성적으로 일했다.

큐 클럭스 클랜의 명성과 권위와 회원 수를 늘리는 데 부지런히 수고했을 뿐 아니라, 그 기금에서 가능한 한 많은 돈을 빼내는 데 매우 열심인 일꾼이었다. 다른 직원들도 그러했듯이, 그는 이 횡령이 자신의 귀한 봉사에 대한 그저 적절한 보상일 뿐, 절대 훔치는 게 아니라고 믿었다. 멍텅구리들은 결국 그 쇼를 지원하는 것에 지쳤고, 10달러 회비의 물결은 가느다란 물줄기로 감퇴했다. 기븐스는 우아하게 은퇴한 후 그 돈의 이자를 받으며 살아왔었다.

그러다가 신문에서 블랙-노-모어 법인의 활약에 대해 다루기 시작하자, 그는 해야 할 일에 대한 비전을 보았고, 노르디카 기사들을 설립했다. 아직은 회원이 겨우 100명이었지만, 그는 미래에 대한 기대가 컸다. 오늘 밤 그는 그 이야기를 하고 싶었다. 다시 손을 뻗칠 수 있는 풍성한 기금을 생각하자니 그는 작은 회색빛 눈동자가 반짝거렸고 바싹 여윈 손바닥이 근질거렸다.

속기사는 그를 방해하며 손님이 왔다고 알렸다.

"허-엄!" 기븐스는 반쯤 혼잣말했다. "뉴욕 인류학회라고? 이 친구는 분명 뭔가 좀 아는 게 있겠군. 어쩌면 이 사업에 쓸 만할 수도……. 좋아, 들여보내!"

두 남자는 악수를 나누고 신속하게 서로를 가늠했다. 기븐스는 매튜를 보며 의자를 향해 손짓했다.

"제가 어떻게 도와 드릴까요, 매튜 씨?" 짐짓 감동에 흠뻑 젖은 음산한 어조로 그는 말문을 열었다.

"아니, 오히려 목사님과 목사님의 소중한 단체를 제가 어떻게 도울 수 있을까요?" 매튜는 잘나가는 세일즈맨의 능변으로 반격했다. "인류학자로서 당연히 목사님께서 관여하신 그 과업에 오랫동안 관심이 있었습니다. 저는 언제나 미국인의 삶에서 백인종의 완전성을 보전하는 일보다 더 중요한 문제는 없다고 생각해 왔습니다. 민족의 혈통이 열등한 피로 오염되는 것을 방치했던 국가들이 어떤 운명을 맞았는지 우리는 잘 알고 있습니다. (매튜는 얼마 전에 일요일 증보판에서 이와 같은 논쟁을 읽었고, 이것이 그가 가진 인류학 지식의 범주였다.) 최근 블랙-노-모어의 위협은 국가 건립 이래 미국 백인들이 맞닥뜨린 가장 심각한 위협입니다. 나는 뉴욕시에 거주하고 있어서 물론 이 흑인 크루크먼과 두 동업자의 움직임을 인지하고 있습니다. 이미 수천 명의 흑인이 백인종 영역으로 넘어왔지요. 그들은 뉴욕시에서 운영하는 것에 만족하지 않고 해안가를 따라 스무 개의 다른 도시에 요양원을 열었습니다. 책자와 검둥이 신문에 나오는 광고를 보면 매일 사천 명의 흑인을 백인으로 바꾸고 있다고 떠벌리더군요." 그는 금발 눈썹을 찌푸렸다. "그 위협이 얼마나 대단한지 아시겠죠? 이 속도라면 십 년 안에 이 나라에는 흑인이 한 명도 남지 않을 겁니다. 새 요양원들이 개원하면서 매일 그 속도가 빨라진다는 걸 염두에 두셔야 합니다. 이 상황에서 목사님은 즉각 뭔가를 해야 한다고 생각하지 않으시나요? 의회를 깨워야 한다고, 그리고 그 요양원들을 폐원시켜야 한다고 생각하지 않으시나요?" 젊은이는 공격적으로 분개하며 노려보았다.

기븐스 목사는 보았다. 매튜가 새롭게 발견한 능란한 말솜씨에, 득의양양하여 주장에 주장을 더하는 것을 들으며 기븐스는 고개를 끄덕였다. 그리고 능변과 진실성, 과학 지식, 그리고 이 상황에 대한 인식을 갖춘 이 말쑥한 백인 친구는 노르디카 기사들에 소중한 자산이 될 것이라는 결론에 이르렀다.

"뉴욕에 있는 몇몇 단체의 관심을 끌려고 해 보았지만," 매튜가 말을 이었다. "그들은 한결같이 이 위협과 그들의 책무에 눈을 감고 있습니다. 그러던 중에 누군가가 목사님과 목사님이 하시는 중대한 일에 대해 말해 주었습니다. 그래서 여기로 와서 목사님과 얘기를 나눠 보기로 한 겁니다. 저는 목사님이 시작하신 것과 같은 그런 전투적 비밀 체제를 갖춘 단체를 만들자고 제안할 작정이었는데, 목사님이 그 필요성을 이미 알고 있기 때문에, 저는 과학도로서, 그리고 사실적 정보와 그것을 회원들에게 제시할 수 있는 사람으로서, 서둘러 조력을 보탰으면 합니다."

"나는 매우 기쁠 거요." 기븐스가 소리를 높였다. "매튜 형제가 우리와 합류한다면 정말로 대단한 행운일 거야. 우리는 당신이 필요해요. 우리에게 엄청나게 도움이 되리라 믿어요. 어, 저녁에 있는 대중 집회에 나와 볼 의향이 있소? 당신이 연단에 올라 뉴욕의 사악한 검둥이 법인이 커 가는 것에 대해 방금 이야기한 것을 청중에게 말한다면 우리가 회원을 늘리는 데 엄청난 도움이 될 거요."

매튜는 몇 분간 이 문제를 고민하는 듯하다가 곧 동의했다. 첫 번째 미팅에서 대박을 터트린다면 이 단체의 간부가 되는 것은 확실했다. 간부가 되면 더 큰 사냥감을 노려볼 수 있었다. 기븐스와는 달리, 매튜는 엉터리 인종의 완전성에 대한 믿음이나, 자신이 노르디카 기사들로 몰고 와야 하는 그 백인들에 대해 어떤 확신도 없었다. 그와 반대로, 그들을 경멸하고 증오했다. 매튜는 가난한 백인들을 향해 흑인이 가지는 이해할 만한 보통 수준의 두려움이 있었고, 단지 그들을 진짜 돈으로 가는 발판 사다리로 이용할 계획이었다.

매튜가 떠나자, 기븐스는 단체가 아직 걸음마 단계에 있을 때 이렇게 재능 있는 이를 끌어들였다는 사실에 신이 났다. 자기 아이디어에 뉴욕의 과학자들이 감명받았다면 그것은 진정 완벽한 일이라고 그는 결론지었다. 기븐스는 손을 뻗어 사전 스탠드를 끌어당겨 그 큰 책에서 A를 열었다.

"자, 어디 한번 볼까." 그는 큰 소리로 중얼거렸다. "Anthropology 인류학. 이것에 관해 말을 많이 하기 전에 그 뜻을 확실히 알아 두는 게 좋겠지. 흐음! 흐음! 그 녀석은 정말 아는 게 많은 것 같군." 그는 그 정의를 이해하지 못한 채 두 번 읽었다. 그러고는 씹는담배를 한 움큼 떼어 내, 평소와 다른 두뇌 활동 후에 휴식을 가지려고 회전의자에 깊숙이 앉았다.

매튜는 기분 좋게 호텔로 돌아왔다. "오, 놀랍군!" 그는 우쭐해하며 크게 웃었다. "정말 운이 좋았어! 옛날 맥스를 오랫동안 억누르고 있을 수는 없지……. 내가 그들에게 말을 할 수 있을까? 음, 난 조용히 있지는 않을 거다!" 진짜 돈에 가까워지고 있다는 전망에 홍에 겨운 나머지 그는 값비싼 저녁과 25센트 시가로 자신을 대접했다. 후에 그는 애틀랜타 태생인 경비원에게 기븐스 노인에 대해 좀 더 물어보았다.

"어, 그 사람 돈이 많아. 늙은 사기꾼이야!" 경비원이 소견을 말했다. "젠장, 그렇게 무식한 사람이 어떻게 그런 돈을 손에 넣었는지 알 수가 없어. 근데 어쩌겠소, 사실이 그런데. 이 주변에서 가장 멋진 주택을 소유하고 있고, 젠장, 또 로켓을 쏘려고 하는 게 분명해."

"그걸로 뭔가를 얻을까요?" 매튜가 순진하게 물었다.

"어이, 브라더, 이 구역에 대해서 잘 모르시나 보군. 요 지랄, 무식한 가난뱅이 백인들은 한동안 뭐라도 빠져들 거여. 지난 삼 년간 여기에 클랜은 없었어. 적어도 활동하지는 않았지." 늙은이는 킥킥 웃더니 침 뱉는 그릇에 담배 침을 한 줄기 뿌려 댔다. 매튜는 어기적어기적 멀어져 갔다. 그렇다. 이 정보는 꽤 쓸 만할 것이다.

그날 저녁 임페리얼 대마법사도 저녁을 먹으러 집에 돌아왔을 때 똑같이 흥분해 있었다. 그가 좋아하는 찬송가를 흥얼거리며 집에 들어섰고, 아내는 놀라는 표정을 지으며 석간신문에서 눈을 들었다. 기븐스 목사는 늘 뭔가에 대해 불퉁거렸지만, 오늘 저녁에는 시골 축제장의 소매치기처럼 행복해했다.

"무슨 일 있어요?" 미심쩍이 킁킁거리며 아내가 물었다.

"오, 여보" 그는 콸콸 소리를 냈다. "우리 노르디카 기사들은 크게 될 거야. 정말 크게 될 거야! 나는 점점 유명해지고 있어. 오늘 뉴욕에서, 그러니까 빌어먹을 껌둥이들을 백인으로 바꾸고 있는 곳에서 온 저명한 인류학자와 오랜 시간 대화를 나누었어. 저녁 집회에서 그가 연설을 할 거야." 기븐스 목사는 빠르게 말하면서도 분명하게 설명했다. "엄청 스마트한 친구야. 당신하고 헬런도 와서 그가 말하는 걸 들으면 좋겠어."

"요 류머티즘이 잠시 괜찮으면," 기븐스 부인이 말했다. "꼭 그렇게 할게요. 헬런은 어떨지 모르겠어요. 계집애가 학교에서 멀어지더니 희망을 가질 만한 일에는 도통 관심이 없어요!"

기븐스 부인은 안타까운 어투로 말하고, 답답한 가슴을 들어 올리며 깊게 한숨을 내쉬었다. 그녀는 요즘 젊은 사람들의 이 신식 어리석음을 전혀 좋아하지 않았다. 그들은 하나님에게서 멀어져 가고 있었고, 그것이 바로 그들의 정체였으며, 그녀는 그것을 좋아하지 않았다. 기븐스 부인은 크리스천이었다. 그에 대한 의심은 손톱만큼도 없었다. 화가 나든 안 나든 그녀는 그것을 거리낌 없이 인정했다. 물론 그녀가 남편과 다툴 때면 종종 창조주의 이름을 헛되이 말하기도 했다. 친구들 사이에서 그녀는, 그녀가 말한 것이 항상 정확한 것은 아닌 사람으로 통했다. 그녀는 흑인을 싫어했다. 남편은 결혼식 날 밤 그녀의 순결에 대해 신랄하고 모욕적인 언사를 했다. 지금은 해체된 클랜의 숙녀 지원단의 단장으로서 그녀는 남편의 회계 방식을 모방했다. 그러나 그녀는 누구의 의심도 사지 않는 독실한 크리스천이었다. 그녀는 성경을, 돈이 많은 사람에 대해 말한 부분을 제외하고, 처음부터 끝까지 믿었고, 매일 저녁 큰 소리로 읽었다. 임페리얼 대마법사와 그의 모던하고 예쁘장한 딸은 그것이 꽤나 신경에 거슬렸다.

기븐스 부인도 아마 일찍이 예뻤을 테지만, 순회 설교자와 그보다는 나은 파트너로 오래 살아오면서 닳고, 많이 울었음이 자명했다. 한때 불타는 듯한 붉은 머릿결은 잿빛과 뒤섞인 빛깔로 변했고, 도끼 같은 얼굴은 주름과 선이 교차하는 모양새였다. 어깨는 둥그스름해지고, 가슴은 움푹 꺼지고, 구부정하게 걸으며, 길고 야윈 하얀 손은 집게발 같아 보였다. 집에 손님이 없을 때면 그녀는 코담배를 잇몸에 문지르거나 악취를 풍기는 클레이 파이프를 교대로 피웠다. 그럴 때면 헬런은 어머니에게 "교양 있는 사람처럼 행동하라"고 잔소리하곤 했다.

헬런은 스물이었고, 자신은 교양이 있다고 꽤 확신하고 있었다. 그렇든 그렇지 않든, 그녀는 분명 아름다웠다. 미모가 출중하여 여러 친구나 가족은 그녀는 틀림없이 입양된 것이라고 우겼다. 부모보다 키가 큰 그녀는 품위가 있고, 몸이 곧추섰고, 비율은 잘 맞았으며, 늘씬하고, 활발하고, 어떻게 옷을 입어야 하는지 알았다. 부모를 닮은 것이라곤 딱 하나 있었는데, 그것은 지적능력과 연관된 것이었다. 어떤 것이든 머리를 쓰는 일이라면 골치가 아프다고 불퉁거렸고, 그래서 부모는 공부에 관한 한 항상 그녀가 하자는 대로 내버려 두었다.

열한 살에 그녀는 공립학교 3학년을 그만두고 특별한 신학교로 가게 되었는데, 이것은 사회적 명망을 얻는 것과 더불어 인지적 무능을 숨기려는 두 가지 목적이 있었다. 열여섯 살, 그녀를 거의 포기할 지경에 이르렀던 선생님들은 아버지가 그녀를 북부에 있는 '피니싱 스쿨'*로 옮기겠다고 결정하자 굉장히 좋아했다. '피니싱 스쿨'은 헬런이 소유한 지능이라는 것을 대충 완성시켰다. 그러나 4년 후, 그녀는 더욱 아름다웠고, 어떻게 옷을 입어야 하는지, 상류 사교계에서 어떻게 처신해야 하는지에 대한 더 나은 지식과 최상위급 서클에서 그럭저럭 어울릴 수 있는 여러 피상적인 것들, 그리고 미국 상류층 삶의 세련됨이라 대충 넘어갈 수 있는 얄팍한 익살스러움을 다분히 갖추어 나왔다. 그녀가 맨해튼에서 겨울을 한 번 보내며 그 교육은 완숙되었다. 이제 그녀는 집에 돌아와 우스꽝스러운 부모를 너무나 창피하게 여기며, 그 부류의 다른 여자애들이 그러하듯, 잘생기고 지적이고 교육받고 세련되고 부를 잘 굴리는 남편을 만나길 고대하고 있었다. 그런 남자는 존재하지 않는다는 사실을 모른 채, 그녀는 자신 있게 미래를 내다보고 있었다.

---

* 주로 상류층 숙녀에게 필요한 사회 교양이나 예법을 가르치는 학교

“거기 그 역겨운 사람들 틈으로 내려가고 싶지 않아요.” 저녁 식사에서 아버지가 그 집회 이야기를 꺼내자 헬런은 대꾸했다. “그 사람들은 투박하고 단순해요. 아버지도 아시잖아요.” 가는 눈썹을 활 모양으로 만들며 그녀가 해명했다.

“보통 사람은 이 땅의 소금이다.” 기븐스 목사가 크게 말했다. “보통 사람들이 아니었다면 우리는 이 집도 없을 테고, 너를 학교에 보낼 수도 없었을 게야. 네 신식 생각이 나는 지긋지긋하다. 네가 엄마를 좀 닮으려고 한다면 훨씬 좋을 텐데.”

기븐스 부인과 헬런은 그가 미소 짓는지 보려고 흘긋 쳐다보았다. 그는 미소 짓지 않았다.

“가지 그러니, 헬런?” 기븐스 부인이 호소했다. “뉴욕에서 온 그 청년도 온다고 하더라. 어, 과학잔가 뭔가 하면서 아는 것도 많다잖아. 너도 뭔가 배울지도 몰라. 류머티즘만 아니라면 나도 가고 싶구나.” 그녀는 자기 연민에 한숨을 내쉬며 닭 다리 뜯는 것을 끝냈다.

헬런은 호기심이 일었다. 비록 수많은 공장 노동자들 사이에 앉아 있어야 한다는 생각이 탐탁지 않았지만, 그녀가 얼마 전에 시골티와 순정을 잃어버렸던 그 대도시에서 왔다는, 이 명석하다는 청년을 만나고, 그가 하는 말을 듣고 싶었다.

“음, 알겠어요.” 그녀는 마지못해 그러는 듯 허락했다. “갈게요.”

만국기를 드리운 노르디카 기사들의 강당은 서서히 채워졌다. 강당 바닥에는 톱밥이 뒹굴고, 한쪽 끝에는 커다란 연단이 있었다. 접이식 나무 의자가 줄줄이 놓여 있고, 서까래에 매달린 큼지막한 하얀 전등들이 불을 밝혔다. 연단에는 의자 다섯 개가 일렬로 놓여 있는데, 가운데 의자는 등받이가 높고 금도금이 되어 있었다. 강대 아래에는 두툼한 성경책이 있었다. 뒷벽으로는 커다란 성조기가 펼쳐져 있었다.

청중은 백인 노동자의 하류층으로 구성되었다. 모든 인간이 그렇듯, 삶의 영원한 흐름 속에 불변의 무언가를 찾고 있는, 굳은 표정의, 뾰족한 턱의, 흐리멍덩한 눈의 미숙한 성인들. 화려한 싸구려 옷을 입고 서커스 단원처럼 화장한 젊은 여자들, 어릴 때부터 했던 노동과 고약한 환경 때문에 실제보다 나이 들어 보이는 젊은 남자들, 얼굴에 피곤한 기색이 역력한 번들거리고 추레한 복장의 중년들—이들은 삶의 기준과 지성을 향상시키는 일 말고는 어떤 목적을 위해서라도 조직에 합류할 준비와 열성을 갖추고 있었다.

기븐스 목사는 기도로 집회를 시작했다. "오 하나님, 당신의 이 사역이 성공하도록 여기 당신 민족의 자매와 아내와 딸 들을 이방 종족의 더러운 오염에서 보호하소서."

각자 다른 소리를 내는 성가대는「크리스천 병사들 앞으로 전진」을 신실하게, 요란하게, 그리고 엉망으로 불렀다.

그들은 연단으로 줄을 지어 나아오려고 했고, 성가 지휘자는, 뚱뚱하고 유쾌한 산더미 같은 남자는, 무대로 올라가 그들을 제지해야 했다.

"잠깐만요, 여러분 잠깐만." 그가 소리쳤다. 그러고는 회중을 향해 돌아섰다. "자, 우리 모두 이곳에 기운을 넣어 봅시다. 우리는 모두 행복하길 원하고, 여기 이 모임에 합당한 정신을 갖길 원하죠. 성가대에게 첫 소절과 끝 소절을 다시 부르라고 하겠습니다. 성가대가 후렴구에 오면, 여러분도 함께 노래하세요. 염려 마시고. 예수님은「크리스천 병사들 앞으로 전진」을 노래하는 것을 두려워하지 않을 겁니다, 그렇겠지요? 자, 여러분, 시작합니다. 성가대, 시작해 주세요. 내가 손짓을 하면 성가대와 함께 부르세요."

그는 연단을 오르내리며 얼굴이 벌게졌고, 적절한 시점에서 소리 지르며 팔을 저었다. 사람들은 그의 지시에 따랐다. 마지막 선율이 서서히 끝나자 그는 성가대를 멈추게 했고, 무대의 가장자리에 발을 놓으며 몸을 청중 쪽으로 한껏 기울이고 다시 크게 소리를 질렀다.

"자, 여러분! 우리가 예수님한테 가는데 늘어지면 안 되죠. 그냥 쥐꼬리만 한 노래 하나 가지고는 예수님이 기뻐하지 않으실 겁니다. 여러분이 예수님을 사랑하는 걸 예수님이 알도록 해야 합니다. 여러분이 행복하고 만족한다는 걸 알려야 합니다. 여러분은 근심이 없고 앞으로도 없을 겁니다. 자, 어서요. 여러분이 모두 잘 아는 옛날 찬양을 불러 봅시다. '우리 근심일랑은 낡은 배낭에 넣어 버리고 웃자, 웃자, 웃자.'"

그는 큰 소리로 성가를 불렀고, 사람들은 따라 불렀다. 다시 한 번 광대한 강당은 큰 소리로 흔들렸다. 그는 사람들을 일으켜 세우고, 노래가 끝날 때까지 서로 손을 맞잡고 있게 했다.

연단 위에 기븐스 노인과 나란히 앉아 있던 매튜는 놀라면서도 흥미롭게 이 광경을 지켜보았다. 이 회합이 더 무지한 흑인들의 시끌벅적한 종교 모임과 흡사했기 때문에 흥미로웠고, 이때까지 자신이 이들에게 인류학을, 자신이나 이 청중 누구도 알지 못하는 한 주제를, 강의하는 것에 불안해했었다는 점에 기가 막혔다. 이 사람들은 누군가가 그들 앞에서 큰 소리로 외치거나 확신 있게 말하는 것이라면, 어떤 것도 믿을 태세였다. 매튜는 그것을 금방 깨달았다. 어떻게 말하면 그들의 환호를 받고, 그들을 회원으로 가입시킬 수 있는지 알았고, 그는 그것을 계속 반복할 작정이었다.

임페리얼 대마법사는 자신이 상상하는 매튜의 학문적 업적에 집중하며 그 저녁의 강연자를 소개하는 데 반 시간을 썼다. 그는 매튜가 폭넓은 지식을 가졌음에도 변함없이 하나님의 말씀과 여성의 고결성과 백인종의 순결성을 믿고 있음을 애써 공표했다.

한 시간 동안 매튜는 그들이 믿는 바를 목청껏 부르짖었다. 즉, 백인 피부는 월등한 지적 능력과 도덕성의 확고한 표시이고, 모든 흑인은 그들보다 열등하며, 하나님은 미국이 백인의 나라가 되길 바라고, 그들은 하나님의 도움으로 그렇게 할 수 있고, 만약 블랙-노-모어 법인이 그 위험한 활동을 계속하게 내버려 둔다면 그들의 아들과 형제 들이 무심코 흑인 여자와 결혼하거나, 더 심하게는 자매와 딸 들이 흑인 남자와 결혼할지도 모른다는 것이었다.

그가 말하는 한 시간 내내 열정적인 환호 소리가 간간이 말을 끊었고, 그는 말을 하면서도 시선은 청중에 있는 여자들을 훑어보며 그중 가장 말쑥한 이들을 눈여겨보았다. 열성적인 병사들에게 5달러에 노르디카 기사들에 합류하라고 기운차게 호소하는 것으로 마무리하고, '미리 심어 놓은' 첩자 대여섯 명이 풋내기들을 줄지어 연단으로 이끄는 동안, 매튜는 처음으로 앞줄에 앉아 넋을 잃고 그를 바라보는 한 숙녀를 보았다.

그녀는 금갈색 머리에, 옷을 잘 입었고, 아름다우면서도, 미묘하게 낯이 익었다. 매튜는 우레와 같은 환호성을 받으며, 기쁜스 목사와 수금원들에게 길을 내주기 위해 물러나면서, 그녀를 전에 어디서 보았는지 떠올리려고 했다. 자리에 앉아서는 그녀를 자세히 보았다.

불현듯 깨달았다. 바로 그녀였다! 그에게 퇴짜를 놓았던 숙녀. 그가 오랫동안 찾아왔던 숙녀. 세상에서 무엇보다도 간절히 원했던 여인! 그녀가 여기에 있다니, 이상했다. 매튜는 항상 그녀를, 이런 사람들과 어울리기에는 수준이 아주 높은, 세련되고 교양 있고 부유한 숙녀라고 생각해 왔었다. 그녀가 다시 사라지기 전에 어떻게든 꼭 그녀를 만나고 싶었다. 하지만 그녀를 여기서 발견한 것은 다소 실망이었다.

매튜는 그 숙녀의 정체에 관해 물어보고 싶어 기븐스가 다시 자리에 앉는 것을 기다리기가 쉽지 않았다. 뚱뚱한 찬양 인도자가 잘 알려진 마무리 찬송가를 우렁차게 이끄는 동안, 매튜는 임페리얼 대마법사 쪽으로 기울이며 크게 말했다. “저 앞줄에 앉은, 키가 큰 금발 머리 아가씨는 누군가요? 아는 분이세요?”

기븐스 목사는 바싹 야윈 목을 길게 빼고, 눈을 껌뻑거리며 청중을 향해 보았다. 그러고는 6미터 정도 떨어진 곳에 앉아 있는 숙녀를 보았다.

“저기 맨 앞에 앉아 있는 숙녀 말인가?” 목사가 손으로 가리키며 물었다.

“예, 그렇습니다.” 매튜가 재빨리 대답했다.

“하하하!” 마법사는 잔 수염이 우둘투둘한 턱을 문지르며 껄껄 웃었다. “어이, 저긴 내 딸일세. 헬런. 만나고 싶은가?”

매튜는 자기 귀를 의심했다. 기븐스의 딸이라고! 믿을 수가 없군! 정말 대단한 우연의 일치다! 횡재했다! 그녀를 만나고 싶으냐고? 매튜는 몸을 기울이고 소리쳤다. “좋습니다.”

5장

커다란 은빛 경비행기가 로스앤젤레스 마인즈 필드 지면에 미끄러지듯 우아하게 앉더니, 잠깐 달린 후에 멋지게 섰다. 제복을 입은 승무원은 앞 객실 칸에서 발판을 들고나와 뒷문 아래 놓았다. 동시에 고성능 수입차가 비행기 옆으로 쓱 와서 대기했다. 비행기 뒷문이 열리고, 키가 크고 검은 피부의 수려한 흑인이 나오더니, 승무원의 부축을 받으며 땅으로 내려갔다. 그 뒤로 비서로 보이는 젊은 백인 남자와 여자가 따라 내려왔다. 그 셋이 리무진에 오르자, 리무진은 빠르게 그곳을 빠져나갔다. 근처에 있던 정비사들은 그 장면을 보고 무척 놀라워했다.

"저 껌둥이는 누구야?" 정비사 하나는, 여느 미국인처럼, 그 엄청난 부자 앞에 눈을 둥그렇게 뜨고 공손한 태도를 보이며 물었다.

"저게 누군지 몰라?" 다른 사람이 딱하게 되물었다. "거, 거 크루크먼 박사 아냐? 검둥이를 하얗게 만든다는 놈 말이야. 비행기 측면에 B N M 보이지? 저게 블랙-노-모어란 말이여. 젠장, 지난 육 개월 동안 저 사람이 번 거 절반만 벌어도 좋았겠네!"

"근데 내가 신문에서 읽기로는," 처음 말했던 사람이 이의를 제기했다. "저 사람이 있는 곳을 법적으로 문 닫게 한다고 하던데, 사업 못 하게 말이야."

"어, 넘어야 할 산이 많아." 상대방이 말했다. "어제 신문에는 블랙-노-모어가 센트럴길에 또 하나 문을 연다고 하던데. 오클랜드에 이미 하나가 있다고 어제 깜둥이 하나가 말하던데."

"웃긴 세상이야." 그들이 그 큰 비행기를 근처 격납고로 밀고 가면서 세 번째 정비사가 끼어들었다. "어떻게 주변에 백인들만 있지. 검둥이가 도와주는 것은 싫은가 봐. 리무진 기사도 백인, 직원도 백인, 그리고 그와 함께 있던 젊은 여자, 남자도 백인이잖아."

"그걸 어떻게 알아?" 처음 말했던 사람이 따졌다. "모두 검둥이였는데 그가 백인으로 바꿨을 수도 있잖아."

"그러네." 다른 이가 응수했다. "그래서 누가 누군지 모르게 말이야. 내 생각엔 노르디카 기사들이 뭔가를 해야 할 것 같아. 나도 두 달 전에 가입했는데, 그 사람들은 아무것도 안 하고 나한테 구식 유니폼을 팔고 두어 번 모임을 가진 것뿐이야."

그들은 점차 조용해졌다. 한때 세네갈인이었던 샌덜은 미소 지으며 조종석에서 나왔다. "아, 이런 미국인들 하고는." 그는 엔진으로 걸어가 모든 것을 꼼꼼하게 살피며 혼잣말했다.

"어이, 어디서 오는 길이여?" 한 정비사가 물었다.

"덴버." 샌덜이 대답했다.

"뭐야, 전국을 돌아다니는 거야?" 다른 정비사가 질문했다.

"그래. 그러니까, 흔히 말하는 시찰을 하면서 다니는 거지." 비행사가 다시 답했고, 그들은 더 이상 할 말이 떠오르지 않아 이내 멀어져 갔다.

센트럴길 빌딩 7층, 타원형 테이블에는 주니어스 크루크먼 박사와 행크 존슨, 척 포스터, 박사의 비서인 랜포드, 그리고 다른 네 명의 남자가 앉아 있었다. 테이블 끝에서는 랜포드의 속기사인 베넷 양이 속기하고 있었다. 조롱 섞인 아첨을 할 때만 니그로 성품이 드러나는, 조용히 걷는 웨이터는 그들에게 각각 샴페인을 가져다주었다.

"우리의 영원한 성공을 위하여!" 크루크먼 박사가 잔을 높이 들며 소리쳤다.

"우리의 영원한 성공을 위하여!" 다른 이들이 따라 말했다.

그들은 잔을 비운 후 윤기가 흐르는 테이블 위에 올려놓았다.

"개가 무네, 닥!" 존슨이 불쑥 말했다. "우리는 잘하고 있어. 우리가 일을 시작한 후로 나쁜 일을 터진 건 없고, 이제 9월 1일이야."

"너무 일찍 환호하지는 말게." 포스터가 경계했다. "나날이 반대 세력이 날카롭게 커 가고 있어. 나는 이 빌딩을 사려고 원래 가격보다 7만 5000달러나 더 줘야 했네."

"그래도 샀잖는가?" 존슨이 물었다. "내가 항상 말한 것처럼, 돈이 있으면 이 나라에서는 뭐든지 손에 넣을 수 있어. 상황이 어려워 보일 때면, 수표책을 꺼내면 모든 게 오케이지."

"긍정주의자로군!" 포스터가 푸념했다.

"비관론자는 아니지." 존슨이 반박했다.

"자, 신사 여러분," 크루크먼 박사가 목청을 가다듬으며 끼어들었다. "본론으로 들어가 봅시다. 우리가 여기서 만난 것은, 여러분도 아시다시피, 이번 50번째 요양원의 개원을 축하할 목적도 있지만, 현재 상황을 검토해 보려는 것도 있습니다. 우리가 일했던 7개월 반 동안의 자세한 사업 리포트가 여기 내 앞에 있습니다.

이 기간에 우리는 전국에 걸쳐 50개의 요양원을 세웠습니다. 그러니까 평균 150명 환자를 수용할 수 있는 규모의 요양원을 나흘 반 만에 하나씩 세운 겁니다. 각 요양원에는 여섯 명의 의사와 간호사 스물네 명, 관리인 한 명, 잡부 네 명, 전기공 둘, 회계원, 출납원, 속기사, 기록원, 그리고 네 명의 경비가 있죠.

우리는 지난 4개월 동안 피츠버그에 있는 설비 공장과 필라델피아에 있는 화학 제조 공장을 풀가동했습니다. 게다가 비행기 네 대와 라디오 방송국 하나를 매입했죠. 부동산과 급여, 화학 약품에 쓴 비용이 모두 합쳐 625만 5085달러 10센트입니다."

"허! 허!" 존슨이 털털하게 웃었다. "그 10센트는 틀림없이 포스터가 태우는 질 나쁜 시가 중에 하날 거야."

"우리 총수입은," 크루크먼 박사가 말이 끊긴 것에 살짝 인상을 찌푸리면서 계속했다. "1850만 399달러, 즉 두당 50달러로 치자면 37만 6명이죠. 이는 내가 처음에 시술비를 50달러로—보통 흑인이 가능한 범주 내로—하자고 주장했던 것이 맞는다는 걸 입증하는 것 같군요." 박사는 리포트를 옆에 놓고 덧붙였다.

"다음 4개월 동안 우리는 산출량을 두 배로 늘릴 겁니다. 올해 말까지 시술비를 25달러로 낮춰야 합니다." 그는 민감한 긴 손가락으로 왁스를 입힌 수염을 살짝 비틀며 만족스럽게 미소 지었다.

"그렇지." 포스터가 말했다. "이 사업은 빨리 끝내면 끝낼수록 더 좋아. 우리가 여태껏 부딪혔던 반대보다 훨씬 심한 반대를 받을 걸세."

"무슨 소리야, 이 사람아!" 존슨이 으르렁거렸다. "여기 검둥이는 아직 시작도 안 했어. 여기 검둥이들이 다 하면, 서인도 제도에 있는 녀석들도 있고. 난 정말로, 절대 이 일이 안 끝났으면 좋겠어."

"자," 크루크먼 박사가 다시 입을 열었다. "포스터 씨는 우리 부동산을 매입하면서 보여 준 근면과 재간에 칭송받을 자격이 있고, 존슨 씨는 여러 시 공무원들의 반대를 잠재운 탁월한 수완에 똑같이 칭송받을 자격이 있습니다. 여러분도 아시겠지만, 이 노력을 하면서 우리는 거의 백만 달러를 썼고, 워싱턴과 다른 주 수도에 입법 분위기를 조성하기 위해 역시 비슷한 금액을 썼습니다. 이것은 어떻게 우리 사업을 막기 위해 입법 기관이나 지방의회에 제출된 모든 법안이 위원회에서 죽었는지를 설명합니다. 더욱이 존슨 씨는 대체로 젊은 여성으로 구성된 스파이 조직을 만들어 우리의 노력을 공개적으로 반대할 수 없는 자리에 공무원과 의원 여럿을 배치해 놓았습니다."

그들 사이에 감사의 미소가 퍼졌다.

"지금부터 우리가 할 일이 많겠군." 포스터가 덧붙였다.

"그래, 빅 보이," 전 도박꾼 존슨이 대꾸했다. "그걸 위해 뭐를 해야 하든, 난 모든 일을 제쳐 두고 할 거야!"

"물론이죠." 박사가 말했다. "우리의 친구 존슨 씨는 양심의 가책 따위는 없으니까."

"난 그게 뭔지 몰라, 대장." 존슨이 싱긋 웃었다. "근데 수표책이 무엇을 할 수 있는지는 알지. 내가 돈 이야기를 하면 백인 가난뱅이들도 누그러지거든."

"오늘 오후에," 크루크먼이 말을 이었다. "주임 화학자 윌리스 벗츠와 더불어 지사장인 헨리 도건, 찰스 힌클, 프레드 셸던을 만나기로 했습니다. 이 기회에 모두 모여서 서로 알고 지내면 좋을 거 같아서요. 그들이 하는 말을 들어 보죠. 그들도 우리 회사 다른 직원들처럼 트리트먼트를 받았지만, 그래도 하나같이 흑인 인종을 생각하는 사람들입니다."

다음 45분 동안 세 지사장과 주임 화학자는 각자 일의 진행 상황을 보고했다. 때때로 사환이 찬 음료와 시가, 담배를 가져왔다. 머리 위에서는 전기 팬이 휙휙 돌았다. 열린 널찍한 창으로는 단층집과 보행로, 야자수, 느릿느릿 굴러가는 전차, 빠르게 달려가는 자동차 들을 볼 수 있었다.

"주여, 주여, 주여!" 회의가 끝나자 존슨은 창으로 시내를 바라보며 외쳤다. "이 일을 2, 3년만 더 하게 해 주시면, 헨리 포드를 보잘것없는 부랑자처럼 보이게 만들어 버리겠나이다."

한편 흑인 사회는 격동과 혼돈에 빠져 있었다. 유색인들은 블랙-노-모어 트리트먼트를 받기 위해 필사적으로 애쓰고 있었으며, 충정이나 동맹, 책임 따위는 모두 잊었다. 일요일에 교회로 몰려가는 일은 없었고, 수많은 친목 조직에 회비를 내지도 않았다. 린치 반대 캠페인에 기부하는 것을 그만두었다. 한때 번영했던 백-투-아프리카 협회 회장인 샌탑 리커리쉬는 협회를 저버린 그 인종을 비난하느라 매일 성량이 큰 목소리를 높이고 있었다.

흑인 사업체 또한 충격이 작지 않았다. 사람들은 두어 주 급여를 모으면 머리를 영원히 곧게 펴거나 피부를 하얗게 할 수 있었기 때문에 대부분 한순간을 위해 그렇게 하려고 하지 않았다. 흑인들 편에서는 심경 변화가 있었고, 그에 따른 직접적인 결과로 피부 미백이나 헤어 스트레이트 화약 약품을 만드는 회사는 대부분 파산했다. 그 사업체들은 대체로 약삭빠른 유대인들이 운영하고 있었지만, 최소 여섯 개 정도는 흑인이 소유했다. 사업이 급격히 뒷걸음질 치면서 그들 제품 광고에 의지하던 흑인 주간신문의 수입은 심각하게 감소했다. 세탁이나 다림질을 했을 유색인 여자를 수천 명 고용했던 헤어 스트레이트 사업체는 퇴락했고, 열에 아홉은 가게 앞에 '임대 가능'이라는 표지를 걸었다.

주거지 분리 덕분에 장악할 수 있었던 흑인 유권자의 도움을 받아 뚱뚱하고 번드르르한 '지킴이' 대리인으로 성장한 블랙 벨트의 흑인 정치인들은 흑인의 결속과 인종의 자부심, 정치적 해방에 대해 강연했으나 부질없는 짓이었다. 어떤 것도 백인종으로의 대이동을 막지 못했다. 정치인들은 암울하게 사무실에 앉아 패배를 인정하고 가까운 블랙-노-모어 요양원을 알아보거나, 백인들이 일어나 크루크먼 박사와 동업자들의 활동을 막으리라는 희망을 조금 더 오래 붙들고 있었다. 진정 백인만이 유일한 희망이었다. 흑인 대부분은 피부색 해방을 위해 한 푼 두 푼 모으고 있었고, 도박을 그만두었으며, 매음굴에 드나드는 일이나 토요일 밤의 요란한 파티도 그만두었기 때문이다. 그리하여 부정한 이득을 취할 수 있었던 그 통상적인 재원이 사라졌다. 흑인 정치인들은 당연히 그들의 백인 주인에게 원조해 달라고 사정했으나, 그들 대부분이 이미 행크 존슨에게 안전하게 매수되었음을 깨닫고는 까무러칠 지경이었다.

흑인 빈민가의 유럽풍 분위기는—그 음악과 박장대소, 야단법석, 익살스러움, 오만방자함은—사라졌다. 대신, 긴장된 얼굴, 떠들썩한 모습, 그리고 들뜬 부산스러움이 나타났다. 그것은 새롭게 발견한 석유갱 주변이나, 골드러시가 일어나기 전, 아니면 전쟁 중 군인 야영지에서나 볼 수 있음 직한 광경이었다. 노래와 만담을 풀어놓던 무사태평의 흑인은 영원히 사라졌고, 그 자리에는 악착같이 돈을 긁어모으는, 크루크먼 박사의 수수료를 지불할 수 있는 돈이 모이길 조바심 내며 양말에 동전을 꾸역꾸역 쑤셔 박는 안달복달하는 흑인이 있었다.

남부에서 올라온 그들은 떼를 지어 왔는데, 그 규모가 점점 커졌다. 그들은 트리트먼트를 받기 위해 블랙-노-모어 요양원을 에워싸고 있었다. 남부에는 백인들의 적대감이 심해 이런 요양원이 없었지만, 두 지역의 경계선을 따라서는, 즉 워싱턴 디시, 볼티모어, 신시내티, 루이빌, 에번즈빌, 카이로, 세인트루이스, 덴버 같은 곳에는 많이 있었다. 다양한 남부 지역 사회에서는 이것을—이 나라 역사 속에 가장 거대한 흑인 이주를—저지하려 했지만, 소용없었다. 그들은 열차로, 배로, 마차로, 자전거로, 자동차로, 그리고 걸어서 약속의 땅으로 들어갔다. 경찰과 노르디카 기사들 자원봉사자의 전초지를 통과해 침투하는 희망찬 행렬. 흑인이 가는 것에 반대가 심한 곳에는 난데없이 엄청난 양의 공짜 밀주와 빳빳한 새 지폐가 나타났고, 블랙-노-모어를 반대하며 부단히 경계를 서던 백인들은 다른 쪽으로 머리를 돌렸다. 행크 존슨은 대체로 모든 사태를 대처할 수 있는 듯 보였다.

호전적인 흑인 단체인 전미 사회 평등 연맹의 본부 사무실은 요란했다. 전화벨이 울리고, 물라토 직원들은 정력적으로 오가고, 심부름꾼은 황급히 들어왔다 나갔다. 맨해튼 타임스퀘어 구역에 위치한 이곳은 40년 동안 흑인 시민의 온전한 사회 평등권 보장과 전국적 스포츠가 되어 버린 린치의 즉각적인 철폐를 위해 투쟁해 왔었다. 이 조직은 상당 부분 백인들의 기부금에 기대어 지탱해 왔는데, 흑인들은 자유와 자립을 위한 프로그램을 언제나 다소 회의적으로 보았기 때문에 이 협회의 노력이 전연 무의미한 것은 아니었다. 티 하나 없이 깔끔한 사무실은 엘리베이터에서부터 모든 방면으로 전망이 펼쳐져 있었고, 발소리는 두툼한 모조 페르시아 융단에 묻혔다. 많은 직원은 흑인에 대한 박해와 억압을 깨끗이 종결시키기를 원했지만, 흑인이 극장에 들어가지 못하거나 새까맣게 타는 사건이 발생할 때만큼이나 행복해하거나 열광하지는 않았다. 그런 일이 벌어지면 그들은 벌떡 일어나 전화를 부여잡고, 전보지 묶음을 손에 들고, 속기사에게 소리를 지르곤 했다. 자신들의 존립과 기금 모금에 호소할 수 있는 또 다른 이유를 제공하는 비참한 광경에 미소 지으며 짐짓 분노했다.

첫 블랙-노-모어 요양원이 니그로인을 코카시아인으로 바꾸기 시작한 후로 전미 사회 평등 연맹의 수입은 감소하고 있었다. 월정 회비는 징수되지 않았고, 전국적 대변지 「딜레마」는 구독자 수가 영에 가깝게 쪼그라들었다. 으리으리한 아파트에 안락하게 자리 잡은 지 오래된 직원들은 급여 날의 간격이 점점 멀어지자

공황 상태에 빠지기 시작했다. 니그로 인종을 위해 백인 호사가들이 가득한 얼번(도시) 클럽에서 뜨내기 오리처럼 점심을 먹는 고통을 견뎌 내는 일이나, 소중한-아프리카-구하기 컨퍼런스를 조직하기 위해 대서양 횡단 항해선 일등석에 앉아 항해의 위험을 감수하는 일, 또는 니그로 이슈에 대한 개별 강연을 듣기 위해 미국 횡단 열차에 앉아 앞뒤로 흔들리는 몹시 고달픈 고문을 당하는 일을 더는 할 수 없는 시간이 다가오는 것을 그려 보기 시작했다. 5천 달러* 연봉이라는 보잘것없는 급여를 받으며 오직 몇천 명의 부유한 백인만이 소유한 헌법상 기본 권리를 흑인도 받게 하려고 격렬하게 그리고 악착같이 싸워 왔었다. 그런데 지금 그들은, 평생 일구어 온 공적이 빠르게 무너지고 있는 것을 보았다.

그들은 독단으로는 블랙-노-모어 법인에 효율적으로 반대하는 것이 어렵다고 느꼈고, 그래서 1933년 12월 1일에 연맹 본부에서 전국 모든 저명한 흑인 지도자 회의를 열자고 제안했다. 서로의 업적을 자랑하기 위한 목적이 아니라면 흑인 지도자들이 한데 모이는 것은 이제까지 불가능했었다. 인종의 결속과 단합된 행동을 호소하는 정열을 훌쩍 뛰어넘는 정열로 그들이 서로 싸우는 것은 예삿일이었다. 그러나 현재 상황은 전례가 없는 것

* 현재 가치로 따지자면, 약 9만 달러(1억 1천만 원) 정도에 해당하는 금액으로 사실상 높은 연봉이다.

으로 초대받은 유색인 대표들은 거의 모두 기꺼이 참석하겠다고 동조했다. 그들은 모두, 너무 허기져서 더는 땅을 팔 수 없는 지경에 이르기 전에 도끼를 거두어야 할 때가 되었다고 느꼈다.

전미 사회 평등 연맹의 안쪽 사무실에서는 연맹의 설립자이자 하버드대, 예일대, 코펜하겐대를 졸업한 셰익스피어 아가멤논 비어드 박사가 (코카시아인이든 니그로인이든 누구든지 그의 거만한 태도에 항상 강한 인상을 받았다) 상판이 유리인 책상에 앉아 곱슬곱슬한 회색빛 머리를 문지르더니, 지금은 삽처럼 생긴 턱수염을 문지르고 있었다. 이 박식한 박사는 코카시아인을 비판하고 니그로인의 위대함을 칭송하는, 지적이면서도 톡 쏘는 사설을「딜레마」에 썼으나, 속으로는 코카시아인을 동경했고 니그로인은 딱하게 여기며 경멸했다. 감사하게도 자신은 결코 경험하지 못한, 짓밟힌 흑인 노동자의 고통과 빈곤을 명석한 문장으로 풀어냈다. 여느 흑인 지도자처럼 흑인 여성을 신성시했지만, 옥토룬이 아니면 일자리를 주지 않았다. 백인 만찬에서는 '우리 흑인 인종'에 대해 이야기했고, 책에서는 자신은 프랑스인, 러시아인, 인도인, 니그로인의 피가 섞여 있다고 인정했다. 그는 또 거부감이 덜한 연한 피부색의 예쁘장한 속기사를 고용하여 흑인 여성을 타락시킨다고 게르만인을 신랄하게 비판했다. 현실적인 방식으로 그는 자기 인종을 사랑했다. 평화의 시기에 그는 좌파 사회주의자였으나, 전운이 감돌면 전쟁의 신 마르스의 발 앞에 진을 쳤다.

더 검은 인종의 이 영웅 앞에는 전날 그가 직원들과 함께 도출해 깔끔하게 활자화한 결의안이 놓여 있었다. 미국 법무장관에게 보내는 것이었다. 직원들은 이 문서를 효과적으로 또 문법에 맞게 집필할 수 있는 교육을 받은 다른 흑인 지도자는 없다고 믿었기 때문에 이 예방책을 택했다. 비어드 박사는 결의안을 다시 읽은 후 서랍에 넣고는, 책상 위에 일렬로 놓여 있는 버튼 중 하나를 눌렀다. "들어오라고 해." 그가 지시했다. 물라토 여자는 돌아서서 방을 나가고, 이 연로한 학자는 가늠하고 만족하는 눈빛으로 그녀 뒤태를 따라갔다. 문이 닫히자 그는 아쉬움의 한숨을 내쉬었다. 젊은 날의 정력이 그리웠다.

3, 4분 후에 문이 다시 열리고, 옷을 잘 입은 흑인, 물라토, 백인 몇 명이 큰 사무실로 들어와, 벽에 둘러 있는 의자에 앉았다. 그들은 서로 인사를 나누고, 평소처럼 정중하게 연맹 회장과도 인사했지만, 이번에는 평생 처음 정말 진심이었다. 그들을 곤경에서 구해 줄 수 있는 누군가가 있다면 그건 비어드였다. 모두 그것을 인정했으며, 박사 스스로도 그랬다. 그들은 두툼한 시가나 길쭉한 담배, 런던산 브라이어 파이프를 꺼내 불을 붙이고, 회의가 시작되길 기다렸다.

자기 인종의 존경을 받는 이는 손가락 관절로 책상을 두드리며 시선을 모으더니 15센티 담배를 옆에 놓고 말문을 열었다.

"우리 인종은 순진한 용기와 불굴의 의지 그리고 자부심을 품고, 궁지에 빠진 대중 위로 머리를 높이 쳐들며 분투해 왔습니다. 나는 우리 인종과 밀접하게 연관된 해악이나 이익과는 거리를 두고 은둔 생활을 해 왔습니다. 그래서 여러 불행한—우리가 네 벽으로 둘러싸인 사무실 안에 모여 얼굴을 마주하게 한 얽히고설킨—상황을 검토하는 이 불쾌한 과업을 감히 어떤 더 능력 있는 분으로부터 가져오는 것이 그리 달갑지 않았습니다." 그는 여우 같은 눈빛으로 모여 있는 사람들을 둘러보고 온화하게 말을 이었다. "그러니 동지 여러분, 이 임시 조직의 의장직을 맡은, 능력과 품격을 갖춘 나의 비서관이자 막역한 벗, 나폴레옹 웰링턴 잭슨 박사에게 지지를 보내 줄 것을 간청합니다. 잭슨 박사는 내가 소개할 필요도 없는 분입니다. 박사의 연구나 두터운 책임감, 고통받은 흑인종에 대한 깊은 애정은 여러분도 알고 있을 겁니다. 그가 작사하고 지난 20년 동안 사랑받은 많은 애절한 노래를 여러분도 즐겨 불렀으리라 믿어 의심치 않습니다. 라틴어 시의 번역가이자 그리스어의 권위자로서의 그의 명성은 익히 알고 있을 거고요.

잭슨 박사에게 기꺼이 발언권을 넘겨주기 전에 잠깐 우리의 숙명이 별들 사이에 놓여 있음을 말하고 싶습니다. 에티오피아의 운명은 앞날을 알 수 없습니다. 나일강의 여신은 위대한 스핑크스 발 앞에서 비통하게 눈물을 흘립니다. 콩고 위로 구름이 낮게 드리우고, 토골란드 위로는 번개가 번득입니다. 오, 이스라엘이여, 장막으로 돌아가라! 시간이 다 되었다."

전미 사회 평등 연맹 회장은 자리에 앉았고, 멀대처럼 키가 큰 비서관인 박식한 잭슨 박사가 일어났다. 잭슨 박사는 뷰티 콘테스트에서 입상할 염려는 없었다. 떡 벌어진 어깨와 유인원처럼 길게 늘어진 팔, 작은 찻종에 올려놓은 달걀처럼, 옷깃 위에 얹혀 있는 달걀 모양의 작은 머리, 그리고 머리에서 금방이라도 빠져 버릴 것처럼 툭 튀어나온 눈. 그는 거무튀튀한 흑인이었다. 코안경을 쓰고 있었는데, 안경은 기름이 번들거리는 판판한 코에서 연신 흘러내렸다. 이 조직에서 그가 맡은 주요 업무는, 흑인이 부당한 대우를 받을 때면 정의 실현과 정당한 처우를 요구하거나 아주 특별한—거만한 부호 정치가가 뜻밖에 법에 저촉된 게 아니라면 어떤 백인에게 허용되지 않는—법적 보장을 요구하며 공무원과 입법자 들에게 길고 분연한 서신을 쓰고, 흑인이 발딱 서도록 도와주고 싶어 안달하는 섹스에 굶주린 사모님들에게 강연하는 일이었다. 한가한 시간에는—자연히 한가한 시간이 꽤 많았다—더 이지적인 잡지에 인용구로 가득한 길고 현학적인 기사를 썼고, 거기서 그는 남부 농장에서 흑인들이 외치는 소리가 어떤 베토벤 심포니보다 훌륭하고, 베냉시(市)가 에덴동산의 원래 장소라는 것을 결정적으로 입증하려 했다.

"허엄, 허어-엄. 자, 어, 신사 여러분," 잭슨 박사는 당황하며 쭈뼛거리다 안경을 벗더니 그것을 실크 손수건으로 닦으며 시작했다. "여러분도 아시다시피 니그로 인종은 심각한 위기를 맞았습니다. 제가, 어, 블랙-노-모어 법인이 무슨 일을 하고 있는지 세세히 설명할 필요는, 어, 없다고 봅니다. 어엄! 그것이 우리 사회를, 어, 빌어먹을 혼돈으로 몰아넣고 있다고 하면, 어, 추웅-분할 겁니다. 우리 족속은 수년 동안 그들을 위해 용맹하게 싸워 온 이 조직에 대한 책무를 망각하고, 이제는 빌어먹을, 어, 도깨비불을 쫓느라 바쁩니다. 에헴!

어, 앞서 언급한 활동이 계속되는 것은 우리 조직에 치명적이라는 걸, 어, 모두 잘 아실 겁니다. 여러분도 우리처럼 흑인 사회의 완전성을 보존하기 위해 과감한 어떤 조처가 내려져야 한다고, 어, 틀림없이 느낄 겁니다. 신사 여러분, 흑인 사회를 위해서 열심히 수고한 사람들에게 미래란 어떤 의미를 가질지 생각해 보십시오. 어, 감히 묻건대, 우리를 지지하는 그룹이 하나도 남아 있지 않을 때, 어, 우리는 어떻게 해야 할까요? 물론 크루크먼 박사와 동료들은 합법적인 사업을 꾸려 나갈 완전한 권리가 있습니다. 그러나, 어, 우리 노력에 끼치는 영향력을 고려하자면, 그들이 현재 운영하는 사업은 그 논제 아래 분류해 넣을 수 없습니다. 더 진행하기 전에, 어, 남부의 상황을 설명해 줄, 어, 리서치 전문가 월터 윌리엄스 씨를 소개하겠습니다."

창백한 파란 눈과 웨이브가 있는 황갈색 머리, 호전적인 주걱턱을 가진, 키가 크고 육중한 백인 남자 월터 윌리엄스가 일어났다. 그는 모인 사람들에게 머리를 꾸벅이고는, 북부와 남부 흑인들 사이에서 어떻게 자부심과 인종 결속력이 사라져 가고 있는지 비통한 그림을 그렸다. 전미 사회 평등 연맹이 활동하는 지역은 한 군데도 없고, 회비 수입은 전무한 상태로 쪼그라들었으며, 어느 곳에서도 미팅조차 잡을 수 없고, 한편 충실했던 많은 지지자는 백인이 되어 버렸다고 그는 말했다.

"개인적으로," 그는 마무리 지었다. "저는 니그로인인 것에 매우 자부심을 느끼고(그의 증조부는 물라토였던 것으로 보인다), 항상 그래 왔으며, 우리 인종의 위상을 드높이기 위해 희생할 준비가 되어 있습니다. 우리 족속은 대체 무엇에 씌어서 에티오피아와 송하이, 다호메이의 고대 영광과 그들이 노예제 폐지 이후 이룬 업적의 경이로운 기록을 이렇게나 빨리 잊어버렸는지 이해할 수 없습니다." 윌리엄스 씨는 친구와 지인들 사이에서는 흑인으로 알려져 있었으나 다른 사람들은 그걸 의심했었을 것이다.

리서치 전문가의 뒤를 이어, 먼 니그로 혈통의 또 다른 백인인, 던바 대학의 허버트 그론 목사는 학생 총수가 65명으로 줄어든 자기 학교의 미래에 대해 일장 연설하며 우려를 표명했고, "우리 흑인들에게 떨어진" 재앙을 개탄했다.

그들은 모두 그론 박사를 우러러보며 경청했다. 그는 대학교수와 사회사업가, 목회자를 번갈아 가며 했고, 백인들의 지지를 받았으며, 그리하여 흑인들에게는 갑절로 환영받았다. 그의 명성의 많은 부분은, 매우 영리하게도 흑인들에게는 급진적으로 들리면서도 그의 학교 백인 이사들이 만족할 만큼 충분히 보수적으로 말하는 법을 잘 알았기에 쌓을 수 있었다.

다음으로는, 더스키 리버 농업 학교 교장이자 '천국의 기사와 딸 들'의 총괄 대장 그리고 엉클 탐 기념회 회장인 모티머 로버츠 단장이 입을 열었다. 로버츠 단장은 백인이 앞장서고 흑인은 그에 발맞춰 조심히 스스로 나아가야 한다고 믿는 보수 흑인들(대부분은 보수적이라고 할 만한 것도 없었다)의 지도자로 정평이 나 있었다.

그는 돼지 눈구멍처럼 구멍이 뚫린 양동이를 뒤집어 놓은 듯한 머리와, 큰 비석 같은 이빨을 자주 드러내는 동굴 같은 입을 가진, 거대한 시커먼 산이었다. 그는 블러드하운드의 으르렁거림과 타이어 튜브의 폭발이 교차하는 소리를 냈다. 단장은 백인들에게 말을 할 때면 대체로 소박하고 진솔한 인상을 주었는데, 그는 백인들의 기부를 받아 학교를 유지하고 있었기 때문에 그건 매우 다행스러운 일이었다. 그는 평소처럼 자기 고향 조지아에서 두 인종 간에 존재하는 우호적인 관계와 감히 스스로 백인이 되려 해서 백인들의 마음을 불편하게 하는 흑인의 파렴치함, 그리고 미백 사업이 너무 나가기 전에 그것을 막기 위해 남부의 어떤 전투 조직과 은밀히 연합하는 흑인의 뻔뻔함에 대해서도 말했다. 속내를 털어놓고 별 호응을 받지 못한 단장(어느 백인이 그를 단장이라고 부른 적이 한 번 있었는데, 그 후로 그 칭호가 붙었다)은 헉헉거리며 자리에 앉았다.

흑인 상인회 회장이라는 높은 직책을 맡고 있는, 큼지막한 귀에 겁먹은 듯 보이는 조그만 다갈색 남자 클로드 스펠링 씨는 이 대화의 우울함에 자기 몫을 더했다. 지원이 부족해서 노상 허약한 흑인 사업체가 완전히 죽어 나갈 판이라는 것이 그의 반복된 푸념이었다. 스펠링 씨는 수년 동안, 저임금을 받는 흑인 노동자는 흑인 상인이 부유하게 되도록 돕는 것에서 오는 모호한 만족감을 얻기 위해 더 싸고 깨끗한 가맹점보다는 좁고 지저분한 흑인 가게의 고객이 되려고 애써야 한다는, 이상한 논리의 선도자였다.

다음 발언자는 조셉 본즈 박사였다. 그는 뿔테 안경을 쓰고, 씹는담배에 쉴 새 없이 씹어서 변색된 이빨이 불쑥 튀어나와 있는,

쥐 같은 얼굴상의 작은 흑인으로 흑인 정보 연합을 이끌고 있었다. 그는 은퇴한 부자를 설득하여 양심의 가책을 느끼게 하고, 그들이 자선을 베풀어 그 사업에 정기적으로 기부하도록 하는 일이 얼마나 힘든지, 그의 직원들이 얼마나 힘겨운 난관에 직면해야 했는지를 토로하며 울음을 터트릴 지경이었다(아마 못 봐 줄 정도로 끔찍했을 것이다). 자선가들은 흑인들이 빠르게 난관을 해결하고 있어서 정보 수집이나 그들 안에서의 사회 복지는 필요 없다고 생각하는 듯하다고 본즈 박사는 말했다. 기부금이 어떻게 월 5만 달러에서 1천 달러 밑으로 떨어지게 되었는지를 설명할 때는 큰 소리로 울먹이다시피 했다.

이 사태에 대한 그의 감정은 쉽게 공감받을 수 있었다. 그는 극히 중요하고 필요한 일을 하고 있었다. 즉 더 많은 정보를 수집하기 위해서는 더 많은 돈이 필요하다는 것을 모두에게 충분히 입증할 수 있는 정보 뭉치를 수집하는 일. 정보 대부분은 대단히 유익했다. 가난뱅이가 부자보다 더 자주 감옥에 간다거나, 사람들은 대체로 직장에서 돈을 충분히 받지 못한다는 사실, 그리고 특이하게도 빈곤과 질병, 범죄는 어떤 연관성이 있다는 놀라운 사실들을 밝혀냈다. 수학적 확실성으로 이런 사실 관계를 수립하고 정교한 그래프로 실증함으로써 본즈 박사는 두툼한 수표를 거두어들였다. 사람들에게는 자신이 자선을 원하는 게 아니라 일하기를 원한다고 말했으나, 실제는 가능한 한 조금 일하고 기부금 받는 것을 늘 좋아했다. 수년 동안 그는 성공적으로 그렇게 해 왔었다. 흑인 공동체를 위해 쌓은, 확인 가능한 이익은 하나도 없이.

본즈 박사가 감정을 드러내자 다른 이들도 울상이 되었고, 그가 말하는 동안 많은 이는 "맞습니다, 형제"라고 중얼거렸다. 회중은 점점 들썩거렸지만, 그들을 정작 흥분의 도가니로 몰아넣은 것은 다음 발언자였다.

그가 일어나자, 예상했던 대로 모두 조용해졌다. 그들은 이지키얼 후퍼 에티오피아 참 신앙 발 씻기 감리교 교구장 목사 성하를 익히 알고 존경했는데, 거기에는 세 가지 이유가 있었다. 그의 교회는 부자였고(비록 교구민은 가난했지만), 그는 아주 큰 목소리를 가졌으며, 백인들은 그를 칭송했다. 그는 육십 나이에 뚱뚱했으며, 기혼녀를 바람나게 하는 기교에 관한 한 전문가였다.

"우리 충성스럽고 헌신적인 성직자는," 그는 우렁찬 소리를 냈다. "막노동 판에 밀려 나왔고, 흑인 교회는 급속하게 죽어 가고 있습니다." 그러고는 블랙-노-모어 법인에 반대하는 맹렬한 격론을 개시했고, 그 법인을 파산시킬 모든 수단을 간구했다. 흥분에 휩싸인 그는 침이 튀어나오고, 긴 팔을 흔들고, 발을 동동 구르고, 책상을 내리치고, 눈알을 굴리고, 의자를 넘어뜨리고, 거의 바닥 깔개에 앉아 대개 오지의 흑인 설교자가 하는 우스꽝스러운 짓을 했다.

이 공연은 전염성이 있었다. 허버트 그론 목사는 얼굴이 벌게져 연신 아멘을 외치며 방 한쪽에서 다른 쪽 끝까지 행진했다. 흑인 얼굴로 분장한 술 취한 코미디언처럼 보이는 로버츠 단장은 몸을 앞뒤로 움직이며 손뼉을 쳤다. 다른 이들은 탄식을 터트리고 신음하기 시작했다. 나폴레옹 웰링턴 잭슨 박사는 기회가 왔다고 느끼고 성량이 풍부한 소프라노 소리로 영가를 불러 댔다. 다른 이들도 곧 그와 함께 불렀다. 그곳 공기는 감격으로 채워지는 듯했다.

후퍼 교구장이 다시 시동을 걸려고 했을 때, 느닷없이 터진 부흥 성회 가운데 냉정하고 오만하게 앉아 있던 비어드 박사는 금테를 두른 만년필을 만지작거리며 눈을 가늘게 뜨고 이 광경을 지켜보다가 날카로운 쇳소리로 끼어들었다.

"이제 현실로 돌아옵시다." 그가 호령했다. "이런 바보짓은 그만해요. 두 인종의 안녕을 위해 크루크먼 박사와 동료들을 체포하고 즉각 그들의 활동을 막으라고 요구하는, 미국 법무부 장관에게 보내는 결의안이 여기 있습니다. 이 결의안에 동의하면 예 하고 말하세요. 반대는? …… 좋습니다. 동의했습니다. …… 힐튼 양, 이 전신을 당장 보내요!"

그들은 아연해하며 비어드 박사를 보고, 서로를 쳐다보았다. 몇몇은 소심하게 항의했다.

"여기 모두 스물한 분의 인사가 있죠, 그렇죠?" 비어드가 냉소를 보냈다. "그럼 여러분의 결정을 흔들림 없이 지켜 낼 수 있는 인사가 되세요."

"하지만 비어드 박사," 그론 목사가 이의를 제기했다. "이렇게 진행하는 게 좀 파행적이지 않소?"

"그론 목사," 그 위대한 남자는 대답했다. "블랙-노-모어가 파행적인 것을 따지자면 이건 그 옆에도 못 가요. 내가 목사의 체면을 구겼는지도 모르겠지만, 크루크먼 박사가 앞으로 할 일에 비하면 아무것도 아니에요."

"비어드, 당신 말이 맞는 거 같소." 농업 학교 교장이 동의했다.

"나도 그렇게 생각하오." 다른 이가 툭 던졌다.

대기업이 연방 법을 피해 갈 수 있도록 오랫동안 충직하게 보조해 온 공헌으로 미국 법무부 장관이라는 고위 자리에 오른 월터 브라이비 존하는 워싱턴 디시 자기 책상에 앉아 있었다. 그의 앞에는 흑인 지도자 회의에서 보낸 기이한 결의안이 놓여 있었다. 그는 입술을 꾹 다문 채 전용 전화에 손을 뻗었다.

"고먼?" 그는 수화자에게 조용히 물었다. "자넨가?"

"아닙니다." 대답이 들렸다. "저는 고먼 씨의 비서입니다."

"음, 고먼 씨한테 당장 전화받으라고 해."

"예."

"고먼, 자넨가?" 국가 최고 법무관이 자기 당 대표에게 물었다.

"어, 어쩐 일인가?"

"뉴욕의 검둥이들이 보낸 결의안 들어 봤지? 신문에서 난리던데."

"그래 나도 읽었어."

"어, 우리가 어떻게 해야 할까?"

"걱정 말게, 월터. 늘 하던 식으로 빵빵이 돌려. 그러니까, 그 사람들 동전 한 닢도 없어. 자금이 두둑한 쪽은 그 반대편이야. 우리 적자 난 거 메워야 하는 거 자네도 잘 알지. 블랙-노-모어 사람들과 내가 협의해 볼게. 그 존슨이란 자와 사업 얘기를 해 보지."

"좋네, 고먼. 자네 말이 맞는 거 같군. 근데 그 깜둥이들을 반대하는 백인 감성도 많다는 걸 잊지 말게."

"염려할 필요 없어." 고먼이 콧방귀를 뀌었다. "그 뒤에는 돈도 없고, 게다가 더 이상 우리가 뭘 할 수 있는 상황이 아니야. 그냥 처리하게. 뉴욕 검둥이들은 우리에 가둬 버려. 자네가 법률가니까, 이유야 얼마든지 만들 수 있잖아."

"칭찬이 고맙군, 고먼." 수화기를 내려놓으며 법무부 장관이 말했다.

그가 책상 위의 버튼을 누르자 젊은 여자가 연필과 노트로 무장하고 들어왔다.

"이 서신 가져가." 그가 지시했다. "뉴욕시 브로드웨이 1400번지, 흑인종 완전성 보존 위원회 의장인 셰익스피어 아가멤논 비어드 박사(이름 한번 죽이는군!)한테 보내."

친애하는 비어드 박사께,

법무부 장관은 당신과 함께 여러 분들이 서명한 해결책을 받고 심도 있게 검토했습니다.

이 사안에 대한 사견과는 별개로, 적법한 기업이 법의 테두리 안에서 운영하는 한 법무부가 간섭하는 것은 불가합니다. 문제의 법인은 어떤 연방 법령도 침해하지 않았고, 따라서 그 법인의 활동을 간섭할 어떤 이유가 없습니다.

그럼 이만,

월터 브라이비

"이거 바로 보내. 복사해서 기자들한테도 주고. 끝."

백-투-아프리카 협회 설립자이자 회장인 샌탑 리커리쉬는 법무부 장관이 흑인 지도자들에게 보내온 회신을 읽으며 매우 심술궂게 만족해했다. 조간신문을 옆에 놓고, 근처 상자에서 두툼한 시가를 꺼내 불을 붙이고, 꼽슬꼽슬한 머리 위로 담배 구름을 뿜어냈다. 비어드 박사가 어떤 거절이나 곤혹한 상황에 부딪힐 때면 그는 언제나 고소해했다. 흑인종 완전성 보존 위원회에 참석하라는 흑인 지도자들에게 보낸 초대장을 받지 못했기 때문에 이 경우에는 그 기쁨이 두 배였다. 여하튼 비어드가 흑인종 완전성을 지지하여 발언한 것은 언어도단이었다.

리커리쉬 씨는 얼추 15년 동안 미국 흑인의 아프리카 이주를 주창하며 짭짤하게 수익을 올려 왔다. 물론 그는 아프리카에 가지 않았고, 환락가를 떠나 멀리 갈 의향도 전혀 없었지만, 다른 흑인들에게는 가라고 말했다. 이주의 첫 단계는 당연히 연회비 5달러에, 모두 합해 원가가 2달러 50센트인 금빛과 초록, 자주색이 어우러진 의복과 은빛 헬멧에 10달러, 샌탑 리커리쉬 변호 기금(리커리쉬는 사기 혐의 같은 것으로 끊임없이 법정에 있었기 때문에 종신 변호 기금이 있었다)에 5달러 기부, 그리고 로열 블랙 상선 회사 주식을 주당 5달러에 사고 협회에 가입해야 했는데, 그건 모름지기 배가 없이는 아프리카에 갈 수 없고, 흑인은 흑인이 소유하고 운영하는 배를 타야만 했기 때문이었다.

리커리쉬는 특히 배에 대한 자부심이 강했다. 사실 그의 배는 아프리카에 닿아 본 적도 없고, 짐이라고는 딱 한 번 실었던 적이 있었는데, 그건 진이었다. 그 진은 선박이 연안 경비대에 구조되기 전에 목이 탔던 무보수 선원들이 절반 정도 마셔 버렸지만. 그 배는 겨우 고철 가치만 있었으나, 그래도 백-투-아프리카 협회가 사들인 그 어떤 것보다 값어치가 있었다. 그의 추종자들에게는 아프리카 임시 대통령, 아프리카 해군 사령관, 아프리카 육군 원수, 나일강 기사 단장으로 알려진 리커리쉬 씨는 교활한 판매원에 속아 꼼짝없이 쓰레기에 묶이는 재능이 있었다. 백인은 단지 그가 어떤 백인보다 더 영민하다고 말하기만 하면 됐다. 그러면 그는 즉각 수표책을 꺼내곤 했다.

하지만 요즘에는 수표책을 거의 꺼내지 않았다. 다른 흑인들처럼 그 또한 굉장한 충격을 받았다. 50달러면 백인이 되어 미국에 머물 수 있다는데 어느 흑인이 500달러나 되는 선비를 내고 아프리카로 가려 하겠는가? 리커리쉬는 이 상황을 잘 알고 있었으나, 그가 자기 족속을 억압에서 구하기 위해 떠나왔던 데메라라로 부리나케 도망가지 않고, 대신 블랙-노-모어 법인이 활동을 못 하게 되리라는 희망에 목을 매고 있었다. 그 사이에 그는 다른 흑인 단체를 맹렬히 공격했다. 동시에, 백인이 발간하는—1년 전만 해도 피부 미백이나 헤어 스트레이트 광고가 넘쳤던—주간지

「해외 아프리카인」에 인종의 결속과 협력을 피력함으로써 계속해서 흑인들을 구출하는 일에 힘을 기울였다.

"우리 재정 상태는 어때?" 지저분한 사무실 건너편에 예쁘장한 물라토 회계 직원에게 소리쳤다.

"무슨 재정이요?" 그녀는 비웃듯 놀라는 척하며 물었다.

"어, 우리가 칠십오 달러는 있다고 생각했는데." 그가 불쑥 말했다.

"그랬어요. 근데 어제 보안관이 와서 대부분 가져갔어요. 안 그랬으면 우리는 오늘 여기에 있지 못했을 거예요."

"어험! 어, 안됐군. 내일이 급여일이지?"

"왜 그딴 소리를 하는 거예요?" 그녀가 조롱하듯 말했다. "난 잊고 있었는데."

"내가 애틀랜타에 갈 돈은 있어?" 리커리쉬가 불안해하며 물었다.

"히치하이크할 생각이면, 있어요."

"어, 당연히 내가 그럴 수는 없지." 그가 겸연쩍어하며 웃었다.

"그래요, 맞아요." 168센티의 115킬로 지방 덩이를 훑어보며 그녀가 대꾸했다.

"웨스턴 유니언에 연락해." 그가 지시했다.

"뭘로요?"

"당연히 전화기로 하지, 미스 홀." 그가 말했다.

"전화로 뭔가를 얻을 수 있다면 당신이 나보다 낫네요, 군가 딘*."

"전화 서비스가 끊어졌어, 젊은 아가씨?"

"한번 시도해 보세요." 그녀가 종알댔다. 그는 침울하게 전화기를 쳐다보았다.

"팔 수 있는 거 없어?" 난감해하며 리커리쉬가 물었다.

"있죠. 보안관이 붙여 놓은 것만 떼면."

"참, 그렇지. 잊어버렸네."

"그렇지요."

"미스 홀, 좀 더 공손하면 좋겠어." 그가 꾸짖었다. "누가 들으면 당신이 내 마누란줄 알 거야."

"몇 번째 마누라요?" 그녀가 비꼬았다.

"입 닥쳐." 민감한 부분을 찔린 그가 불쑥 던졌다. "그리고 돈 구할 방법이나 알아봐."

"당신은 내가 아인슈타인인 줄 아나 보네요." 그녀는 일어나서 그의 책상 가장자리에 걸터앉으며 말했다.

"어, 운영비를 구하지 못하면 당신 월급 줄 돈은 없을 거야."

---

* '군가 딘'은 러디어드 키플링이 지은 1890년 시의 제목이자 시 안에 등장하는 인도인 이름이다. 딘은 전쟁에서 물을 수송하고 부상당한 한 영국 군인의 생명을 구했지만, 그 군인에게 학대당하다 결국 총에 맞아 죽게 된다. 이 시는 영국 군인이 "당신이 나보다 낫네, 군가 딘"이라고 말하는 것으로 끝난다.

그가 경고했다.

“구관이 명관이라더니.” 그녀가 위트 있게 말했다.

“오, 바이올렛 홀, 진정해.” 그녀의 엉덩이를 만지작거리며 그가 달랬다. “좀 진중해지자고.”

“수년이 지나고 이제서야!” 그녀는 일어서서 나가며 툭 던졌다.

그는 뭐라도 해 보겠다는 심정으로 끼익거리는 회전의자에서 몸뚱이를 빼더니, 외투와 모자에 손을 뻗고, 느릿느릿 사무실을 나갔다. 택시를 부르려고 길가로 나아가다 닳아빠진 50센트가 그가 가진 전부라는 사실을 떠올리며 다시 생각했다. 그는 깊게 한숨을 내쉬며 전신국까지 터벅터벅 두 블록을 걸어가, 노르디카 기사들의 임페리얼 대마법사 헨리 기븐스에게 요금이 싼 주간 전보를 길게 보냈다—수신자 부담으로.

“어, 방법은 알아냈어요?” 사무실을 박차고 들어오는 그를 보며 바이올렛이 물었다.

“응. 방금 기븐스에게 전신을 보냈어.” 그가 대답했다.

“검둥이 혐오자 아니에요, 그 사람?” 그녀는 놀라며 물었다.

“월급 받고 싶지, 안 그래?” 그가 짓궂게 되물었다.

“지난달까지는 받았죠.”

“그럼, 멍청한 질문 하지 마.” 그가 날카롭게 말했다.

6장

1934년 부활절 일요일에 두 가지 중대한 사건이 발생했다. 첫 사건은 그 호전적 결사단 노르디카 기사들의 창립 1주년 기념일과 백만 번째 회원의 가입을 축하할 요량으로 콘크리트를 보강하여 새롭게 단장한 노르디카 기사들 강당에서 열린 대규모 집회였다. 두 번째 것은 노르디카 기사들의 대(大) 귀인 지로 매튜 피셔와 헬런 기븐스의 결혼식이었다.

기사단의 임페리얼 대마법사 기븐스 목사는 매튜를 기사단에 합류시킨 것이나 그의 심복으로 만든 것에 손톱만큼도 후회하지 않았다. 회원 수는 껑충껑충 늘어서 마법사가 끊임없이 기금을 횡령해도 재정이 돈으로 미어터지고 있었고, 제복 공장은 밤낮으로 돌아갔고, 기사단의 영향력이 대단히 커지면서 기븐스 목사는 백악관이나 그 근처에 머무는 꿈을 꾸기 시작했다.

기사단은 6개월에 걸쳐 선정적으로 붉게 박힌 헤드라인과 엉성하게 그린 4분의 1쪽짜리 카툰이 들어간 8쪽 신문「경고문」을 발행해 왔는데, 매튜가 편집한 것이었다. 품위 있는 남부 노동자들은 열성적으로 그것을 사서 그 안에 있는 낱말 하나하나를 탐독하고 믿었다. 매튜는 14포인트 한 음절 낱말 사설에서 백인 우월주의가 직면한 위협과 그것을 박살 내야 하는 절대적 필요성을 냉혹하게 묘사했다. 그것을 교황이나 황인종의 위협, 외계인 침범, 그리고 블랙-노-모어를 악마의 책략으로 이용한 외국의 이간질과 아주 교묘하게 연결시켰다. 아무 생각 없이 너무 혼신을 다해 글을 쓰는 바람에 가끔은 그게 모두 사실이라고 자신도 설득될 지경이었다.

현금이 흘러 들어오면서 매튜는 훌륭한 조직자로서 그 명성이 남부 전역에 자자했고, 뜻밖에 그 분야에서 가장 인기 있는 인사가 되었다. 아름다운 여자들은 사실상 그의 발 앞에 몸을 던졌다. 전 흑인으로서 사랑의 기교라면 조예가 깊었던 그는, 자기 관심을 끄는 모든 제물에 자신을 내주었다.

동시에 그는 기븐스 집에 자주 들렀는데, 그가 정말 싫어하는 기븐스 부인이 없을 때 주로 그랬다. 헬런은 매튜를 보고 첫눈에 반했다. 그녀는 항상 지식인이나 과학자, 문예적 소양이 있는 남자와 함께하는 걸 고대했었다. 그녀의 마음에 매튜는 이 모든 것을 갖추고 있었다. 그들이 만난 지 이틀째 되던 날, 매튜는 처음 청혼했다. 헬런은 그가 돈이 많다는—만약에 돈이 있다면—어떤 증거도 찾을 수 없어서 승낙하길 마냥 주저했다. 노르디카 기사들 재원이 늘어가면서 그녀는 좀 더 유연해졌다. 마침내 그가 백만 달러 은행 계좌를 과시하자 청혼을 허락하고, 우선은 그의 뜨거운 포옹을 받아들였다.

나이트가운을 입은 수많은 기사의 우렁찬 합성 속에 새 강당 무대에서 그들은 신성한 부부의 연을 맺었다. 결혼식을 마친 그들은 행복했다. 헬런은 자신이 상스럽다고 부르는 것들과 그가 관계한 것이 유감이었지만, 그 점을 제외하고는 자신이 원하던 타입의 남편을 확보한 셈이었다. 한편 매튜는 꿈에 그리던 숙녀를 얻었고 대단히 만족해했지만, 다만 그녀의 기괴한 어머니가 아직 죽지 않은 것이 살짝 유감이었고, 신부가 예쁘장하게 생긴 것에 반해 너무나 무지한 것에 약간 실망이었다.

매튜는 노르디카 기사들을 통해 기븐스 목사가 흡족할 만큼 돈이 흘러 들어오게 만드는 것을 돕고는 곧이어 따로 돈을 챙길 여러 방법을 연구하기 시작했다. 그는 권력과 영향력, 명성이 있었고, 그것들을 활용할 작정이었다. 그리하여 그는 조지아주 주도에서 사업을 선도하는 기업가 몇몇을 따로 만나게 되었다.

매튜는 언제나, 노동자는 절대 충분히 만족하지 않고, 이익은 결코 넘치게 나지 않으며, 도시에 새 공장을 짓는 것은 완벽히 집약적인 일이 아니기 때문에, 애틀랜타와 남부 전역이 지속해서 번영하려면 과격주의와 사회주의, 공산주의, 무정부주의, 노동조합주의, 그리고 다른 전복적인 운동으로부터 노동자를 지켜야 한다고 지적하며 자기 제안의 서두를 열었다. 그런 비-아메리칸 철학이 유럽 나라들을 파괴했고, 미국 남부에 발판을 마련하고 불만의 세균을 심기 위해 뉴욕과 다른 북부 도시에 있는 그들의 지부에서 밀사를 내보내고 있다고 역설했다. 이런 일이 발생하면 높은 소득과 만족스러운 노동자는 잊어야 한다고 그는 침울하게 경고하고, 뉴욕에 있는 급진적 서점에서 주문한 책과 팸플릿을 보여 주며 이런 것들이 직원 후보들에게 배포되고 있다고 강조했다.

그러고는 소멸한 큐 클럭스 클랜과 노르디카 기사들의 차이를 설명했는데, 두 단체 모두 공리와 인종의 완전성, 아메리카를 향한 교황의 침공 위협에 관심을 두었으나, 자기 조직은 더 큰 책무, 안정된 노사 관계를 통한 남부 사회 번영의 영속화에 눈길을 주었노라고 했다. 회원이 증가하는 것으로 지지를 받아 온 노르디카 기사들은 모든 급진주의를 자제하는 위치에 있다고 말하더니, 이어서 블랙-노-모어는 러시아 과격주의자에 의해 매수되었다고 당차게 주장했다. 신사 여러분, 작은 기부로 노르디카주의자들의 과업에 도움을 주시지 않겠습니까? 그들은 그렇게 할 것이고, 그렇게 했다. 이 원천으로부터 들어오는 현금 줄기가 약해지면 매튜는 인쇄소에서 공산주의 소책자를 한 무더기 인쇄하여 그의 비밀 요원들에게 제분소나 공장 주변에서 나눠 주게 했다. 그러면 금방 기부금이 늘어났다.

매튜는 이 수익성 좋은 사업을 적절한 시점에 시작했다. 도시에는 실업자가 많았고, 급여는 깎였으며, 일에는 속도가 붙었다. 노동자 사이에는 불만과 푸념이 일었고, 그들 중 소수는 보수 연합의 소심한 대여섯 조직자들에게 귀를 기울일 기분에 젖어 있었다. 보수 연합 조직자들은 도시를 노동조합화하라고 돈을 받고 있었지만, 아직 진전을 보지 못하고 있었다. 노동조합이라는 게 결국에는 그리 나쁘지 않을 수도 있었다.

하지만 대체로 백인 노동자들은 흑인에게 일을 빼앗길까 너무 두려워 급여 인상을 위해 조직을 만들거나 투쟁하는 게 탐탁지 않았다. 그들은 흑인 노동자가 백인 민병대의 총부리 아래 백인 노동자의 일자리를 가져가고 있다는 소리를 들었고, 자기들 일자리도 위태로워질까 봐 불안했다. 처음에는 안도감 비슷한 은밀한 감정으로 블랙-노-모어 법인의 활약을 읽었으나, 노르디카 기사들의 강연자와 「경고문」의 논설이 그들이 직면한 위협을 묘사하기 시작하자, 그들은 자기들이 처한 비참한 경제 사정은 잊고 크루크먼 박사와 그 일당의 피를 요구하며 아우성치기 시작했다. 누가 누군지 알 수가 없다! 하며 그들은 논쟁하기 시작했다. 바로 이것이 그들이 직면한 모든 문제의 근본적 원인이었다. 수많은 백색 흑인들이 그들 사이에 있으며, 그들의 일자리를 가져가고, 미국인의 표준 생활 수준을 훼손하기 때문에, 고달픈 시기라고 그들은 이해했다. 그중 누구도 미국인의 표준 생활 수준에 제대로 도달한 적이 없었지만, 누구도 그 사실을 떠올리지 못했다. 그리하여 그들은 밤이면 밤마다 노르디카 기사들 집회로 몰려갔고, 교실이 하나뿐인 촌 동네 중학교에서 2학년을 마친 게 전부인 기븐스 목사가 유전의 법칙과 흑인 아기들의 잠재적 위험에 대해 현란하게 설명하는 동안 넋을 잃고 앉아 있었다.

재산이 늘어감에도(돈이 너무 빨리 들어와 따라잡기 어려울 지경이었다) 매튜는 상인이나 제조업자와 친밀한 관계를 유지했다. 남부 기업계의 저명한 인사들에게 정기적으로 개별 서신을 보냈는데, 거기서 그는 노르디카 기사들의 출현 이후 남부 노동자 계층에 나타난 괄목할 만한 정신 변화에 관해 서술했다. 자기 단체가 달려들어 남부를 구하기 직전에는 그들이 얼마나 불만스러워했으며, 그 상황이 금방이라도 혁명이 일어날 판국이었음을 상기시켰다. 「경고문」이 근래 백인종이 처한 위험을 들추어내자, 노동조합주의와 그와 유사한 파멸적인 묘책은 잊혔다.

이런 일은 많은 돈과 보수주의자의 공헌이 필요했고, 부유하고 공공심이 강한 시민들은 전적으로 호응했다. 각 서신 말미에는 새 남부의 번영은 노동자가 사회 계층보다는 인종을 의식하게 만드는 남부의 '특별한 기관'에 달려 있고, 이 '특별한 기관'을 외면하는 것은 곧 번영을 외면하는 거라고 단정하는 도발적인 문단이 들어갔다. 재정 면에서 볼 때, 이 논리는 매우 효과적인 것으로 입증되었다.

매튜는 조직자로서 연이어 엄청난 성공을 이루었고 나날이 인지도가 높아 갔다. 기븐스 목사는 그것을 태연하게 보고 있을 수는 없었었다. 이 전 복음주의자는 기사단 높은 자리에 있는 지식인이라면 누구나 노르디카 기사들의 성장과 번영이 대개 매튜의 근면과 능률, 사고력에서 비롯되었음을 눈치챘을 거라는 걸 알았다. 많은 사람이 매튜 피셔는 대 귀인 지로가 아니라 임페리얼 대마법사가 되어야 한다고 말한다고 기븐스는 건너 들었다.

기븐스는 자신보다 많이 배웠다고 짐작되는 사람에 대해 무식한 자가 품는 공포와 불신을 가졌다. 그는 자기 위치가 위협받는다 느꼈고, 그래서 확실히 마음이 편치 않았다. 그에 대해 딱히 무슨 말을 하거나 대응은 하지 않았으나, 아내를 안달복달했고, 그녀는 골치가 아팠다. 그래서 매튜가 헬런에게 청혼했을 때 그는 미칠 듯이 기뻤고, 지체 없이 허락했다. 예식이 마무리되자,

그는 비로소 자신의 컵이 가득 차 넘쳐흐르고 지평선에는 구름 한 점 없는 것을 보았다.

결혼식을 하고 한두 주가 지난 어느 아침, 매튜가 집무실에 앉아 있는데, 비서가 비 브라운이라는 분이 오셨다고 알려 왔다. 매튜는 방문객에게 강한 인상을 줄 요량으로 평소처럼 약간 기다리게 한 후 그를 들여보내라고 지시했다. 작달막하고 똥똥하고 옷맵시가 단정하고 말씨가 상냥한 한 남자가 들어와 매튜에게 정중히 인사했다. 대 귀인 지로는 의자를 향해 손짓했고, 방문객은 앉았다. 돌연 그는 매튜를 향해 바싹 기울이더니 작은 소리로 소곤거렸다. “나 모르겠어, 맥스?”

대 귀인 지로는 얼굴이 하얘지며 당황했다. “누구요?” 그가 거친 소리로 속닥였다. 도대체 이 인간은 어떻게 그를 알까? 매튜는 날카로운 눈빛으로 그를 흘긋거렸다.

손님은 생글거렸다. “야, 나야, 버니 브라운, 멍충이!”

“헉, 완전 죽이네!” 매튜가 놀라며 감탄했다. “야, 정말 너야?” 버니의 검은 얼굴은 기적적으로 탈색되어 있었다. 그는 어느 때보다 토실토실하고 귀여워 보였다.

“니 브라더라고.” 버니는 친숙한 미소를 지으며 말했다.

“버니, 그동안 어딨었어? 내 편지 받고 왜 곧장 내려오지 않았어? 틀림없이 감옥에 가 있었나 보군.”

"심령술사네! 그랬어. 거기 있었어." 전 은행 출납원이 밝혔다.

"뭣 땜에? 도박해서?"

"아니. 어슬렁대서."

"뭔 소리야, 어슬렁대서라니?" 매튜가 의아해하며 물었다.

"내가 말한 대로야, 빅 보이. 결혼한 여자와 주변을 어슬렁댔거든. 흔한 얘기야. 느닷없이 남편이 나타나고, 나는 한 방 먹어야 했지. 화재 비상구가 미끄럽더라고. 그래서 미끄러졌어. 땅에 떨어져서는 뛸 수가 없었고, 그래서 뚜벅이 경찰에게 잡혔지. 법정에서 운이 좋았어. 안 그랬으면 여기 못 왔을 거야."

"백인 여자였어?" 대 귀인 지로가 물었다.

"흑인은 아니었어." 버니가 답했다.

"너도 흑인은 아니었으니 다행이네!"

"나도 그렇게 생각했지." 버니가 한마디 했다.

"돈은 있어?" 매튜가 물었다.

"그래 보여?"

"직장은?"

"없어. 난 크게 한자리하고 싶거든."

"그럼, 내가 여기서 한자리를 만들어 주지. 초임은 오천 달러로 하고." 매튜가 말했다.

"니가 산타클로스구나! 내가 뭘 해야 하지? 대통령 암살?"

"까불기는, 그런 거 아냐. 그저 내 심복이 되는 거야. 물불 안 가리고 나를 따르는 거지."

"좋아, 맥스. 너에게 불이 붙으면 내가 물을 부어 줄게."

"미쳤어. 맥스라고 부르지 마." 매튜가 조심스럽게 말했다.

"그게 니 이름 아니야?"

"아니야, 이 바보야. 그 시절은 오래전에 끝났어. 지금은 매튜 피셔. 네가 맥스라는 이름을 끌어들이면, 나는 교통순경이 묻는 거 보다 더 많은 질문에 답해야 할 거야."

"생각해 봐." 버니가 사려 깊게 말했다. "여태껏 신문에서 너에 관한 기사를 읽었는데 지난 일요 신문에서 사진을 보기 전까진 네가 누군지 몰랐어. 이 농간에 얼마나 몸담고 있었던 거야?"

"이게 시작될 때부터."

"진짜로! 지금쯤이면 현금 뭉치를 소금에 절여 놓았겠는데."

"어, 구걸하고 있지는 않지." 매튜가 빈정대며 웃었다.

"인디언 갈보는 몇이나 두고 있어?"

"그냥 한 명, 버니. 보통으로."

"웬일, 너도 늙은 거야?" 친구가 불어댔다.

"아니, 결혼했어."

"그게 그거지 뭐. 그 불행한 여자는 누구야?"

"기븐스 노인 딸."

"어이쿠, 유다 신부님! 바닥층으로 들어간 거네?"

"아쉬운 게 없어. 버니, 스카우트 보이, 그날 밤 홍키통크에서 나에게 딱지를 놓았던 그 여자야." 매튜가 흐뭇해하며 말했다.

"헉, 진짜로! 소설 같은 이야긴데." 버니가 킥킥거렸다.

"믿거나 말거나, 파파, 이게 바로 하나님이 사랑하시는 일이야." 매튜는 싱글거렸다.

"어, 사냥개치고는 더럽게 운이 좋네! 백인이 돼서 손해 본 게 없어."

"자, 버니, 들어 봐." 좀 더 신중한 어투로 바꾸며 매튜가 말했다. "지금부터 너는 대 귀인 지로의 개인 비서야. 대 귀인 지로는 바로 나야."

"지로가 뭐야?"

"알려 줄 수 없어. 나도 모르니까. 나중에 기븐스에게 물어봐. 그가 만든 거야. 그가 설명할 수 있으면 내가 천 달러 줄게."

"언제부터 일을 시작할까? 어, 아니, 언제부터 돈을 빼내기 시작할까?"

"당장이지, 이 늙은이야. 일단 준비금으로 여기 백 달러 한 장. 오늘 저녁은 나랑 같이 먹고, 내일 아침부터 출근해."

"오, 하늘 아버지여!" 버니가 말했다. "남쪽 땅은 천국인 게 틀림없군요."

"이놈들이 네가 누군지 알면 우리는 지옥에 빠질 거야. 점잖게 처신해야 해."

"지켜봐 주십쇼, 지로 님."

"잘 들어 봐, 버니. 너, 샌탑 리커리쉬 알지?"

"그 하마를 모르는 사람도 있어?"

"그러니까, 십이월부터 우리가 급여를 주고 있는데, 그가 비어드, 후퍼, 스펠링, 그쪽 무리와 싸우고 있어. 길에 나 앉아 있는 걸 우리가 도와줬지. 그의 신문이 정기적으로 발행되도록 했어. 그리고 그와 비슷한 잡다한 일이 있고."

"그 늙은 사기꾼이 자기 종족을 팔아먹었다는 거야?" 버니가 놀라며 크게 말했다.

"그 인종 이야기는 그만둬. 넌 더 이상 흑인이 아니야. 그가 배신했다는 것에 놀랐어? 순진하기는." 매튜가 말했다.

"그럼 그 아프리카 사령관 일은 어떻게 하고?" 버니가 물었다.

"그게, 네가 이삼일 안에 뉴욕에 가서 둘러보고 그에게 계속 급여를 주는 게 옳은지 보고 와. 내 예감으로는 그가 만드는 신문이나 그가 말하는 것에 아무도 신경 쓸 것 같지 않아. 그게 사실이라면 자르는 게 낫겠지. 돈은 더 이익이 남는 곳에 쓸 수 있으니까."

"그러니까, 보이, 나는 이걸 알다가도 모르겠어. 여기서 너는 이 블랙-노-모어와 싸우고 있고, 비어드나 후퍼, 그론, 스펠링, 그리고 나머지 흑인 지도자들도 그러고 있어. 근데 너는 니 편에서 싸우는 그 사람들에게 대항하라고 리커리쉬에게도 돈을 주잖아. 이게 말이야, 싸돌아다니는 갈보 년의 과거보다 더 복잡해."

"간단해, 버니, 간단해. 네가 이해를 못 하는 것은 고도의 전략이 뭔지 몰라서 그러는 거야."

"고도의 뭐라고?" 버니가 되물었다.

"신경 쓰지 말고, 시간 날 때 찾아봐. 이 검둥이들이 희게 되는 게 빠르면 빠를수록, 더 빨리 이익이 줄어들 거야. 이해하겠어?"

"당연하지." 친구가 말했다.

"이 과정을 오래 끌수록 우리는 더 오랫동안 돈을 끌어올 수 있지. 알겠지?"

"맑은 봄날처럼 또렷이."

"점점 똘똘해지는데, 노인장." 매튜가 놀렸다.

"니가 그렇게 말하니까 칭찬이 아닌데."

"내가 말했듯이, 오래 끌면 끌수록 우리는 더 오랫동안 계속 가는 거야. 이걸 오랫동안 끌어가는 것이 내 일이야. 나도 이게 멈추지 않았으면 좋겠어. 그 또한 비참할 테니까."

버니가 끄덕였다. "달걀이 잘 돌아가는데!"

"고맙군. 네가 그리 말했으니, 이제 만장일치야. 내 쪽이 너무

우세를 점해서 다른 쪽이 망하는 걸 바라지 않아. 그 반대도 마찬가지고. 우리가 원하는 건, 현상 유지."

"음, 여기 백인 가난뱅이들과 지내면서 많은 배웠나 보네."

"그들을 추켜세우는 거야, 버니. 이제 가 봐. 저녁에 호텔로 차를 보낼게. 그걸 타고 식사 장소로 와."

"배려해 줘서 고맙습니다, 어르신. 근데 나는 YMCA에 머물고 있어. 싸니까." 버니가 웃었다.

"근데 거기 안전해?" 방을 나서는 친구를 매튜가 놀렸다.

이틀이 지나고, 버니 브라운은 비밀 임무를 갖고 뉴욕으로 떠났다. 샌탑 리커리쉬를 염탐하고 그가 효율적으로 일을 잘하고 있는지 확인할 뿐 아니라, 셰익스피어 아가멤논 비어드 박사, 나폴레옹 웰링턴 잭슨 박사, 허버트 그론 목사, 모티머 로버츠 단장, 찰스 스펠링 교수, 그리고 다른 흑인 지도자들과 접촉해 노르디카 기사들의 백인 청중에게 연설할 수 있는지 알아보는 거였다. 흑인과 너그러운 백인 들 모두 등을 돌렸기 때문에 그들은 수입원이 사라졌고 위험한 재정 상태에 처했다는 걸 매튜는 익히 알고 있었다. 대체로 부호 정치가인 백인 친구들은 블랙-노-모어 법인이 인종 문제를 만족스럽게 해결했다고 느꼈고, 흑인들도 그랬다. 버니의 임무는, 흑인 지도자의 말에 관심도 없는 흑인들에게 강연할 기회를 잡으려고 애쓰지 말고 노르디카 기사들에게 강연하고 수익을 올리는 게 낫다고 확신시키는 거였다. 대귀인 지로는 이 흑인 지도자들에게 각별한 관심이 있었다. 그들은 인종 문제에 관해 설교하거나 집필하는 게 아니라면 다른 일로 생계를 꾸리기에는 너무 늙고 무능했다. 흑인 대중에게 끼치는 영향력을 이미 상실한 이상, 노르디카 기사들을 가르치는 것은 그들에게 색다른 경험이 되리라 그는 판단했다. 그들이 인종의 완전성을 이야기하면 무지렁이 백인들에게도 통할 것이다. 그들은 그 주제에 관한 한 어떤 강연자보다 더 많이 알고 있었기 때문이다.

버니는 타고 있던 열차가 샬럿 역으로 들어올 즈음 석간신문을 샀다. 머리기사를 보고 그는 하마터면 뒤로 나자빠질 뻔했다.

부유한 백인 숙녀, 흑인 아기를 낳다

버니는 조용히 휘파람을 불고는 중얼거렸다. "이제 게임이 시작되었군." 매튜의 결혼을 생각하며 그는 다시 한번 휘파람을 불었다.

그 이후로 백인 여자가 흑인 아기를 낳았다는 기사가 일간 신문에 자주 등장했다. 어떤 경우는 물론 여자가 최근에 백인이 된 경우였지만, 사람들은 콜타르 색의 자식에 대한 비난을 항상 아버지의, 더 정확히 말하자면, 남편의 어깨에 놓았다. 사례는 날로 증가했고, 삶의 여러 방면에서 나타났다. 처음에는 만연한 성적 문란 때문이라는 생각이, 사려 깊은 미국인의 머릿속에 자리를 잡았다. 병원 관계자와 의사는 대체로 그것을 알고 있었으나, 일반인은 몰랐다.

전국이 불안에 떨었다. 북부와 남부에서 수백만 명이 노르디카 기사들로 몰려왔다. 특히 남부의 진짜 백인들은 공황 상태에 빠졌다. 실지로 진짜 코카시아인과 가짜 코카시아인을 구별할 방법이 없었다. 낯선 사람은 누구나 의심의 눈초리를 받았는데, 이것은 미국의 성 윤리 규범에 긍정적인 효과를 가져왔다. 1905년 이후 처음으로 순결이 덕목이 되었다. 항공술의 발달로 급격히 증가했던 애무 파티는 놀랄 정도로 줄었다. 안전하게 놀아야 한다고 여자들은 외쳤다.

출장이 잦은 세일즈맨이나 사업가, 공제회 대표의 휴가는 옛날보다 재미가 없었다. 큰 도시에서 흥청망청했던 날들은 영원히 가 버린 시간으로 보였다. 남자들은 불현듯, 해변에서 만나 식장으로 돌진하길 원했던 어여쁜 아가씨가 탈색한 흑인일 수도 있다는 사실을 깨달았다. 젊은 여자라면 한 번쯤 의심이 갔다. 불처럼 타오르는 연애와 술김에 하는 결혼식은 감소했다. 마침내 사람들은 혼인에 조심스럽게 접근하기 시작했다. 그로버 클리브랜드* 정부 이래로 이 같은 상황이 벌어진 적은 없었다.

블랙-노-모어 법인은 사업을 대대적으로 선전하기 위해 이 기회를 잡는 데 절대 소홀하지 않았다. 전국 곳곳에서 100개의 요양원이 풀가동하고 있고, 주요 도시에 예비 어머니가 아이를 출산할 수 있는 분만 병원을 설립하고 있으며, 신생아가 흑인이나 물라토라면 영구히 백인으로 바꿀 수 있는 24시간 트리트먼트를 즉각 받을 수 있다는 광고가 이제 일간 신문 전면에 실렸다. 국민은, 특히 백인이 되어 자유를 얻은 4백만 흑인은, 안도하며 숨을 내쉬었다.

두 주 후에 버니 브라운은 돌아왔다. 마실 만한 라이 위스키 잔을 들고 두 친구는 버니의 임무에 관해 이야기를 나누었다.

"리커리쉬는 어때?" 매튜가 물었다.

"쓸모가 없어. 내보내는 게 좋겠어. 니 돈을 가져가지만 너한테 수표 받아서 끼니 거르지 않고 먹는 거 말고는 하는 일이 없어. 그를 따르는 사람은 바티칸에 있는 유대인 수보다도 적어."

---

* 22대(1885-89), 24대(1893-97) 미국 대통령

"어, 흑인 지도자들과는 협의해 봤어?"

"한 사람도 찾을 수가 없던데. 사무실은 다 닫혀 있고, 예전에 살던 곳에서 이사했대. 망했나 봐."

"할렘 주변을 수소문해 봤어?"

"그래서 뭐 하게? 요즘 할렘에 얼쩡거리는 흑인은 희게 되려는 사람뿐이야. 나머지는 오래전에 종족을 떠났지. 야, 정말, 지금은 레녹스길에서 검둥이 찾기 어려워. 예전에 튜더 시티*에서 그랬던 것처럼 말이야."

"흑인 신문은 어때? 아직도 발행하는 신문이 있어?"

"아니. 다 옛날 일이 되어 버렸어. 구두닦이들은 백인이 되느라 바빠서 린치나 범죄, 노예에 관한 기사는 읽지 않아." 버니가 말했다.

"그러면," 매튜가 말했다. "샌탑 리커리쉬 노인장이 옛 무리 중에 유일하게 남아 있는 사람이네."

"그래. 그도 흑인으로 오래 남아 있지는 않을 거야. 그러니까 잘라 버려."

"흑인으로 남아 있어야 더 많은 돈을 벌 수 있을 텐데."

"그걸 어떻게 알아?" 버니가 물었다.

---

* 맨해튼 동편에 있는 아파트 단지로 중산층이 주로 거주했던 지역

"어, 싸구려 박물관이 아직 문을 닫은 건 아니니까." 매튜가 답했다.

7장

1934년 6월 어느 아침, 대 귀인 지로 매튜 피셔는 사우스캐롤라이나주, 파라다이스 마을에 있는 그의 비밀 요원으로부터 첩보를 받았다.

파라다이스 공장의 소유주인 블릭더프와 호츤버프가 급여를 올리고 노동 시간을 줄이지 않으면 노동자들이 다음 주에 파업에 들어가자고 이야기하는 중입니다. 평균 급여는 주급으로 대략 15달러이고, 평일은 11시간 일합니다. 지난주에 회사에서 노동 속도를 올렸고, 노동자들은 그 속도를 따라갈 수 없다고 말합니다.

두 소유주는 전쟁 후 이 나라로 이주한 독일인입니다. 그들은 1,000명을 고용하고 있고, 파라다이스의 모든 주택을 소유하고 있으며, 모든 가게를 운영합니다. 노동자 대부분은 노르디카 기사들에 속해 있고, 그들이 노동조합을 만드는 데 노르디카 기사들이 도와주길 원합니다. 다음 지시를 기다리며.

매튜는 버니를 보며 웃었다. “여기 돈이 더 있네.” 보좌관의 얼굴에 편지를 흔들며 그는 떠벌렸다.

“어떻게 할 건데?” 충직한 친구가 물었다.

“어떻게 할 수 있을까? 어, 친구, 내가 피우는 연기를 잘 봐. 러글스에게 비행기 준비하라고 해.” 그가 지시했다. “당장 그곳에 날아갈 거야.”

두 시간 후, 매튜의 비행기는 블릭더프-호츤버프의 방적 공장 앞, 잘 다듬어진 널찍한 잔디밭에 앉았다. 버니와 대 지로는 건물로 들어가, 사무실로 향했다.

“누굴 만나러 오셨습니까?” 사무원이 물었다.

“블릭더프 씨나 호츤버프 씨, 아니면 두 분 모두. 두 분 다 만나면 좋겠군.” 매튜가 대답했다.

“누구시라고 전할까요?”

“유서 깊고 명예로운 기사단, 노르디카 기사들의 대 귀인 지로와 그의 비서.” 신사는 크게 말했고, 위세에 눌린 젊은 여자는 안쪽 사무실로 물러갔다.

"그 직함 한번 진짜 죽인다." 버니가 나직이 떠들었다.

"그래, 이런 일이라면 기븐스가 확실히 알지. 무식한 인간들은 직함이 길고 황당할수록 더 좋아하거든."

젊은 여자는 돌아와서, 두 사장님은 기꺼이 저명하신 애틀랜타 분을 맞을 것이라고 알려 왔다. 버니와 매튜는 '일반인 출입 금지'라고 표시된 사무실로 들어갔다.

악수를 나누고, 인사를 교환하고, 매튜는 곧바로 업무로 들어갔다. 그들이 서로 이해하는 특정 범위 내에서 매튜는 이 두 사장에게서 기부금을 받았었다.

"신사 여러분," 매튜가 질문했다. "여러분의 노동자들이 다음 주에 파업에 들어갈 계획이라는데, 사실입니까?"

"우리도 그렇게 들었소." 똥똥하고 작달막한 블릭더프가 담배 연기를 내뿜었다.

"음, 그래서 어떻게 할 생각이지요?"

"당연히 평소 하던 대로 해야지." 죽마 위에 얹어 놓은 맥주 통 같은 호즌버프가 대꾸했다.

"평소 하던 대로 하면 안 됩니다." 매튜가 경고했다. "이 사람들 대부분은 노르디카 기사들의 회원입니다. 우리가 보호해 줄 거라 기대하고 있어요. 그리고 우리는 그렇게 해 줄 계획이고요."

"우리는 당신이 호의적이라고 봤는데." 블릭더프가 크게 말했다.

“그리고 합리적일 수 있다고 봤고.” 호츤버프가 덧붙였다.

“맞습니다.” 매튜가 동의했다. “근데 지금 당신은 이 사람들을 너무 쥐어짜고 있어요.”

“그래도 우리는 더는 줄 수 없소.” 땅딸막한 파트너가 하소연했다. “어쩔 셈이요?”

“어, 농담하지 말아요. 당신들이 돈을 찍어 내고 있는 거 알아요. 근데 만약 이게 당신한테 만 달러 가치가 있으면, 내가 사태를 조정할 수 있을 겁니다.” 대 지로가 말했다.

“만 달러라고?” 두 사장이 헉했다.

“귀가 밝으시군요.” 매튜가 그들을 확신시켰다. “동의하지 않는다면 당신 손 뒤로 우리 조직의 힘을 총동원하겠습니다. 그렇게 되면 일상으로 돌아가는 데 십만 달러는 들 겁니다.”

독일인은 믿기 어렵다는 듯 서로를 보았다.

“우리를 협박하는 거요, 매튜 씨?” 블릭더프가 푸념했다.

“머리가 좋으시니, 잘 이해하시겠죠, 블릭더프.” 매튜가 빈정거리듯 응수했다.

“거절한다면?” 더 뚱뚱한 튜턴인*이 물었다.

“음, 거절할 수 있겠죠. 근데 내가 이 사람들을 직장에서 빼내

* 독일인, 게르만 민족의 하나

면 무슨 일이 생길지 상상이 되지 않나요?"

"정부군을 부를 거요." 블릭더프가 대들었다.

"웃기지 마슈." 매튜가 반박했다. "정부군 절반은 우리 단체 회원입니다."

독일인은 절망적으로 어깨를 들썩였고, 매튜와 버니는 그들이 혼란스러워하는 걸 즐겼다.

"얼마를 원한다고요?" 호츤버프가 물었다.

"오만 달러요." 대 지로는 버니에게 윙크하며 답했다.

"근데 아까는 만 달러라고 했잖소." 블릭더프가 손짓하며 크게 말했다.

"어, 이제 십오만 달러." 매튜가 말했다. "당신들이 서둘러 마음을 정하지 않으면 이십만이 될 거요."

호츤버프가 서둘러 두툼한 수표책에 손을 뻗었고, 수표를 쓰기 시작했다. 곧 매튜에게 그것을 건넸다.

"비행기 타고 애틀랜타로 돌아가서 입금해." 매튜는 버니에게 수표를 건네며 지시했다. "안전이 먼저지." 버니가 나갔다.

"우리를 못 믿는 것처럼 행동하는군." 블릭더프가 불퉁거렸다.

"어떻게 믿죠?" 한때 흑인이었던 매튜가 따져 물었다. "한동안 여기 머물면서 두 분 친구나 해 드릴게. 마음을 바꿔 먹고 수표를 취소할 수도 있으니까."

“우리는 정직한 사람이요, 매튜 씨.” 호존버프가 소리쳤다.

“자, 정말 정직한지 한번 봅시다.” 자리에 앉아 책상 위 상자에서 시가를 한 움큼 꺼내며 대 지로가 비웃었다.

다음 날 저녁, 생기 없고, 바싹 야위고, 눈이 우묵한 공장 사람들은 매튜가 소집한 집회에 참여하려고 노르디카 기사들 회관으로 터벅터벅 들어왔다. 노르디카 기사들 회관은 이 회사가 파라다이스에서 소유하지 않은 유일한 건물이었다. 그들은 금방이라도 쓰러질 듯한 이 건물로 몰려들어 와, 나무 벤치에 자리를 잡고, 연설이 시작되길 기다렸다.

그들은 영양부족으로 뼈만 앙상한, 흐리멍덩한 시선의 가여운 사람들이었지만, 그렇다 하더라도 희미한 빛을 보았다. 그들은 마치 시베리아에 있는 것처럼 바깥세상과는 거의 단절되어 있었으나, 바깥세상의 제안이나 선동 없이도 서로 의견을 나누었고, 함께 행동하지 않고는 다른 희망이 없다는 결론을 내렸다. 그들이 하나같이 느꼈던 점은 현명한 리더십이 필요하다는 거였고, 그들은 그것을 위해 노르디카 기사들을 보았다. 그들은 모두 노르디카 기사들 회원이었고, 근처에 다른 단체는 없었다. 그들은 사랑하는 매튜 피셔의 입에서 지혜와 격려의 말이 떨어지길 바라며 기다렸으나, 정작 매튜는 혐오가 뒤섞인 냉소적인 표정으로 연단에서 그들을 내려다보고 있었다.

그들은 오래 기다리지 않았다. 의장으로 활동하는 키가 크고 수척한 산지 사람은 공장 노동자들에게 남편과 아내처럼 함께 버티자고 호소한 후에 대 귀인 지로를 소개했다.

매튜는 설득력 있게 요점만 말했다. 그들은 남편과 아내이고, 스물한 살의 자유 백인이며, 미국 시민권자이고, 미국은 록펠러의 나라이듯 또한 그들의 나라이며, 노동자로서 그들의 권리를 지키기 위해 굳건히 서야 하고, 백인 우월주의를 지키는 것보다 더 간절한 것은 없어야 한다고, 그들을 상기시켰다. 그들 중에는 어쩌면 블랙-노-모어를 통해 희게 된 흑인이 있을지도 모른다고 매튜는 넌지시 말했다. 이런 사람은 항상 흑인 특성을 보이고 위기에서 도망가기 때문에 그들이 연합하는 데 악영향을 끼친다고 주장했다. 매튜는 자유와 정의, 평등 정책을 열렬히 청원하며 발언을 끝내고, 떠들썩한 환호 속에 자리에 앉았다. 그들의 열광적인 분위기를 이용해 의장은 회원에 가입하라고 호소했다. 사람들은 회원 명단에 이름을 올리고 회비를 내기 위해 흔쾌히 연단 앞에 있는 작은 테이블로 몰려들었다.

무력 분대의 대장이자 정평 있는 지도자인 스완슨은 집회 결과에 실실 웃었다. 그는 산지 사람이 하듯 자기 넓적다리를 찰싹 때리고, 씹는담배를 오른쪽 볼에서 왼쪽으로 옮기고, 창백한 파란 눈동자를 번득이며, 매튜에게 노동조합이 머지않아 파라다이스 공장 사장을 굴복시킬 거라고 '확인해' 주었다. 대 귀인 지로는 고개를 끄덕였다.

이틀 후, 애틀랜타로 돌아온 매튜는 사무실에서 여섯 명의 비밀 요원과 회의를 했다. "파라다이스로 가서 각자 맡은 일을 하세요." 그는 명령했다. "확실히 하세요."

다음 날, 여섯 남자는 사우스캐롤라이나주 작은 마을 기차역에 내려, 지역 호텔에 방을 잡고, 바쁘게 움직였다. 그들은 자신들이 공장 노동자들이 공정한 계약을 맺었는지 보려고 대 귀인 지로가 애틀랜타에서 보낸 노르디카 기사들 요원이라고 공공연히 알려지게 했다. 그들은 서둘러 방이 세 개인 노동자 사무소를 여러 곳 방문했고—노동자들은 하나같이 똑같아 보였다—매우 은밀하게 이야기했다.

하루쯤 지나서, 과격파 분대 대장인 스완슨이 사실은 예전에 컬럼비아 출신의 흑인이었다는 말이 나돌기 시작했다. 스완슨은 2, 3년 전에 컬럼비아에 살았던 적이 있었다. 그래서 노동자들이 모여 있는 곳에서 누군가가 가볍게 물었을 때, 그는 한때 거기 살았었노라고 아무렇지도 않게 인정했다. 스완슨이 보지 않을 때, 질문자는 의미심장한 눈빛으로 다른 노동자들을 흘긋 보았다.

그걸로 충분했다. 생각이 단순한 노동자들은 스완슨이 인정한 것을 그가 한때 흑인이었다는 소문이 사실임을 증명하는 결정적 증거로 보았다. 스완슨이 또 다른 파업 집회를 소집했을 때 결국 매튜 사람 한두 명 빼고는 아무도 나타나지 않았다. 그 덩치 큰 사람은 자신을 따르던 사람들이 알 수 없는 이유로 떨어져 나간 것에 울음보를 터트릴 지경이었다. 비밀 요원 중 하나가 그 이유를 알려 주자, 그는 격하게 분개했다.

"나는 빌어먹을 껌둥이가 아니야." 그가 소리쳤다. "난 백인이라고, 증명할 수 있어!"

불행하게도 그는 흑인이 아니라는 것을 추종자들이 만족할 만큼 증명할 수 없었다. 그들은 완강했다. 거리에서 그를 만나도 말없이 지나쳤고, 검둥이와 일하길 원치 않는다고 공장 감독에게 불만을 제기했다. 스완슨은 노력해 보았지만, 아무런 소득 없이 일주일이 지나갔다. 그는 낙담하고, 파산했다. 그는 안타까워하는 체하는 매튜 쪽 사람한테서 그곳을 벗어날 수 있는 차비를 받을 수 있어서 기뻤다.

스완슨이 떠나자, 공장 노동자들의 대의는 큰 타격을 받았으나 남아 있는 주모자 세 명이 일을 계속 진행하려 했다. 대 귀인지로의 비밀 요원은 다시 바빠졌다. 선동자 한 명에게 조부가 검둥이라는 것이 사실이냐는 질문이 던져졌다. 그는 격렬하게 부정했지만, 아버지가 누군지도 모르는 상황에서 조부에 관해 증명할 수는 없었다. 그에게는 최후의 심판이 내려졌다. 한 주 안에 다른 두 주동자도 비슷하게 신뢰를 잃었다. 전반적인 파업 의견은 교황에게서 돈을 받는 영리한 검둥이의 사기였다는 소문이 사방팔방으로 퍼졌다.

지금까지 사회 계급을 의식하던 노동자들은 흑인 혈통이라는 망령이 만든 공포에 사로잡혔다. 더 이상 누구도 믿을 수 없고, 검둥이의 지휘를 받느니 그냥 현재 상태로 머물러 있는 게 낫다고 그들은 말했다. 유색인 무리는 극장에서 백인 옆에 앉을 수도 없고 열차에 함께 탈 수도 없는데, 감히 그들이 백인들을 조직화하고 통솔하려 한다는 건 말이 되지 않았다.

뉴욕시의 많은 급진주의자와 노동 운동 지지자는 매튜가 큰 집회에서 연설했다는 소식이 노르디카 기사들 뉴스 매체를 통해 살포된 후 파라다이스에서 어떤 일이 벌어지는지 주시하고 있었다. 공장 노동자들이 알 수 없는 이유로 파업 생각을 접으려는 듯 보이자, 진보적이고 과격한 노동 운동 조직자들은 어떻게 폭동의 기운을 되살릴 수 있을지 알아보기 위해 그 마을로 내려갔다.

진보 노동 운동 조직의 대표는 도착하자마자 곧바로 그가 확보할 수 있는 유일한 장소인 노르디카 기사들 회관에서 집회를 연다고 공지했다. 아무도 오지 않았다. 그는 이해할 수 없었다. 그는 시내 광장으로 걸어 나갔고, 모여 있는 몇몇 남자에게 다가가 무엇이 걱정인지 물었다.

"당신은 뉴욕 할렘에서 온 거요?" 한 토박이가 물었다.

"어, 그렇소. 할렘에 살아요. 그래서요?"

"음, 빌어먹을 검둥이가 우리를 이끌게 내버려 둘 수는 없지. 당신이 몸을 생각한다면, 여기서 멀리 벗어나는 게 좋을 거요." 그 질문자가 말했다.

"그 검둥이 말은 도대체 어디서 나온 거요?" 모욕을 당한 조직자는 놀라며 말했다. "난 백인이요."

"이 주변에 얼쩡거리던 흰 검둥이가 당신이 처음은 아니야." 가 대답이었다.

난감했지만 어찌할 수 없던 조직책은 한 주간 마을에 머물다가 떠났다. 누군가가 이 단순한 사람들에게 그 조직책이 할렘에 산다는 것을 확인시킨 후, 할렘은 뉴욕의 흑인 지구라고 말했다. 그들에게 할렘과 흑인은 동의어가 되었고, 노동 운동가는 불행한 결말을 맞았다.

급진적 노동 운동 조직책은 유대인이라는 이유로 노르디카 기사들 회관의 사용을 허가받지 못했고, 누군가가 그는 사유 재산 분배와 여자의 참정권을 지지하고 무신론자라는 루머를 퍼뜨리는 바람에 거리에서도 집회를 갖지 못하게 되었다. 그는 사유 재산 분배에 대한 사안은 거리낌 없이 인정했고, 여자 참정권에는 비웃음을 터트렸으며, 그리고 당당히 자신은 무신론자라고 선언했다. 비록 신은 그들의 기도에 이상하게도 귀를 막고 있었고, 그들은 분배할 재산도 없었으며, 여자들은 너무나 못생겨서 외부인이 그들에게 참정권을 주길 원해도 염려할 필요가 없을 정도였지만, 이 소문은 공장 노동자들을 자극하기에 충분했다. 이리하여 이 레닌과 트로츠키의 신봉자는 그를 따르는 쇠약한 노동자 무리와 함께 서서히 사라졌다.

이윽고 사우스캐롤라이나주 파라다이스는 모든 게 조용해지고 정리가 되었다. 미국 노동부에서 파견한 조정자의 조언에 따라 블릭더프와 호츤버프는 노동자들이 급여와 업무 그리고 그들의 작은 연고지에 더욱 만족하도록 즉각 조치를 취했다. 그들은 직원을 위해 수영장과 테니스 코트, 샤워장, 운동장을 지었으나, 이렇게 개선된 것을 즐길 수 있도록 업무 시간을 줄이는 일은 소홀히 했다. 이제부터는 크리스마스 때 하루 일당을 보너스로 지급하겠다고 했고, 10년 이상 그들과 함께한 직원에게는 매년 일주일 휴가를 주겠다고 공언했다. 물론 그런 직원은 없었지만, 공장 노동자들은 승리했다며 기뻐 날뛰었다.

지역 사회 상황을 실용적으로 볼 것이라는 합의하에 회사로부터 넉넉하게 사례를 받은 지역의 침례교 목사는 자기 양 떼에게, 그들의 고용주는 노동자들과의 갈등을 해소하는 데 참된 크리스천 방식과 미국인 방식을 택했기에 칭찬받아야 한다고 말했다. 아마 예수가 그 자리에 있었더라도 똑같이 했을 것이라고 목사는 넌지시 덧붙였다.

"작은 일에 감사하십시오." 목사가 소 울음처럼 매-애 소리를 냈다. "하나님은 불가사의한 방식으로 경이로운 일을 하십니다. 너희는 진리를 알고, 그 진리를 통해 자유케 되리라. 모든 것의 근본은 진리입니다. 독사의 혓바닥에서 나오는 독으로 탈선해서는 안 됩니다. 여기는 미국입니다. 러시아가 아닙니다. 패트릭 헨리는 '나에게 자유가 달라, 그게 아니면 죽음을 달라'라고 말했고, 그 진실하고 혈기 왕성한 백 퍼센트 미국인은 오늘 똑같은 말을 합니다. 하지만 자유를 얻는 데는 바른길이 있고 잘못된 길이 있습니다. 여러분의 고용주는 바른길로 갔습니다. 삶의 기쁨이 없다면 결국 자유가 무슨 소용입니까? 여러분의 고용주는 행복과 휴양을 주는 것을 여러분 근처에 놓아 주지 않았습니까?

여러분의 고용주는, 모든 참된 미국인이 그러하듯, 동료 시민의 안녕, 같은 마을 주민의 안녕에 관심이 있습니다. 그들은 당신을 위해 심장이 뜁니다. 항상 당신을 생각합니다. 당신을 위해 환경이 나아지도록 항상 계획을 세우고 있습니다. 온 힘을 다해 성실하게 하고 있습니다. 그들은 매우 무거운 책임감이 있습니다.

그래서 여러분은 인내해야 합니다. 로마는 하루아침에 만들어지지 않았습니다. 모든 것은 때가 되어야 이루어집니다. 그리스도는 그가 하고 있는 일을 압니다. 그의 후손이 고통받게 내버려두지 않을 겁니다.

오, 믿음이 약한 자여! 질투와 증오와 악의가 그대 가슴에 쌓이게 말지어다. 마음이 오해로 설득되지 말지어다. 하나님이 우리에게 바라는 대로 행동하고 생각하도록 합시다. 무엇보다도, 저기 인정 많은 두 신사처럼, 우리도 크리스천의 아량을 실천하도록 합시다."

이 감동의 메시지에도 불구하고 파라다이스는 절대 다시는 예전과 같지 않으리라는 것은 누구에게나 자명했다. 풍문은 계속 대기를 떠돌아다녔다. 사람들은 언제나 출생과 혈통에 관해 난감한 질문을 서로 했다. 싸움은 더욱 자주 일어났다. 남부에서 출생한 많은 노동자는 흑인 조상을 가졌다는 비난을 반박하지 못했고, 어쩔 수 없이 그 부근을 떠나야만 했다. 공장 노동자들은 흑인 혈통에 관해 떠들기 바빠 아무도 급여나 노동 시간에 대해 토론할 생각을 하지 못했다.

8월에 업무차 애틀랜타에 머물던 블릭더프와 호츤버프 씨는 매튜 사무실에 들렀다.

"어, 파업은 어땠소?" 대 지로가 물었다.

"파업은 없었소!" 블릭더프가 대꾸했다. "없었지! 파업은 전혀 기미도 없었어. 불한당 놈, 당신도 알잖아?"

"비밀이요." 매튜가 얼핏 당당하게 답했다. "누구나 자기 업이 있기 마련이죠."

이것은 진정 매튜의 업이 되었고, 매튜는 이 일을 꽤 잘했다. 파라다이스에서 일어났던 일은 다른 곳에서도 벌어졌다. 파업 소문은 없었다. 노동자들은 더 중대한 인종 문제를 고민하거나 들리는 풍문에 훨씬 더 관심을 가졌다. 가족의 물결을 높이기 위해 아이들을 공장에 보내야 하고, 항상 몸이 아프고, 사망률이 높아도, 그들은 괘의치 않았다. 문명의 가장 근본인 백인 우월성이 위협받는 처지에 이런 사소한 일이 무슨 문제가 되겠는가?

8장

이제 블랙-노-모어 법인이 니그로인을 코카시아인으로 변신시키는, 자칭 과업이라 부르는 사업을 꾸려 나간 지 2년이 되었다. 그 과업은 교도소와 보육원, 정신병원, 노인 요양원, 감화원, 그리고 유사한 기관에 있는 흑인을 제외하고는 거의 완성 단계에 이르렀다. 흑인은 부흥회나 장례식 혹은 요란한 모임이 아니면 모이기 힘들다고 늘 말해 왔던 사람들도, 그들이 백인이 되는 일에는 훌륭하게 협력했다고 인정해야만 했다. 가난한 사람은 부유한 이의 도움을 받았고, 형제는 자매를 도왔고, 자식은 부모를 지원했다. 언더그라운드 레일로드* 시절에 만연했던 모험 정신이 되살아났다. 그리하여 심지어는 미시시피에서도 흑인

* 19세기 초(노예제 시대) 비밀 조직으로 남부 흑인 노예의 탈출을 도왔다.

을 보기가 쉽지 않았다. 북부에서 볼 수 있는 흑인이라고는 물라토 아기뿐이었다. 아기 엄마는 아이의 예쁜 피부색에 매료되어 유행을 거부하고, 백인으로 변신시키지 않았다. 북부에서는 흑인 수가 2백만에 이른 적이 없었던지라 대다수 북부인은 이 탈색 공정에 무심했다. 여론을 지배하는 이들은, 이 나라가 무던히 성가셨던 문제를 아무 비용도 들이지 않고 제거하고 있다고 느꼈기 때문이다. 그러나 남부인들은 그렇게 생각하지 않았다.

한때 남부 연방군이었던 인구의 3분의 1이 악의적인 함의 자손*으로 채워졌을 때, 흑인들은 진정으로 그 지역에 경제적, 사회적, 정신적 가치를 더했다. 그들은 궂은일을 하고, 백인이 누리는 부(富)의 기초를 놓았을 뿐만 아니라, 백인 하류층이 착취당하며 반항적으로 되어 갈 때는, 상류층이 편하게 관심을 딴 데로 돌리는 재료로도 이용되었다. 최하층으로서 흑인의 존재는 또한 남부를 미국의 특이한 지역으로 만들었다. 산업화 추세에도 불구하고 그곳의 삶은 약간 다르고, 약간 더 즐겁고, 약간 더 매끄러웠다. 누군가 여행자에게 지금 그가 있는 도시가 어디라고 말해주기 전에는 그곳이 어딘지 모를 정도로 표준화가 진행된 나라에서는 흔히 볼 수 없는 차이와 다양성이 있었다. 남부 하면 언

* 함은 노아의 둘째 아들로, 흔히 흑인은 저주받은 함의 자손으로 여겨졌다.

제나 흑인이 떠올랐고, 흑인 하면 역시 남부가 떠올랐다. 노래와 이야기 속에 소중히 간직된 가장 즐거운 기억들은 바로 이 최하층민 사이에서 만들어졌다.

기사도 정신을 가진 남부 백인의 깊은 근심이나, 백인 여성 보호, 인종 자부심의 지나친 팽창, 그리고 반쯤 빈사 상태인 빈곤층 날품팔이 백인의 어색한 오만도, 모두 흑인이 있었기에 존재했다. 산업과 농업의 영주에게 해고당하고 굶주린 백인 대중은 자기들이 흑인의 압제자와 같은 피부색을 가졌고, 그래서 밑바닥층 흑인보다는 낫다는 사실에 오직 하나뿐인 위안과 행복을 얻었다.

인종의 이주로 인한 남부의 경제적 손실은 상당했다. 미국 내 다른 지역에서는 죽음의 마차라고 오래전부터 규탄받아 왔던 목조 선로 객차 수백 량은 더 이상 짐 크로*를 할 수 있는 흑인이 없어 폐기되어야만 했다. 흑인만 사용하도록 따로 만들어진 기차역 대기실은 보통 백인이 사용하기에는 너무 음침하고 불편했고 때론 더 이상 필요하지 않게 되어 수천 곳이 방치되었다. 전 블랙 벨트에 위치했던, 그래서 하수도나 포장도로가 없었던, 수천 킬로미터의 거리는 급격히 증가하는 백인 인구—진짜와 가짜 모

* 짐 크로는 두 의미를 함의하는데, 하나는 인종 차별하고, 또 하나는 철도의 굽은 부분을 바르게 고치는 도구를 뜻한다.

두—의 끈질긴 요청으로 개선되고 있었다. 한때는 고분고분한 흑인들이 썼지만 지금은 쓰러져 가는 건물을 고칠 엄두도 내지 못하던 건물주는 그것을 부숴서 다시 짓고 백인 세입자에 맞게 고쳤다. 전에는 흑인 아이들의 학교로 충분했던 판잣집과 의류 상자는 이제 백인 청소년이 사용하기에는 적절하지 않아 폐기되거나 처분되었다. 예전에는 흑인 혈통이라는 이유로 수천 명의 교사가 30이나 40달러 월급을 받았었으나, 지금은 남부의 여러 도시와 마을에서도 다른 지역에서 통용되는 표준 급여를 지급해야만 했다.

자연스럽게 세금은 인상되었다. 상공회의소는 북부 사업체를 남부로 유인하기 위해 비과세나 매우 적은 과세를 제시하는 매력적인 광고를 더는 내보낼 수 없었고, 저렴한 건물 대지를 제공할 수도 없었다. 그나마 노르디카 기사들의 대 귀인 지로가 힘을 써 주면 그들은 유순하고 느긋한 앵글로·색슨 노동자 무리에게 손을 벌릴 수 있었다. 이 상황이 얼마나 지속될지 누가 알까?

결과적으로 상류층은 불안하게 미래를 보았다. 마치 흑인 애인이 주는 쾌락을 빼앗긴 것처럼, 현재의 구식 산업 제약과 이익금, 분배금의 필연적인 축소에 따른 저항이 금세 퍼질 거라고 느꼈다. 공장 귀족들은 아동 노동을 멈추어야 한다는 견해를 마뜩하지 않게 여겼다. 그들은 푹신한 회전의자에 앉아 뒤로 기댄 채,

깔끔하게 손질한 손에 살찐 턱을 올려놓고, 옛날 좋은 시절이 지나감에 서글퍼했다.

남부는 흑인을 잃었을지언정 어쨌든 투표권은 분명 잃지 않았으나, 그 지역을 좌지우지하며 독점하던 정치인은 과거의 보장과 안위를 잃어 가고 있었다. 1934년 의회 선거에서는 공화당원이 이곳저곳을 침입해 들어갔다. 정치적 정세가 변하고 있었고, 당장 과감하게 조처하지 않으면 공화당은 전통적으로 민주당이었던 남부*를 가져가고, 그리하여 사실상 민주당을 파괴할 것이다. 다음 대통령 선거는 2년도 채 남지 않았다. 참사를 피하기 위해서는 신속하게 움직여야 할 것이다. 북부와 남부의 선각자들은 노동자들이 심지어는 전통적인 두 정당을 모두 버리고 사회주의자가 되는 것을 예견했다. 정치가와 사업가는 이런 비극적인 견해에 치를 떨었고, 노령 연금, 8시간 노동법, 실업 보험, 노동자 급여, 최저 임금 입법, 아동 노동 금지, 산아 제한 정보 유포, 여성 근로자에게 주어지는 유급 월차와 예비 엄마를 위한 2개월 유급 휴가, 2백만 명의 손에서 국민 자본의 소유권을 빼앗아 1억 2천만 민중의 손에 놓음으로써 어쩌면 개인의 추진력과 의욕을 살해하는 등의 끔찍한 광경을 보았다.

---

* 현대에는 미국 내 민주당이 진보, 공화당이 보수를 대변하고 있으나, 20세기 초반에는 그 반대였다.

이것은 어째서 조지아주 상원 의원이자 민주당의 오랜 노병인 루퍼스 크레튼이 1935년 3월 어느 날 임페리얼 대마법사 기븐스의 집무실로 걸어 들어갔는지를 설명한다. 크레튼은 비교 불가의 인종 차별주의자이자, 조지아주의 전반적인 재정 이익을 대변하는 충직한 하인, 그리고 희게 된 후로는 여러 흑인 가족의 정력적인 아버지였다.

"어휴." 크레튼은 기븐스 목사, 매튜, 버니와 함께 모던하게 꾸며진 새 노르디카 기사들 공관에 앉아 말문을 텄다. 그들은 시원한 불법 음료를 벌컥 마셨다. "우리는 뭔가를 해야 하오, 그것도 당장. 빌어먹을 양키 놈들이 우리 영역을 침범하고 있어. 공화당 표는 점점 늘어나고, 다음 선거에선 이곳에 무슨 일이 벌어질지 알 수가 없소."

"우리가 어떻게 도와 드릴까요, 의원님?" 임페리얼 대마법사가 물었다. "대의를 위해서 우리가 어떻게 해 드릴까요?"

"바로 그거요. 바로 그거야. 그것 때문에 내가 왔지." 의원은 대답했다. "우리 중 몇몇은 당신들이 우리가 이 빌어먹을 촌놈들을 정리하는 데 도움을 줄 수 있을 거라고 생각했소. 당신들은 모두 지적이니, 내 말을 알아듣겠죠?"

"음, 꽤나 큰 정리가 되겠군요, 각하." 기븐스가 말했다.

"맞습니다." 매튜가 덧붙였다. "쉽지 않은 제안이 될 겁니다.

상황이 예전과는 다르니까요."

"그리고," 기븐스가 말했다. "검둥이 문제는 별로 할 수 있는 게 없어요. 옛날 클랜이 활동할 때 했던 것처럼 말입니다."

"빨갱이로 겁을 주는 건 어떻겠소?" 의원이 기대에 차 물었다.

"흠!" 목사가 코웃음을 쳤다. "빨갱이 일은 내버려 두는 게 좋을 거요. 요즘 시대는 옛날 같지 않으니까. 아무튼 조만간 빨갱이 놈들이 이곳에 내려오겠죠. 반갑지는 않겠지만."

"그게 맞겠지, 장군." 정치인은 진중하게 말했다. 그러고는 얼굴이 밝아지면서, "이봐요, 기븐스. 저 매튜라는 친구는 머리가 좋지. 내가 그와 함께 머리를 맞대보는 건 어떻겠소?"

"그럼요. 머리가 좋다마다요." 대마법사가 동의했다. 그는 기사단의 재정과 연관된 일이 아니라면 주저 없이 벗어나고 싶었다. "이 사람이 못 하면, 아무도 못 합니다. 여기 버니도 그렇고, 이 사람들은 옛 시절 검둥이들만큼이나 날카로워요. 헤헤헤!" 기븐스는 영리한 사위와 그의 뚱뚱한 보좌관을 지지하며 희색이 만면했다.

"어, 그곳에는 돈이 있소. 현금은 많지. 우리가 지금 원하는 건, 표야." 의원이 설명했다. "껌둥이가 없는 처지에 그 백인 우월주의를 설교하면서 덕을 볼 수는 없을 테니까."

"나에게 맡겨 두십쇼. 제가 뭔가 구상해 보겠습니다." 매튜가 말했다. 이건 더 많은 권력과 더 많은 돈을 쥘 수 있는 기회였다. 아무리 바빠도 이 기회를 흘려보낼 수는 없을 것이다.

"시간이 없어." 상원 의원이 주의를 주었다.

"시간이 없죠." 기븐스가 닭이 홰치는 소리를 냈다.

몇 분 후, 그들은 마지막 잔을 들고, 악수를 나누었다. 그리고 의원은 외부 사무실의 젊은 숙녀들에게 흰 머리를 꾸뻑이며 떠났다.

매튜와 버니는 대 귀인 지로의 집무실로 물러났다.

"어떻게 할 생각이야?" 버니가 물었다.

"방법이야 많지. 예전에 했던 흑인 문제 같은 것에 불을 붙일 수도 있고."

"하지만 그건 옛날 일이야, 브라더." 버니가 이의를 제기했다. "저 오리들은 더는 그런 것에 빠지지 않아."

"버니, 내가 이 일을 하면서 배운 게 있는데, 증오와 편견은 항상 큰일을 하지. 이 인간들은 흑인 문제 속에서 자랐고, 그것을 잘 알고 있어. 그리고 그것에 반항하도록 훈련됐지. 항상 돈벌이가 되는 묘안이 여기 있는데, 내가 뭣 때문에 다른 것을 찾으려고 머리를 쪼갤 필요가 있겠어?"

"가능할 수도 있겠는데."

"아니, 꼭 그렇게 될 거야. 내가 알아. 나한테 맡겨 둬." 매튜가 자신감 있게 말했다. "난 전혀 걱정 안 해. 지금 나를 당혹스럽게 하는 것은, 임신 중인 내 아내야." 매튜는 순간 조롱하는 말투를 멈추었다. 고통의 진지한 낯빛이 평소 빈정대는 듯한 그의 표정을 지우고 있었다.

"축하해!" 버니가 지껄였다.

"아픈 데 긁지 마." 매튜가 대꾸했다. "그 애가 어떻게 생겼을지 너도 알잖아."

"그렇지." 친구가 동감했다. "난 가끔은 우리가 누군지 잊어버려."

"음, 난 안 그래. 난 내가 검둥이라는 걸 알고 있고, 항상 조심하지."

"그래 어쩔 셈이야?"

"모르겠습니다, 빅 보이. 몰라요. 그냥 그 분만 병원에 보낼 수 있겠지만, 그녀가 의심할 수도 있어. 그래도 애가 태어나면 분명 흑색일 거야."

"흰색은 아니겠지." 버니가 동조했다. "그냥 전부 털어놔 버리는 건 어때? 그녀는 너를 정말 좋아하니까, 분만 병원에 가는 걸 주저하지 않을 거야."

"에이, 이 친구야, 미쳤어, 정말 제정신이 아니군!" 매튜는 격분했다. "그녀는 자기 아버지보다도 더한 검둥이 혐오자야. 눈 깜짝할 사이에 이혼하자고 소리를 지를걸."

"그러기에는 네가 돈이 너무 많잖아."

"넌 그녀가 그렇게 똑똑하다고 착각하는 거야."

"안 그래?"

"골치 아픈 화제를 꺼내지 말고," 매튜가 호소했다. "해결책을 제안해 봐."

"그녀가 크루크먼 병원에 간다는 걸 알 필요는 없잖아, 그렇지?"

"그래. 근데 집을 나가서 출산하라고 할 수는 없잖아."

"왜?"

"어, 자기 집에서 아기를 낳는 것에는 염병할 감성이 있거든. 그리고 염병할 늙은 어미가 그녀를 돕고 있고. 그러니 어떻게 하면 좋을까?"

"그렇다면, 단지 그 정감 있는 옛 농장 집 때문에 병원에 못 가는 거네?"

"영리한네, 버니."

"지당하신 말씀을. 근데, 진지하게 말이야, 나는 해결할 수 있을 것 같은데."

"어떻게?" 매튜가 관심을 가지며 크게 말했다.

"오천 달러를 쓸 수 있어?" 버니가 응대했다.

"돈은 문제가 아니야. 네 생각이나 말해 봐."

"그렇게는 안 되지. 먼저 오천 달러 수표를 줘. 그럼 나중에 설명해 줄게."

"알았어. 약속하지, 오랜 친구"

버니 브라운은 행동가였다. 그날 저녁 그는 인기 많은 니거헤드 카페에 들어가 자리를 잡았다. 그곳은 미심쩍은 부류의 집결지였다. 술꾼들로 가득했는데, 그들은 '밀주'를 내려놓고 라디오 스피커에서 시끄럽게 흘러나오는 노래에 몸을 흔들고 있었다. 「블랙 맨 블루스」가 대기를 채웠다. 요즘 잘나가는 댄스곡이었다. 최근에 작사·작곡가들은 흑인의 패싱에 관한 감성적인 노래를 만들어 부자가 되었다. 블루스 가수의 애달픈 목소리가 시끄러운 스피커에서 튀어나왔다.

크고 검은 내 남자는 어디로 갔을까,
오, 크고 검은 내 남자는 어디로 갔을까,
나만 홀로 남겨 두고 어디로 사라져 버린 걸까?

노래가 멈추고, 춤을 추던 사람들은 테이블로 돌아갔다. 버니는 주변을 둘러보았다. 멀리 코너에 친근해 보이는 얼굴의 웨이터가 있었다. 손을 흔들고, 그가 다가오길 기다렸다. 웨이터가 주문받으려고 몸을 숙이자, 버니는 그를 유심히 살펴보았다. 어디선가 본 친구였다. 누구였을까? 불현듯 번득 떠올랐다. 조셉 본즈 박사였다. 뉴욕시 흑인 정보 연합의 전 수장. 어떻게 그가 여기 이 처지에 이르게 되었을까? 마지막으로 봤을 때 그는 흑인 사회에서 영향력 있는 사람이었다. 웨스트체스터 카운티에 별장이 있고, 시내에는 멋들어진 아파트를 가지고 있었다. 그런 사람이 파국에 이르렀다는 생각이 드니 버니는 안타까웠다. 백인이 된 것도 그리 도움이 된 것 같지는 않았다. "동정을 구하지 말고, 일을 하라." 전성기의 본즈는 이 슬로건을 내걸고 백인 자선가로부터 기금을 모금했었다. 아마 지금 그는 일을 조금 덜 하고 약간의 동정을 받고 싶어 할 것이다. 이렇게 생각하며 버니는 웃음 지었다.

"당신, 백 달러 지폐 한 장을 벌고 싶어?" 전 흑인 지도자가 음료를 가지고 돌아왔을 때 버니가 물었다.

"일단 보여 주세요, 손님." 웨이터는 입술을 핥으며 말했다. "제가 어떻게 도와 드릴까요?"

"백 달러면 무엇을 할 수 있을까?" 버니가 계속했다.

"말로 하기가 쉽지 않네요." 낮익은 담배 찌든 이를 드러내고 웃으며 본즈가 대답했다.

"믿을 만한 친구가 있나?"

"당연히 있죠. 리커리쉬라는 친군데, 뒤에서 설거지를 합니다."

"샌탑 리커리쉬?"

"쉿! 여기서는 그가 누군지 몰라요. 지금은 백인이니까요."

"당신이 누군지는 아나?"

"무슨 말씀인가요?" 웨이터는 기겁하며 숨을 헉 들이마셨다.

"오, 누구에게도 말하지 않겠지만, 난 당신이 뉴욕의 본즈라는 걸 알지."

"누가 말했소?"

"어, 작은 요정*."

"어떻게? 호모들과는 엮인 적이 없는데요."

"아니, 그런 요정 말고." 버니는 웃으며 그를 안심시켰다. "음, 여기 문 닫으면 리커리쉬를 데리고 내가 묵고 있는 호텔로 와요."

"어딘데요?" 본즈가 물었다. 버니는 쪽지에 이름과 방 번호를 적어 그에게 주었다.

세 시간 후, 버니는 문에서 들리는 노크 소리에 눈을 떴다. 본즈와 리커리쉬가 들어왔고, 강렬한 음식과 위스키 냄새를 맡고는 얼굴에 희색이 돌았다.

---

* fairy. 여기서는 '작은 요정'으로 옮겼으나, 호모(경멸적 의미의 남성 동성애자)의 뜻도 있다.

"여기," 지폐 한 장을 내밀며 버니가 말했다. "백 달러요. 당신들이 몇 시간 동안 양심을 밀어 놓을 수 있다면, 각자 이런 거 다섯 장씩 받을 거요."

"음," 본즈가 말했다. "리커리쉬나 나나 양심의 가책으로 인해 힘들어한 적은 없죠."

"나도 그렇게 생각했지." 버니가 중얼거렸고, 곧이어 원하는 바를 그들에게 설명했다.

"하지만 그건 범죄가 될 텐데." 리커리쉬가 반대했다.

"너도 그래, 브루투스*?" 본즈가 코웃음을 쳤다.

"어, 우리의 안전이 보장되지 않고는 위험을 감수할 수 없소." 전 아프리카 회장 리커리쉬가 다소 소심하게 주장했다. 그는 돈이 고팠고, 데메라라로 돌아갈 밑천을 마련하고 싶었다. 흑인 인구가 많은 데메라라에서는 백인이라면 피부색에 힘입어 주요 인물이 되었다. 하지만 철장 뒤에 살았던 경험이 많았던지라 그는 경계의 끈을 놓지 않았다.

"이 도시는 우리 수중에 있어요. 이 주(州)도 그렇고." 버니가 그에게 확신을 주었다. "우리 사람 두어 명을 써서 이 일을 할 수도 있지만, 좋은 방법은 아닐 것 같아서."

* 고대 로마의 정치가로 BC 44년에 카이사르를 암살한다.

"한 명당 천 불은 어떻소?" 번득이는 눈으로 버니 손에 들린 빳빳한 지폐를 보면서 본즈가 물었다.

"여기." 버니가 말했다. "백 달러 지폐를 받아요. 재료를 사서 일에 착수해요. 끝내면, 이런 거 열아홉 장 더 드릴게."

두 친구는 서로 쳐다보며 고개를 끄덕였다.

"좋소." 본즈가 말했다.

그들이 떠나고 버니는 다시 잠이 들었다.

다음 날 밤 11시 30분경 비상벨이 울리기 시작했고, 기븐스 목사 자택 근처의 이웃들은 소방차의 음산한 사이렌 소리에 모두 잠에서 깼다. 큐 클럭스 클랜 돈으로 세운 그 품위 있는 건축물은 화염에 휩싸였다. 그 불꽃에 소방대원들이 스무 개의 물줄기를 들이댔으나, 건물은 운명을 다한 듯 보였다.

기븐스 목사 부부와 헬런, 매튜는 그들을 위로하는 사람들에 둘러싸여 길 건너 잔디 위에 서 있었다. 늙은 부부는 이 재난을 숙명적으로 받아들이고 있었다. 매튜는 의아해하고 미심쩍어했지만, 헬런은 안절부절못했다. 저녁 가운에 담요를 두른 그녀는 후줄근하고 수심에 잠긴 모습이었다. 불길에 싸인 집을 볼 때마다 그녀는 울음을 터트렸다. 그녀가 행복한 어린 시절을 보냈던 곳이었다.

"매튜," 그녀가 흐느꼈다. "이것과 똑같은 집을 지어 줄 거죠?"

"물론이지, 여보." 그는 호응했다. "근데 시간이 좀 걸릴 거야."

"오, 알아요. 알아요. 그래도 꼭 지어 주세요."

"그렇게 할게, 달링." 그가 위로했다. "근데 당신 심신을 안정시키기 위해서는 한동안 다른 곳에 가 있는 게 좋을 것 같아. 태어날 아기 생각도 해야 하고."

"다른 곳에 가고 싶지 않아요." 그녀가 소리쳤다.

"하지만 어딘가로 가기는 해야 하잖아." 그가 설명했다. "그렇게 생각하지 않으세요, 어머님?" 연로한 기븐스 부인은 좋은 생각이라고 동조했고, 자신도 같이 가겠노라고 제안했다. 기븐스 목사는 처음에는 듣지 않으려 하다가, 나중에는 체념했다.

"결국 좋은 생각 같구나." 목사가 말했다. "건물을 지을 때면 여자들은 항상 방해가 되거든."

매튜는 사태의 전환에 만족해했다. 호텔로 가는 길에 그는 헬런 옆에 앉아 그녀를 위로하면서 이따금 어떻게 불이 났는지 궁금해했다.

햇살이 좋은 다음 날 이른 아침, 버니는 환하게 웃으며 사무실로 들어와, 모자를 걸이에 던지고, 평소처럼 인사를 하고, 책상 앞에 앉았다.

"버니," 매튜가 그를 노려보며 불렀다. "말해 봐!"

"무슨 말?" 버니가 천진하게 물었다.

“내가 생각했던 대로,” 매튜가 킥킥 웃었다. “넌 뻔뻔한 놈이야.”

“왜, 너한테 뭘 한 건 아니잖아.” 버니는 태도를 바꾸지 않고 말했다.

“사실을 털어놓으시지, 빅 보이. 그 화재로 얼마를 쓴 거야?”

“나한테 오천 불 줬잖아, 그치?”

“꼭 검둥이처럼 말하네. 너는 똑바로 대답하는 법이 없지.”

“만족스러워?”

“내가 눈이 빠지라 울고 있는 건 아니잖아.”

“헬런이 북부로 가서 출산하기로 했어?”

“그래.”

“음, 그럼, 그 불꽃이 어디서 어떻게 시작됐는지 왜 알고 싶은데?”

“그냥 궁금해서 그래, 네로 황제 늙은이.” 매튜가 씩 웃었다.

“잘 기억해 둬.” 버니가 장난스럽게 경고했다. “호기심 부리다가는 고양이가 죽어.”

전화벨이 울리며 대화가 끊어졌다.

“뭐라고?” 매튜가 송화구에 대고 소리쳤다. “뭐라고 하는 거야! 알았어. 금방 갈게.” 그는 수화기를 내려놓고, 모자를 집어 들고, 흥분한 듯 곧장 뛰쳐나갔다.

"무슨 일이야?" 버니가 크게 말했다. "누가 죽기라도 했어?"

"아니." 성마른 매튜가 대꾸했다. "헬런이 유산했대." 그러고는 사무실을 박차고 나갔다.

"누가 죽기는 했네." 버니는 들릴 듯 말 듯 혼잣말했다.

깨끗이 면도하고 깔끔하게 차려입은 조셉 본즈와 샌탑 리커리쉬는 아일랜드인 포터를 따라 뉴욕 익스프레스의 특별 객차로 들어갔다.

"빈털터리에서 다시 한번 벗어나게 되어 기쁘군." 푹신한 쿠션에 풀썩 앉아 큼지막한 시가를 꺼내며 본즈가 한숨을 내쉬었다.

"정말 그렇지?" 전 로열 아프리카 해군 사령관 리커리쉬가 공감했다.

9장

"버니, 그걸 완벽히 해결했어." 며칠 후 매튜는 경쾌하게 사무실로 들어오며 공언했다.

"뭘 해결했다는 거야?"

"그 정치적 제안."

"말해 봐."

"자, 먼저 기븐스를 라디오에 내보내는 거야. 전국 방송으로 말이야. 한 주에 한 번씩, 약 두 달 동안."

"무슨 말을 할 건데? 네가 써 줄 거야?"

"오, 촌놈들을 꼬드기는 방법은 그가 잘 알지. 공화당 정부가 크루크먼 박사의 요양원 문을 닫고 블랙-노-모어와 연관된 사람은 모두 추방시켜야 한다고 미국 국민을 상대로 호소할 거야."

"미국 시민을 추방시킬 수는 없잖아, 바보야." 버니가 질책했다.

"그래도 그걸 주장하는 걸 막을 순 없지. 이건 정치야, 빅 보이."

"음, 그 밖에 또 뭐가 그 프로젝트에 있는데?"

"다음으로는, 「경고문」에 공화당원을 비판하는 캠페인을 시작하는 거야. 그들을 교황과 블랙-노-모어, 그리고 우리가 생각할 수 있는 그 밖의 것들과 연결시키지."

"그렇지만 1928년에 그들은 실지로 반-가톨릭이었잖아, 그렇지 않아?"

"칠 년 전이야, 버니, 칠 년 전. 사람들은 기억하지 못한다고 내가 몇 번을 얘기해야 알겠어? 그러고는 옛날에 써먹던, '당신의 하원 의원에게 편지를 보내라, 당신의 상원 의원에게 편지를 보내라' 같은 걸 꺼내는 거야. 「경고문」에 예전 편지를 실으면, 나머지는 독자들이 할 거다."

"그것만으로는 캠페인을 이길 수 없어." 버니가 거드럭대며 말했다. "그보다 나은 것을 찾아보시게, 브라더."

"음, 다음 단계는 깜짝 놀라게 하는 거야, 노인 양반. 그건 마지막까지 내 모자 안에 숨겨 놓을 거야. 그러나 그게 불쑥 튀어나오면 모두 기가 막혀할 거야." 매튜는 미묘하게 웃고는 연한 금발 머리를 뒤로 매만졌다.

"언제 이 요란한 라디오 방송을 시작하지?" 버니가 하품을 했다.

“내가 우리 대장에게 말할 때까지는 기다려.” 매튜가 일어서며 말했다. “그리고 그가 어떻게 날짜를 잡는지 보자.”

오는 목요일 저녁 8시 15분, 수백만 명의 사람들은 쩌렁쩌렁 울리는 스피커 앞에 앉아 노르디카 기사들의 임페리얼 대마법사가 전국에 보내는 연설을 기대하며 기다리고 있었다. 곧 프로그램이 시작했다.

“라디오를 청취하는 신사 숙녀 여러분, 안녕하십니까. 조지아주 애틀랜타의 WHAT 방송, 모티머 K. 생커입니다. 오늘 저녁에는 미국인이라면 누구나 대단히 관심이 있는 프로그램을 진행합니다. 머로니아 방송사의 네트워크를 통해 전국으로 중계되어 미국을 향한 가장 의미심장한 메시지를 수백만 시민이 들을 수 있게 된 겁니다.

이 저녁의 훌륭한 강연자 소개에 앞서, 여러분을 위해 작은 선물을 준비했습니다. 브로드웨이 가수로 유명한 잭 앨버트 씨가 친절하게도, 요즘 유행하는 노래 중에 선호하는 곡인 「사라져 가는 엄마」를 들려주기로 했습니다. 앨버트 씨는 비교 불가능한 음악 수재들의 공동체, 새미 스노트의 보우걸루서 베이비스와 함께합니다. …… 어서 오세요, 앨, 시작하기 전에 라디오를 청취하는 신사 숙녀께 한 말씀 하시죠.”

"어, 안녕하십니까, 여러분. 오늘 밤 어딘가에서 라디오를 듣고 있을 수많은 분을 만나게 되어 매우 기쁩니다. 어, 나는 잘난 체하는 걸 좋아합니다. 게다가 내가 안경을 쓰지 않아 여러분을 볼 수가 없군요. 밀주업자가 흔히 말하듯, 어쨌든 그게 중요한 게 아니겠지요. 제가 가장 좋아하는 노래로 이렇게 프로그램을 시작하게 되어 무척 기쁩니다. 어, 난 이 노래를 많이 생각합니다. 이 노래에는 느낌과 감성이 있습니다. 그래서 좋습니다. 의미가 있죠. 지금은 완전히 잊힌 좋았던 옛 시절을 떠올리게 합니다. 조니 걸프가 작사하고, 뛰어난 일본계 미국인 작곡가 포크라이즈 사케가 곡을 만든 노래입니다. 그리고 생커 씨가 말했듯이, 일리노이주 시카고의 아틸러리 카페의 호의로 새미 스노트의 보우걸루서 베이비스와 함께합니다. 자, 새미, 갈겨 봅시다!"

2초 후, 재즈 오케스트라의 팡파르가 보이지 않는 청취자의 귀청을 강타했다. 파나마-태평양 박람회 이후 음악으로 통하는 불가사의한 멜로디와 요란한 소리였다. 그리고 그 소리는 속삭임으로 잦아들었고, 얼굴이 검은 미국 최고 음유 시인의 서글픈 목소리가 공중에 흘러 들어왔다.

사라져 가는 엄마, 엄마! 나-의 엄마!
너무나 오랫동안, 당신은 멀리 있었어요.

엄마는 떠났어요. 사랑스러운 엄마! 엄마! 어느 여름밤,
엄마, 엄마가 백인이 되었다는 생각을 멈출 수 없어요.
엄마는 참기 힘들 만큼 너무나 고통스럽게 살았기에
엄마, 당신을 비난하지 않아요, 다정한 엄마!
하지만 엄마가 마지막으로 내 이름 불렀을 때 이후로는
그 옛날 농장은 전과 같지 않았어요.
그래서, 사랑하는 엄마, 나는 기다렸어요. 헛되이 보였지만,
엄마가 어기적어기적 집에 다시 돌아오기를
사라져 가는 엄마! 엄마! 엄마!
엄마가 집에 다시 돌아오길, 나는 기다리고 있어요.

"자, 청취자 여러분, 다시 모티머 생커입니다. 여러분이 모두 사랑하시는, 앨버트 씨의 영혼을 담은 연주 「사라져 가는 엄마」였습니다. 가까운 시일 안에 그를 다시 모시도록 하겠습니다.

이제 이분을 소개하게 되어 대단히 기쁩니다. 소개가 별로 필요 없는 분이지요. 문명 세계 어느 곳이나 알려진 남자. 훌륭한 연구와 실행 능력, 조직화의 천재. 실제적인 도움 없이 이 나라 가장 위대한 사회 중 하나의 기치 아래로 오백만 미국인을 이끌어 온 분. 라디오를 청취하는 신사 숙녀 여러분, 노르디카 기사들의 임페리얼 대마법사 헨리 기븐스 목사를 소개하게 되어 매

우 기쁩니다. 목사님은 '니그로 혈통의 위협'이라는 아주 시의적절한 주제로 강연하시겠습니다."

위스키 한 잔으로 기운을 충전한 기븐스 목사는 준비된 연설문을 만지작거리며 조심스럽게 마이크 앞으로 다가갔다. 목청을 가다듬고, 한 시간 이상 떠들었다. 사실적 정보는 모두 완벽하게 피해 갔고, 그 결과 스튜디오로 수천 건의 축하 전보와 장거리 전화가 왔다. 긴 연설에서 그는 공화국의 근간, 인류학, 심리학, 잡혼, 그리스도와 협업, 하나님과 올바른 관계 맺기, 볼셰비즘에 재갈 물리기, 산아 제한의 해악, 모더니스트의 위협, 그리고 그가 전연 모르는 다른 많은 주제에 대해 담론했다. 블랙-노-모어 법인을 비난하는 데 많은 시간 할애했고, 해럴드 구씨 대통령의 공화당 정부가 그 법인을 이끄는 사악한 흑인들을 추방하든지 아니면 연방 교도소에 가두어야 한다고 호소했다. 그는 "우리의 구원자이시고 구세주이신 예수 그리스도의 이름으로, 아멘"이라고 마무리 짓고는, 서둘러 화장실로 물러나 남아 있던 위스키 반의반 리터를 끝냈다.

앵커는 기븐스 목사가 있던 마이크 앞으로 갔다.

"자, 친구 여러분, 다시 모티머 K. 생커입니다. 머로니아 방송사 네트워크를 통해 조지아주 애틀랜타에서 전국으로 중계되는 WHAT 방송입니다. 여러분은 노르디카 기사들의 임페리얼 대마법사 헨리 기븐스 목사가 '니그로 혈통의 위협'이라는 제목으로 전한 학구적이면서도 감동적인 강연을 들으셨습니다. 기븐스 목사는 한 주 뒤에 이 방송에서 다른 강연을 하기로 되어 있습니다. …… 이제 오늘 밤 프로그램의 마지막 곡으로는, 유명한 고이터 시스터스가 만들고, 최근 스테이트 스트리트 폴리스가 부른, 인기 있는 곡이죠, 「오래된 소금 셰이커는 왜 그렇게」……."

노르디카 기사들의 선동으로 워싱턴 행정부는 곧 행동에 들어갔다. 기븐스 목사가 라디오에서 강연을 마치고 열흘쯤 되었을 때, 해럴드 구씨 대통령은 모여 있는 신문 기자들에게, 자신은 블랙-노-모어 법인과 연관해 임페리얼 대마법사가 제기한 현안에 관해 심도 있게 연구하고 있고, 그 법인을 힐난하는 수트럭 분량의 서신이 백악관에 전달되었으며, 현재 특별 위원회가 그것을 회신하고 있고, 또 몇몇 상원 의원과 그 문제를 논의했고, 그리고 다음 두 주 안에 자신이 어떤 행동을 취할 것으로 기대해도 된다고 밝혔다.

두 주가 끝나갈 무렵, 대통령은 이 현안을 철저하게 검토하고 연관된 사안을 건의하는 선도 시민 위원회를 만들기로 했다고 공표했다. 이 위원회의 소요 경비로 10만 달러 예산을 책정해 달라고 의회에 요구했다.

하원에서는 1주 후에 효력이 발생하는 결의안을 채택했다. 상원에서는 국제 재판소와 국제 연맹에 관해 열띤 논쟁을 벌이고 있어서 그 결의안을 3주 후에 고려하기로 했다. 그 존엄한 기관 앞에 표결이 붙여졌고, 한참 논쟁을 벌인 후 수정안이 추가되어 통과되었다. 그리고 하원으로 돌려보내졌다.

구씨 대통령이 의회에 요청한 지 6주가 되었을 때, 결의안은 최종안이 만들어져 통과되었다. 대통령은 한 주 안에 위원회 위원을 지명하겠노라고 공표했다.

대통령은 약속을 지켰다. 일곱 위원—공화당원 다섯과 민주당원 둘—으로 구성된 위원회를 명명했다. 위원들은 대체로 잠시 일이 없는 정치인들이었다.

그 위원회는 전용 차로 전국을 돌며 모든 블랙-노-모어 요양원과 크루크먼 분만 병원, 그리고 전 블랙 벨트를 방문했다. 수백 건의 진술서를 받았고, 수백 건의 증언을 검토했으며, 엄청난 양의 술을 마셨다.

두 달 후 그들은, 블랙-노-모어 요양원과 분만 병원이 법의 테두리 안에서 운영되고 있고, 흑인 인구는 단지 백만 명뿐이며, 대다수 주에서는 순수 백인과 흑인 조상을 가진 사람이 결혼하는 것이 불법이지만, 서로 공모하기 때문에 부정을 찾아내기가 어렵다고 지적하는 예비 보고서를 발표했다. 위원회는 해결책으로, 더욱 강력한 법 집행과 혼인 법의 소소한 수정, 능통한 계보학자가 배치된 특별 결혼 법정 설립, 더욱 자질 있는 판사, 더 유능한 지방 검사, 맨 법* 강화, 도로변 여관 철폐, 댄스 홀의 더 촘촘한 관리, 책과 영화에 대한 더욱 엄격한 검열, 카바레에 대한 정부 규제를 제시했다. 위원회는 대략 6주 안에 위원회 활동의 완전한 보고서를 발표하겠노라고 공약했다.

두 달 후, 이런 조사가 이루어졌다는 사실을 사실상 모두 잊어버렸을 즈음, 위원회는 작은 활자로 인쇄된 1,789쪽에 달하는 완성된 보고서를 발간했다. 보고서 사본은 인지도 있는 시민과 단체에 광범위하게 뿌려졌다. 미국 내에서 그걸 읽은 사람은 정확히 9명이었다. 시골 교도소 소장과 정부 간행물 사무소의 교정인, 오하이오주 애시터뷸라 시청의 청소원, 헬레나 (아칸소주) 「버글」의 시 에디터, 워싱턴주 스포캔시 보건부의 속기사, 보우어리 레스토랑의 접시닦이, 블랙-노-모어 법인의 리서치 디렉터 사무실 보조, 뉴욕주 댄모라에 소재한 클린턴 교도소의 무기 수형자, 그리고 시카고의 유머 주간지에 소속된 개그 작가였다.

매튜는 그의 단체 회원들과 남부 민주주의의 고위층 인사들로부터 넘치는 찬사를 받았다. 그들은 정부가 행동을 취하도록

---

* 1910년 발효된 법률로 매춘 따위의 목적으로 여자가 거주 주를 벗어나거나 외국으로 이동하는 것을 금지한다.

매튜가 힘을 썼다고 말하면서, 그가 의회로 가야 한다고 말하기 시작했다.

대 귀인 지로는 기뻐 탄성을 질렀다. 계획한 대로 모든 일이 진행되고 있다고 그는 버니에게 말했다. 이제 그는 다음 마술을 부릴 준비가 되었다.

"그게 뭔데?" 아침 코믹 섹션에서 올려다보며 매튜의 보좌역이 물었다.

"아메리카 앵글로·색슨 협회라고 들어 봤어?" 매튜가 물었다.

"아니, 그들은 뭔 사기를 치는데?"

"사기꾼들이 아니야, 이 사기꾼아. 아메리카 앵글로·색슨 협회는 버지니아에 자리한 조직이야. 본부는 리치먼드에 있고. 조상을 거의 200년까지 거슬러 올라갈 수 있는 부유한 인텔리들의 모임이지. 우리가 표면적으로 그렇듯 그들도 백인 우월주의를 믿어. 여하튼 앵글로·색슨이 백인종의 정수이며, 그래서 미국 사회나 경제, 정치에서 리더십을 유지해야 한다고 주장하지."

"대학 교수처럼 말하네." 버니가 비꼬았다.

"욕하지 마, 이 헛소리꾼아. 잘 들어봐. 이 인간들은 자기들이 노르디카 기사들에 들어오기에는 너무나 인텔리하다고 생각해. 그들은 우리 패거리를 바보들이라고 보지."

"그건 뭐 우리랑 생각이 같네." 버니가 시가 끝을 물어뜯으며 논평했다.

“음, 내가 이제 하려는 건 이 두 단체를 엮는 거야. 우리는 숫자는 되는데 선거에서 이길 만큼 자금은 충분하지 않아. 그들은 돈이 있지. 그들이 그 점을 보게 된다면 다음 대통령 선거는 식은 죽 먹기야.”

“나는 뭐를 하지? 재무부 장관?” 버니가 한바탕 웃었다.

“내 눈에 흙이 들어가기 전에는 안 돼!” 휴대 용기에 손을 뻗으며 매튜가 답했다. “신중하게 말이야, 친구, 내가 이 거래를 성사시키면 백악관은 우리 주머니에 있는 거야. 장난하는 거 아니야!”

“우리는 언제부터 바빠질까?”

“다음 주에 이 앵글로·색슨 협회가 리치먼드에서 연례회를 해. 너는 나랑 같이 가서 홍감스럽게 떠벌려 보는 거야. 기븐스를 데려가서 무게감을 더하고.”

“지적인 무게감을 말하는 건 아니겠지?”

“실없는 소리 좀 그만할 수 없어?”

아써 스넙크래프트 씨는 앵글로·색슨 협회 회장이자 버지니아주 개척자 가문의 후손이었고, 앵글로·색슨족이라고 하기에는 이상하게 가무잡잡한 남자였다. 그는 두 가지를 위해 투쟁하면서 평생을 바쳤다. 백인종의 완전무결과 앵글로·색슨의 우월성. 대체로 지고 있는 싸움이었다. 목표로부터 점차 멀어지면서 그는 더욱더 필사적이 되었다. 그는 버지니아주와 다른 남부 주에서 채택한 수많은 인종 완전성 법규를 생각해 낸 수재였다. 부적절한 것을 박멸하는 데 강한 의지가 있었다. 부적절한 것이라 함은, 니그로인, 이방인, 유대인, 그리고 다른 어중이떠중이를 의미했고, 그는 변함없이 민주주의를 혐오했다.

스넙크래프트가 현재 애정을 가지고 꾸미는 획책은 니그로인이나 혈통이 불분명한 사람에게서 선거권을 박탈하는 족보 법을 통과시키는 일이었다. 그런 재료에서는 훌륭한 시민이 나올 수 없다고 그는 주장했다. 그의 조직은 돈은 있었지만, 대중성이 약했다. 패거리가 필요했다.

그래서 매튜에게서 연락받았을 때 그는 무한히 기뻤다. 노르디카 기사들에 대한 애정은 전혀 없었다. 그 단체에는 그가 그저 사회적으로나 경제적, 물질적으로 무기력하다고 규정하고 싶은, 그런 부류의 사람들이 속해 있었다. 그러나 그는 자신의 목표를 이루기 위해 그들을 이용할 수 있으리라 믿었다. 그는 즉각 매튜에게, 임페리얼 대마법사뿐 아니라 매튜가 연설해 주면 본 협회는 대단히 기쁘겠다고 전신을 보냈다.

대 귀인 지로 매튜는 스넙크래프트가 집착하는 족보 법에 관해 오랫동안 알고 있었다. 그런 법이 채택될 확률은 없다는 것 또한 알았다. 하지만 그런 법을 통과시키려는 시도라도 해 보기 위해서는 대통령 선거를 통해 전 국민을 상대로 이겨야 했다. 그의 조직과 스냅크래프트 조직이 동업한다면 묘수를 부릴 수 있었다. 혼자라면 절대 불가능했다.

나무에 그늘진 널찍한 대로의 남북전쟁 전에 세워진 낡은 저택에는 연례회를 하기 위해 앵글로·색슨 협회 이사들이 모였다. 그들은 먼저 기븐스 목사의 말을 경청하고, 다음으로 매튜의 말을 들었다. 그 안건은 위원회에 상정되었고, 한두 시간이 지나 통과되었다. 이들 대부분은 여러 저명한 버지니아인처럼 국가 중심부의 높은 공공 기관에 자리 잡는 것을 젊은 날부터 꿈꾸어 왔었다. 하지만, 당연한 얘기지만, 그중 공화당원은 한 명도 없었고, 민주당은 전국적으로 선거에서 이긴 적이 없었다. 이들은 잠시 자존심을 삼키고 노르디카 기사들의 어중이떠중이에 합류함으로써 그들은 오랜만에 처음으로 권력에 이를 수 있는 기회를 엿보았다. 그리고 그 기회를 잡았다. 상대 조직이 인원수를 공급한다면 그들은 엄청난 돈을 공급하겠노라고 했다.

기븐스와 매튜는 들뜬 마음으로 애틀랜타로 돌아왔다.

"매튜 형제," 기븐스가 쉰 소리를 냈다. "우리의 별이 떠오르고 있어. 하나님의 도움으로 우리는 절대 실패하지 않을 걸세. 우리는 반드시 적을 박살 낼 거야. 승리의 기운이 감도는군."

"그렇게 보입니다." 대 지로가 동조했다. "우리가 그들과 돈을 합치면 분명 공화당보다 더 큰 캠페인 자금을 모을 수 있습니다."

한편 리치먼드에서는 스넙크래프트 씨가 동료들과 함께 유명한 뉴욕 보험사의 통계 전문가를 미팅하고 있었다. 이 사람 사무엘 버거리 박사는 그 전문 분야에서 꽤 존경받았고, 여론을 잘 읽는 것으로 평판이 있는 인물이었다. 책을 여러 권 집필했고, 무게 있는 주간지에 자주 글을 썼다. 잘 알려진 저작인『BC 9세기 아시리아인 왼발 크기의 변동』은 여러 논평가로부터 호의적인 평을 받았고, 그중 한 사람은 실제 그 책을 읽었었다. 훨씬 더 학구적인 저작은『버려진 에너지 사용하기』라는 제목이 달렸다. 그 책에서 그는 정교한 차트와 그래프를 이용하여, 바람이 부는 날이면 나뭇잎들이 서로 비비면서 생겨나는 에너지를 동력화할 가능성에 관심을 촉구했다. 몇몇 날카로운 연구 논문에서는 부자가 가난한 사람보다 적은 수의 가족을 이룬다는 것과, 수감이 범죄를 멈추게 하지 않는다는 것, 노동자는 흔히 높은 급료에 각성하며 이주한다는 것을 입증했다. 주로 놀고먹는 사람들이 보는 매우 인텔리한 매거진에 가장 최근에 발표한 기고에서는 실업과 빈곤은 근본적으로 마음의 상태라는 것을 통계적으로 입증했다. 그의 기고문은 현대 사상에 주목할 만한 공헌으로 학자들과 특히 사업가들에게서 열렬히 칭송받았다.

버거리 박사는 육중하고, 초조하고, 완전 대머리 형인 인간이었다. 축축하고 두툼한 손, 뒤로 들어간 이중 턱, 큰 뿔테 안경 뒤에서 부단히 어리둥절해 보이는 표정을 머금고 끊임없이 두리번거리는 툭 튀어나온 눈. 몸뚱이가 옷 사이로 터져 나올 듯 보였고, 호주머니는 논문과 노트로 언제나 불룩했다.

버거리 박사는 스냅크래프트와 마찬가지로 상투적인 앵글로·색슨계였으며, 버지니아주 어느 개척자 가문의 후손이었다. 그는 가짜 백인과 순수 백인을 구별하는 유일한 방법은 족보를 연구하는 것이라는 견해를 가지고 있었다. 전국적으로 이런 조사를 펼치면 인구 중에 여러 비 게르만족 혈통이 드러날 것이라 주장했다. 이런 혈통의 사람들이 스냅크래프트 씨나 자신과 같은 훌륭한 인류를 생산하는 순수 혈통과 섞이거나 결혼하는 것을 법으로 막아야 한다고 말했다.

버거리 박사는 짐짓 가성인 목소리로 일부 예비 조사의 결과를 앵글로·색슨 협회 이사들에게 열을 내며 설명했다. 이 조사 결과에 따르자면, 비 게르만 혈통에 약간이라도 걸려 있어서 미국 시민권과 출산에 적합하지 않은 사람이 틀림없이 2천만에 이를 것이라고 공언했다. 만약 단체가 전국적인 조사에 자금을 댄다면 선거 전에 통계를 낼 수 있을 것이고, 그 통계는 너무나 놀라워

공화당이 족보 조사에 대한 민주당 강령을 받아들이지 않는다면 선거에서 패할 것이라고 단정했다. 버거리 박사의 제안을 지지하는 스넙크래프트 씨는 설득력 있는 발언을 길게 했고, 이사들은 이 일을 최대한 비밀리에 진행한다는 조건하에 그 자금을 대기로 표결했다. 통계 전문가는 비록 명성을 포기해야 하는 것이 마음 아팠지만 그렇게 하기로 합의했다. 바로 다음 날 아침, 그는 은밀히 직원을 모으기 시작했다.

10장

행크 존슨, 척 포스터, 크루크먼 박사, 그리고 공화당 전국 위원회 전국 의장인 고먼 게이는 크루크먼 박사의 호텔 방에 앉아 나직이 대화를 나누고 있었다.

"가을 캠페인을 준비하느라 애를 먹고 있어요." 게이가 말했다. "안타깝게도 우리 친구들이 예전처럼 관대하게 기부하지 않아요."

"우리는 아니죠, 그렇죠?" 포스터가 물었다.

"네, 그렇습니다." 정치인은 재빨리 수긍했다. "지난 이 년 동안 당신은 가장 관대했습니다. 그렇지만 우리도 당신을 위해 많은 호의를 베풀었지요."

"맞는 말씀이요, 게이." 존슨이 말했다. "정부 지원이 없었다면 민주당 놈들이 우리 사업을 못 하게 했을 거요."

“현 정부로부터 받은 많은 호의에 우리는 대단히 고마워하고 있습니다.” 크루크먼 박사가 덧붙였다.

“그래도 그게 오래 필요하지는 않을 거요.” 척 포스터가 말했다.

“왜 그렇습니까?” 반쯤 감긴 눈을 뜨며 게이가 물었다.

“그러니까, 우리는 이 나라에서 할 수 있는 사업은 거의 모두 했어요. 특히 흑인 대부분은 이미 백인이 되었죠. 죽어라 버티는 이삼천 명과 기관에 있는 사람들을 제외하고는 말입니다.” 포스터가 설명했다.

“맞소.” 행크 존슨이 말했다. “그래서 이 나라는 외로운 곳이 되었어. 갈색 피부 여자를 본 지가 하도 오래돼서 그런 여자를 만나면 나는 어떻게 해야 할지 모를 판이요.”

“맞아요, 게이” 크루크먼이 말을 더했다. “우리는 이 나라 흑인 문제를 대충 정리했어요. 다음 주에는 우리 요양원을 다섯 군데만 남겨 두고 모두 닫을 겁니다.”

“어, 분만 병원은 어떻게 하려고요?” 게이가 물었다.

“당연히 그 병원들은 운영해야죠.” 크루크먼이 대답했다. “그렇지 않으면 여자들이 끔찍한 곤경에 처할 테니까요.”

“여기 좀 보시오.” 게이가 음성을 낮추고 그들에게 가까이 가며 제안했다. “이번 캠페인은 이 나라 역사상 가장 씁쓸한 것 중 하나가 될 겁니다. 폭동과 총기 사고, 살인이 일어날까 걱정이죠. 이 병원들이 폐쇄되면 이 나라 여자들에게 엄청난 정신적 고통을 줄 거예요. 우리는 그걸 원하지 않고, 당신도 역시 원하지 않죠. 하지만 이 병원들은 계속해서 위험에 처할 겁니다. 물론 이 병원들은 공권력의 특별한 보호를 받을 만한 가치가 있고요."

"당신이 그렇게 할 거죠, 그렇죠, 게이?" 크루크먼이 물었다.

"어, 그걸 하려면 우리는 수백만 표가 필요할 거요. 전국 집행위원회 회원들은 캠페인 기금에 당신이 매우 관대한 기부를 할 거라 보고 있어요. 우리가 잃을 수 있는 표에 대한 보상으로 말입니다."

"관대한 기부란, 얼마를 말하는 겁니까?" 크루크먼이 질문했다.

"이천만 아래로는," 게이가 대답했다. "올해 캠페인을 성공적으로 이끌기 어려울 것 같소."

"어이쿠," 존슨이 소리쳤다. "그게 달러는 아니겠지?"

"달러지, 존슨." 전국 의장이 말했다. "그 정도나, 아니면 더 들어갈 수도 있고."

"그 많은 돈을 어디서 구할 생각이요?" 포스터가 물었다.

"그게 걱정이오." 게이가 대답했다. "그래서 내가 여기 온 겁니다. 당신들은 돈 속에 묻혀 있고, 우리는 당신 도움이 필요하니까. 지난 이 년간 흑인 사회로부터 얼추 구천만 달러를 모금했어요. 우릴 좀 쉬게 해 주시면 어떻겠소? 당신이라면 오백만 정도는 아쉬워하지 않을 거 같은데. 민주당을 쳐부술 수 있다면 분명 충분한 가치가 있을 테고."

"오백만이라고! 환장하겠구먼." 존슨이 소리쳤다. "이 사람이…… 제정신이요?"

"물론이죠." 게이가 단언했다. "당신한테서 그 정도의 기부금을 받지 못한다면 선거에서 질 수도 있다고 인정하는 게 낫겠군요…… 자 자, 여러분, 너무 그렇게 쩨쩨하게 굴지 맙시다. 물론 당신들은 잘나가고 있어요. 미국에서 일이 잘 안 풀리면 거주지를 유럽이나 다른 곳으로 바꾸면 그만 아니요. 하지만 흑인 아이를 가진 불쌍한 여자들을 생각해 보시오. 당신들이 이 나라를 떠나 버리거나, 혹여 민주당이 이겨서 당신 사업장을 모두 닫아야 한다면, 그들은 어떻게 되겠소?"

"맞는 말씀이오, 의장." 포스터가 말했다. "여자들을 좌절시켜서는 안 되지."

"그래." 존슨이 말했다. "돈을 줘 버려."

"음, 그래야겠죠?" 크루크먼이 미소 지으며 마무리 지었다.

전국 의장은 얼굴이 밝아졌다. "우리가 언제 받을 수 있겠소?" 그가 물었다. "어떤 식으로?"

"정 급하시다면, 내일." 존슨이 말했다.

"자, 여러분," 게이는 경고했다. "우리가 한 특정인이나 법인으로부터 이렇게 거금을 받는다는 게 밖으로 알려지면 곤란하다는 건 잘 아시죠."

"그건 당신이 조심해야 할 사안이죠." 크루크먼 의사가 무심히 말했다. "우리는 아무 말 안 할 테니까."

이윽고 게이 씨는 굿 뉴스를 가지고 당시 뉴욕시에서 회의 중이던 전국 집행 위원회를 향해 떠났다.

공화당은 구씨 대통령을 재선시키기 위해 분명 많은 돈이 필요했다. 기븐스 목사가 자주 라디오에서 강연을 하고, 노르디카 기사들의 회원 수가 증가하고, 민주당의 이해할 수 없는 번영과 「경고문」에 등장하는 독살스러운 기사들은 어렵지 않게 민주당 분위기를 띄웠다. 사람들이 꼭 민주당 편을 드는 것은 아니었으나, 공화당은 반대했다. 5월이 시작되면서 공화당은 남부에서는 한 주(州)도 이길 수 없어 보였고, 북부와 동부의 많은 거점 지역도 불확실해 보였다. 민주당은 모든 일이 계획대로 흘러가는 듯했다. 그들은 성공을 너무나 확신한 나머지 벌써부터 가능한 관직의 수를 세어 보고 있었다.

민주당 대회가 1936년 7월 1일에 미시시피주 잭슨시에서 열렸을 때, 거들먹거리는 정치 평론가들은, 역사상 처음으로 모든 프로그램이 고루하고 진부해서 참여자들은 순식간에 조용히 사라져 버릴 것이라고 평했다. 그러나 실은 그렇지 않았다. 엄청난 양의 주류가 팔린 것과 더불어 태양은 유별나게 뜨거웠고, 많은 관심사가 충돌하고 있었기 때문에 이내 분쟁이 일어났다.

크레튼 상원 의원이 기조연설을 마치고, 곧이어서 그 앵글로·색슨 무리는 대통령 후보로 아써 스넙크래프트와 같은 저명한 남부 인사가 지명되길 원한다는 의사를 표시했다. 노르디카 기사들은 임페리얼 대마법사 기븐스를 내세울 작정이었다. 이제 당 평의회에서 작은 소수파로 전락한 민주당 북부 도당은 매사추세츠주의 전 주지사 그로건을 지지했는데, 그로건은 가톨릭 유권자 연맹의 수장으로 따르는 사람이 많았다.

20명의 입후보자를 놓고 투표가 진행되었으나, 투표는 교착 상태에 빠졌다. 어느 도당도 양보하지 않았다. 후보자들은 절충안의 필요성을 보았다. 그들은 저지 린치 호텔의 최고층 객실로 물러났다. 거기서 반소매 셔츠에, 옷깃을 풀고, 테이블에는 민트 줄렙 칵테일을 놓고, 전기 팬이 불어 대는 뜨뜻한 바람을 맞으며, 그들은 본론으로 들어갔다. 12시간이 지난 후에도 그들은 여전히 거기 있었다.

매튜는 기운이 빠지고 지쳤으나 결연했고, 자기 대장을 위해 싸웠다. 앵글로·색슨 협회의 시미언 덤프는 아써 스넙크래프트의 이름을 철회하지 않을 것이라 맹세했고, 당내에 힘이 있는 존 휘플 목사는 연거푸 잔을 들이켜고, 자기 두개골의 빛나는 표면에 축축한 손수건을 연신 찍으며, 벨치 비숍에게 한 표를 행사했다. 뉴욕의 모세 리쥬스키는 그로건 주지사를 지명하기 위해 끈질기게 논쟁했다.

한편 오븐 같은 회의장을 떠난 대의원들은 각자 방에 누워 마음을 졸이거나 술을 마셨고, 호텔 로비에 앉아 교착 상태에 관한 얘기를 나누었고, 아니면 그들을 뜨겁게 죄로 유혹할 것이라고 알려진 음탕한 소굴을 찾아 차를 타고 뻔뻔하게 거리를 돌아다녔다.

시계가 3시를 알리자, 매튜는 일어나서 노르디카 기사들과 앵글로·색슨 협회가 가장 영향력 있는 두 단체이니, 기븐스를 대통령 후보로 지명하고, 스넙크래프트는 부통령으로, 그리고 다른 후보는 내각의 자리를 보장받는 것으로 하자고 제안했다. 이 타협안은 매튜를 빼고는 누구도 관심 두지 않았다.

"여러분은," 시미언 덤프가 말했다. "앵글로·색슨 협회가 이 캠페인 재원의 절반을 내놓았다는 걸 잊고 있습니다."

"그리고 당신은," 모세 리쥬스키가 단언했다. "우리가 이기면 니그로 혈통을 가진 사람은 누구라도 선거권을 박탈하겠다는 당신의 얼빠진 계획을, 우리가 지지해야 할 거라는 사실을 잊고 있어. 그렇게 되면 우리는 북부에서 수백만 표를 잃게 될 거요. 당신들은 모든 걸 다 가질 순 없소."

"왜 안 됩니까?" 덤프가 따졌다. "돈 없이 당신은 어떻게 이길 수 있겠소?"

"게다가," 매튜가 덧붙였다. "노르디카 기사들의 도움 없이 무얼 할 수 있겠습니까?"

"게다가," 휘플 목사가 가락을 맞추었다. "근본주의자들과 금주론자들 없이 무얼 할 수 있겠습니까?"

4시가 되어서도 그들은 3시에 있던 자리에서 한 발짝도 움직이지 못했다. 그들은 앞서 언급되지 않은 사람 중 한 명을 택하리라 생각하며 가능한 사람의 명단을 여러 번 검토했다. 만족할 만한 인물은 없었다. 어떤 이는 너무 급진적이었고, 또 다른 이는 너무 보수적이었고, 세 번째 인물은 무신론자였고, 네 번째는 시 금고에서 한때 돈을 훔쳤고, 다섯 번째는 일찍이 추방된 이민자의 후손이었고, 여섯 번째는 유대인 여자와 결혼했고, 일곱 번째는 지식인이었고, 여덟 번째는 매독을 치료하려고 핫 스프링즈에서 너무 오랜 시간을 보냈고, 아홉 번째는 절반은 멕시코인이라는 소문이 떠돌았으며, 열 번째는 젊었을 때 한때 사회주의자였었다.

5시가 되자 그들은 자포자기 상태에 이르렀고, 술에 취했고, 넌더리가 났다. 숨이 콱 막히는 방은 버려진 옷깃과 담배꽁초, 시가 밑동, 성냥 꼬투리, 산더미가 된 재떨이, 빈 병 들이 나뒹구는 쓰레기통이 되었다. 매튜는 거의 마시지 않았고, 기븐스 목사를 택해야 한다고 계속 역설했다. 매튜는 술에 절어 고개를 끄덕이는 사람들을 향해 그들에게 가능한 관직과 그 자리에 갈 수 있는 훌륭한 기회에 대해 경이로운 그림을 그려 주다가, 돌연 기븐스가 지명되지 않는다면 노르디카 기사들은 철수하겠다고 단언했다. 그 위협에 그들은 깨어났다. 그들은 욕설을 내뱉으며 진정하라고 소리쳤지만, 매튜는 강경했다. 최후의 일격으로 매튜는 일어나서 당장이라도 그 간부 회의를 박차고 나갈 듯한 태세를 보였다. 그들은 항의했고, 마침내 그에게 굴복했다.

대의원들에게 소집 명령이 내려졌다. 그들은 회의장에 모여들었다. 여러 주(州) 양 떼의 목자들은 채찍을 휘둘러 댔고, 대의원들은 그에 맞게 투표를 했다. 그날 오후 늦게, 민주당은 대통령 후보로는 헨리 기븐스를, 부통령 후보로는 아써 스넙크래프트를 지명한다는 뉴스를, 기다리고 있던 세상에 내보냈다. 스넙크래프트 씨는 이걸 전혀 반기지 않았지만, 그래도 아무것도 못 얻는 것보다는 나았다.

며칠 후 시카고에서는 공화당 총회가 열렸다. 흔히 그렇듯, 민주당보다 더 질서정연했고, 행사는 착실하게 진행되었다. 구씨 대통령은 첫 투표에서 재선 후보로 지명되었고, 검프 부통령이 다시 러닝메이트로 선택되었다. 강령은 채택되었으나, 그것의 핵심이 무엇인지는 분명하지 않았다. 관례적으로 그러하듯, 강령은 집권당의 보고서를 강조했다. 범법적인 활동에 관한 것은 빼고. 같은 문단 안에서 구체적 내용 없이 광신주의를 비난했고, 개인과 기업의 권리를 강조했다. 민주당 슬로건이 백인 우월주의이고, 강령은 대체로 족보 조사의 필요성에 주안점을 두었듯이, 공화당도 슬로건을 채택했다. 개인의 자유와 조상의 존엄.

크루크먼 박사와 동료들은 뉴욕시 로빈 후드 호텔 방에서 라디오를 통해 대통령이 수락 연설하는 것을 들으며 가볍게 웃었다. 수락 연설은 다음과 같이 별난 방식으로 끝났다.

"마지막으로, 지지자 여러분, 내가 할 수 있는 말은, 우리는 사악한 이해관계의 영향력에서 벗어나, 정직과 자주, 청렴의 순수한 이상을 높이 들고, 공고한 개인주의의 길을 변함없이 갈 것입니다. 그리하여 에이브러햄 링컨의 말을 인용하자면, '국민의, 국민을 위한, 국민에 의한 이 나라는 지구상에서 사라지지 않을 것입니다.'"

"이건," 대통령이 짖는 소리를 멈추자 포스터가 말했다. "지난번에 기븐스 형제가 했던 수락 연설과 비슷하군"

크루크먼 박사는 빙긋 웃으며 시가의 재를 털었다. "어쩌면 같은 연설인지도 모르죠." 그가 넌지시 말했다.

7월과 8월의 뜨거운 날을 지내며 캠페인은 서서히 시동이 걸렸다. 세기 힘들 정도로 많은 양의 사진이 신문에 등장했다. 소박한 촌사람들 사이에 섞여 있는 상대 후보를 보여 주거나, 젊은 이들이 체리 따는 것을 거드는 모습, 계단에서 노파를 부축하는 모습, 오래된 탕에 입욕하는 모습, 바비큐 모임에서 먹는 모습, 특별 열차의 뒤편 플랫폼에서 포즈를 취하는 모습.

일요 신문에는 이 두 위대한 남자의 수수한 미덕을 칭송하는 장문의 기사가 실렸다. 둘 다 가난하지만 정직한 가문의 출신 같아 보였다. 둘 다 위대한 보통 사람의 믿음직하고 진실한 동반자라고 외쳤다. 둘 다 미국의 다음 4년을 위해 에너지와 지성을 쏟아부을 준비가 되었다고 선포했다. 한 글쓴이는 기븐스는 링컨을 닮았다고 주장했고, 다른 이는 구씨 대통령에게 경의를 표하는 의미로, 구씨 대통령은 루스벨트와 성품이 다르지 않다고 공언했다.

기븐스 목사는 기자들에게 말했다. “저는 선출되면, 민주당의 전통적 관세 정책을 시행할 작정입니다” (그게 무엇인지는 기븐스도, 다른 사람도 몰랐다).

구씨 대통령은 단언하고 또 단언했다. “나는 두 번째 임기도 첫 번째처럼 정직하고 효율적으로 운영할 계획입니다.” 이 성명은 선한 약속처럼 보였지만 사실 음산한 위협이었다.

한편 사무엘 버거리 박사와 정보원들은 미국 전역의 출생과 결혼 기록을 검토하는 일에 진척을 보이고 있었다. 9월 중순쯤에 이사회는 회의를 소집했고, 거기서 이 박학한 남자는 보고서 일부를 발표했다.

"버지니아주의 한 카운티는," 뚱뚱한 통계학자가 히죽거렸다. "지역 인구의 4분의 1이 비 백인 혈통, 즉 인디언이나 니그로 혈통을 가졌음을 입증할 준비가 이제 되었습니다. 더 나아가, 대서양 연안의 인디언은 하나같이 부분적으로 니그로인이라는 것 또한 증명할 수 있습니다."

통계학자는 자신의 정보를 누구나 읽고 이해할 수 있는 형태로 만들고, 선거 날 며칠 전에 그것을 공개할 준비를 해야 한다는 결정이 내려졌다. 사람들이 흑인 혈통의 위험이 얼마나 심각한지 보고 민주당 규범으로 몰려올 것이고, 그렇게 우르르 몰려오는 것을 공화당이 막기에는 너무 늦으리라 예상되었다.

이 나라 역사상 어떤 정치 캠페인도 이보다 치열했던 적은 없었다. 한편에는 순전한 코카시아인 조상에 광적으로 매달리는 이들이 있었고, 반대편에는 자신들은 '불순한' 백인임을 알든지 아니면 그 순수성을 의심할 이유가 있는 이들이 있었다. 앞 무리는 주로 민주당원이었고, 뒤 무리는 공화당원이었다. 공화당에는 또 다른 무리가 있었는데, 그들은 민주당이 이기면 또다시 남북전쟁이 발발하리라 느꼈다. 가족 간에도 캠페인에 관해 표독스러운 논쟁이 일었다. 이런 가족의 불화 뒤에는 종종 어두운 과거에 대한 인식이나 의심이 숨어 있었다.

캠페인이 더욱 격렬해지면서 크루크먼 박사와 그의 활동에 대한 위협은 더욱 폭력적으로 변했다. 움직임은 그의 병원을 모두 폐쇄하게 할 요량으로 시작되었다. 어떤 이들은 그 병원들이 항상 닫혀 있길 원했고, 다른 이들은 캠페인 기간에는 문을 닫으라고 조언했다. 생각 있는 사람의 대다수는 (생각 있는 사람이 그리 많지는 않았지만) 그 제안에 완강하게 반대했다.

"이 병원들을 닫는다고 어떤 목적을 이룰 수는 없을 것이다." 뉴욕의 「모닝 어스」가 공언했다. "반면에 이런 조치는 비극적 결과를 가져올 것이다. 흑인들은 우리 시민 중심부에 들어와 사라졌고, 많은 수는 백인과 결혼했으며, 이 결혼의 자손들은 점점 더 많아지고 있다. 이 병원이 없다면, 얼마나 많은 부부가 갈라설지 상상해 보라. 얼마나 많은 가정이 박살 날까! 성급한 행동을 취하는 대신 우리는 인내하고 서서히 움직여야 할 것이다."

다른 북부 신문들은 심지어 더욱 우호적인 태도를 보였으나, 언론이란 건 보통 대중을 따르거나 선도했고, 다소 모호한 언어로 블랙-노-모어의 반대자들에게 직접 행동하여 제재를 가하라고 부추겼다.

마침내 맹렬한 사설과 라디오 연설, 팸플릿, 포스터, 연단 강연 들에 불붙고 대담해진 폭도들은 신시내티시의 백인 여성성을 보호하겠다며 크루크먼 병원을 공격했고, 여러 여자를 거리로 몰아내고 건물에 불을 질렀다. 열두 아기가 화재로 사망했고, 어머니가 재빨리 옮긴 다른 아기들은 물라토였던 것으로 드러났다. 신문은 이름과 주소를 공개했다. 이 중 많은 여성은 자기 나름의 사회적 인지도가 있든지 혹은 남편 덕택으로 꽤 인지도가 있었다.

국민은 전에 없던 충격을 받았다. 공화당 감성이 추락하기 시작했다. 공화당 집행 위원회는 소집되었고, 이 추세에 대적할 방법이나 수단이 논의되었다. 고먼 게이는 어찌할 바를 몰랐다. 기적이 아니고는 그들이 구원받을 방법이 없다고 그는 생각했다.

두 층 아래, 널찍한 사무실에서는 공화당 캠페인 전문가인 월터 윌리엄스와 조셉 본즈가 (상황을 잘 알고 있는) 직원들이 그들이 받을 예정인 일당 10달러를 버는 중이라고 믿도록 분주히 유도하고 있었다. 윌리엄스는 흑인 피가 일부 섞인 조부모에 힘입어 지난 10년간 흑인인 체하며 살았는데, 보안관과 건물 주인의 강요로 전국 사회 평등 연맹이 운영을 못 하게 되면서 백인 사회로 돌아왔다. 조셉 본즈는 흑인 정보 연합의 전 수장으로 한때 흑인이었으나, 크루크먼 박사 덕분에 지금은 코카시아인이 되었고, 그걸 자랑스러워했다. 그가 샌탑 리커리쉬와 함께 애틀랜타에서 북부로 돌아온 것은 최근 일이었다. 윌리엄스 씨와 본즈 씨는 민주당 사람들을 참을 수 없었고, 그래서 공화당원과 어울렸다. 그들은 당구공이 서로 다른 것처럼 민주당원과는 달랐다. 두 남자는 바쁘게 보이려고 서류를 부스럭거리면서 나지막이 공화당의 딜레마를 논했다.

"본즈, 우리가 이 민주당과의 형세를 역전시킬 수 있는 어떤 방법을 찾아낸다면, 우리는 평생 놀고먹을 수 있을 거야." 입 한쪽으로 담배 연기를 내뿜으며 윌리엄스가 말했다.

"그렇지. 근데 그럴 방법은 없는 거 같아. 늙은 게이는 거의 제정신이 아니거든. 아침에 와서는 여러 사람을 귀찮게 하더니 문을 쾅 닫고 갔어." 본즈가 말했다.

윌리엄스는 그에게 몸을 가까이 기울이더니 숱이 많은 불꽃 모양 머리를 낮추고, 좌우를 살피고는 소곤거렸다. "어이, 비어드가 어디에 있는지 아나?"

"아니." 누가 엿듣는지 보려고 흠칫 주변을 살피며 본즈가 대답했다. "어디 있는데?"

"저번에 그가 보낸 편지를 받았는데, 리치먼드에 내려가 있대. 앵글로·색슨 협회를 위해 그 버거리 박사 밑에서 리서치를 하고 있다고."

"그 사람들, 비어드가 누군지 알까?"

"당연히 모르지. 백인이 된 지 꽤 됐잖아. 그리고 당연히 그들은 그를 셰익스피어 A. 비어드 박사랑은 연결하지 못할 거야. 그들에게는 가장 목소리가 큰 적이었었는데 말이야."

"그래, 그래서?" 본즈가 관심을 보이며 물었다. "그가 민주당에 대해 우리에게 도움이 될 만한 걸 알까?"

"아마도. 어쨌든 한번 시도해 봐야지. 뭔가 안다면 말해 줄 거야. 그 사람들 싫어하잖아."

"어떻게 빨리 연락할 건데? 편지 쓸 거야?"

"안 되지." 윌리엄스가 딱 잘라 말했다. "게이한테 여행 경비를 받아야지. 지금 찬물 더운물 가릴 때가 아니니까."

그는 일어나 엘리베이터로 갔다. 5분 뒤 그는 상관 앞에 서 있었다. 전국 의장. 의원처럼 배가 불룩하고 죄수의 입을 가진, 수심에 찬 잿빛 작은 남자.

"뭔가, 윌리엄스?" 의장이 꾸짖듯 물었다.

"리치먼드에 다녀올 경비를 받았으면 합니다." 윌리엄스가 말했다. "스넙크래프트 사무실에 친구가 하나 있는데, 혹시 우리가 이용할 수 있는 정보를 얻을 수 있을까 하고요."

"스캔들인가?" 게이 씨가 얼굴이 밝아지며 물었다.

"그러니까, 물론 아직 모릅니다. 하지만 이 친구가 매우 예리한 눈을 가졌습니다. 육 개월 안에 우리를 이 궁지에서 벗어나게 할 수 있는 뭔가를 그는 분명 잡았을 겁니다."

"그 사람이 공화당원인가, 민주당원인가?"

"어느 쪽도 아닙니다. 그는 훈련이 잘된 능력 있는 사교적인 학자입니다. 그가 한쪽을 택하는 것은 기대할 수 없죠." 윌리엄스가 말했다. "근데 그가 돈이 없다는 걸 내가 알고 있습니다. 약간만 배려해 주면 그가 아는 것을 전부 쏟아 낼 겁니다."

"음, 도박인데." 게이가 미심쩍이 말했다. "궁여지책이군."

윌리엄스는 곧바로 워싱턴을 떠나 리치먼드로 향했다. 그날 밤 그는 더 검은 인종의 전 투사의 작고 비좁은 사무실에 앉아 있었다.

"거기서 뭐 하는 거야, 비어드?" 앵글로·색슨 협회 본부를 뜻하며 윌리엄스가 물었다.

"어, 버거리의 데이터를 정리하거나 정리하는 걸 돕지."

"무슨 데이터? 리서치를 한다고 말했잖아. 근데 지금은 데이터를 정리한다고. 그걸 다 모으기는 했어?"

"응. 그 일을 끝낸 지는 꽤 됐어. 지금은 그 자료를 소화하기 쉽게 정리하는 거야."

"소화하기 쉽게? 무슨 말이야?" 윌리엄스가 물었다. "뭐를 찾으려고 하는 거지? 왜 그게 소화하기 쉬워야 한다는 거야? 너희들이 하는 일은 보통 대중이 너희 자료를 이해하지 못하게 하는 거잖아."

"이건 달라." 소곤거리듯 목소리를 낮추며 비어드가 말했다. "우리가 보안 서약을 해서……. 전국적으로 족보를 조사해 왔어. 현재까지 정말 아연실색할 사실을 발견했거든. 내가 나중에 여기서 나가면, 아마 선거 후가 되겠지만, 이 정보를 일부 밀매할 생각이야. 우리가 수집한 정보가 얼마나 선동적인지 스넙크래프트는 잘 몰라. 아니, 버거리도 몰라." 그는 여우 같은 눈을 탐욕스럽게 가늘게 떴다.

"당신 말처럼 그것을 소화하기 쉽게 만든 것은, 일부를 공개하려고 그랬나 보지?" 윌리엄스가 밀어붙였다.

"맞아." 깔끔하게 면도한 얼굴을 토닥거리며 비어드가 공언했다. "어젠가 그제, 버거리와 스넙크래프트가 그것에 관해 낄낄거리는 걸 들었어."

"음, 뭐가 많은가 보네." 윌리엄스가 에둘러 말했다. "직원들이 모두 달려들어 육 개월간 매달렸다면 말이지. 작업은 어디서 한 거야?"

"어, 온갖 데서 했지. 남부에서도 하고, 북부에서도 하고. 인덱스 카드가 지하실에 가득해."

"철저히 감시하고 있겠지, 그렇지 않나?" 윌리엄스가 물었다.

"그러겠지. 그 지하 금고실에 들어가려면 군대를 끌고 와야 할 거야."

"음, 그걸 뿌리기 전에 무슨 일이 생기길 바라진 않겠지." 공화당 본부에서 온 방문객 윌리엄스가 말했다.

윌리엄스는 비어드 박사와 헤어진 후 앵글로·색슨 협회의 웅장한 본부 건물 주위를 거닐었다. 험상궂게 생긴 여섯 명의 경비를 기억하고, 마지막 열차를 타고 수도로 향했다. 다음 날 아침, 그는 고먼 게이와 한참 이야기를 나누었다.

11장

"고민 있어, 매튜?" 선거가 한 달쯤 남았던 어느 아침에 버니가 물었다. "별일 없지? 마치 선거에 지고 그 훌륭한 지식인 헨리 기븐스를 미국 대통령직에 당선시키는 데 실패한 사람처럼 보이네."

"음, 내 생각에는, 아마 우리가 질 것 같아." 매튜가 말했다. "내가 빠진 궁지에서 빠져나오지 못한다면 말이야."

"궁지?"

"어, 헬런이 지난겨울에 다시 임신했어. 행여 여행이나 활동을 하면 또 유산이 될지 몰라 그녀를 팜 비치에도 보내고, 다른 리조트에도 보냈는데……."

"됐어?"

"아니, 전혀. 게다가 그녀가 계산을 잘못하는 바람에 더 심각해졌어. 처음에는 십이월에 분만할 거라고 했는데, 지금은 삼 주 남았대."

"진짜로!"

"내가 지금 굿 뉴스를 전하고 있잖아."

"어, 내가 말을 말아야지! 어쩔 건데? 크루크먼 병원에 보낼 수는 없잖아. 지금은 너무 위험해."

"바로 그게 문제야. 선거가 끝나고 한 달 후, 모든 게 안정되면, 그녀가 준비될 거라고 예상했거든. 그러면 병원에 보낼 수도 있고."

"그녀가 과연 갔을까?"

"아버지가 미국 대통령인데 안 갈 수야 없겠지."

"어, 어떻게 할 거야, 빅 보이? 빨리 생각해야 해! 빨리 생각해야 해! 삼 주는 금방 갈 테니까."

"내가 그걸 몰라?"

"낙태는 어때?" 버니가 희망을 보이며 제안했다.

"안 돼. 무엇보다도 그녀는 너무 약하고, 두 번째로는 멍청하게 그게 죄라고 생각하거든."

"그럼 할 수 있는 일이 딱 하나 있네." 버니가 말했다. "아기가 태어날 때 너는 도망갈 준비를 하는 거야."

"아, 버니. 헬런을 떠나기는 싫어. 내가 사랑한 유일한 여자야.

물론 다른 사람들처럼 선입견도 있고 괴상한 견해도 있지만, 그래도 그녀는 진정 조그만 여왕이야. 나에게 영감을 주기도 하고. 일이 잘 안 풀려서 이 게임에서 도망가는 얘기를 할 때면 그녀는 나를 끝까지 잡아 주지. 그녀가 아니었다면, 내가 처음 백만 달러를 거둬들였을 때 도망가 버렸을 거야."

"그랬으면 더 나았을지도 모르지." 버니가 평했다.

"어, 몰라. 내가 국무장관이나 영국 대사 혹은 그와 비슷한 뭔가가 되는 것은 근사한 일이잖아. 지금 돌아가는 형국을 보면 내가 그중 하나를 할 것 같은데. 그러니까, 이 곤경에서 벗어날 수 있다면 말이야."

"이 궁지에서 벗어나면, 매튜, 내가 너에게 모자를 벗어 경의를 표하지. 네가 그녀를 버리고 허둥지둥 달아나는 것을 어떻게 생각하는지 나도 알아. 나도 한때 할렘에 그런 여자가 있었으니까. 내가 은행에 취직했을 때는 그녀와 끝이 났지만. 나를 미치게 좋아했었는데, 보이, 그녀는 내가 양다리 걸친다는 걸 알고는 총을 쏘려 했지. 그 원주민 여자는 그런 식으로 웃겼지." 달관한 듯 버니가 계속했다. "내가 백인이 되어 보니, 희든 검든 다 똑같더군. 키플링 말이 맞아. 그들은 너를 갖기 위해 싸울 것이고, 너를 지키기 위해 싸울 것이고, 네가 다른 년과 놀아나면 너와 싸울 것이다. 남자를 위해서 싸우지 않는 여자라면 가질 만한 가치가 없지."

"그래서 내가 도망가리라 생각했어, 버니?" 원래 화제로 돌아가며 매튜가 수심에 잠겨 말했다.

"어, 내가 하고 싶은 말은 이거야." 똥똥한 친구 버니가 조언했다. "헬런이 분만할 때가 되면, 될 수 있는 한 많은 현금을 챙겨놓고, 비행기를 대기시켜 놔. 그리고 애가 태어나면 그녀에게 가서 모든 것을 털어놓고, 너랑 함께 떠나자고 하는 거야. 그녀가 가지 않는다면, 어쩔 수 없고, 간다면 만사 오케이지." 감정을 표현하듯 버니는 연한 핑크빛 손을 폈다.

"음, 괜찮아 들리는데, 버니."

"그게 최상의 방책이야, 빅 보이." 친구이자 보좌역인 버니가 말했다.

선거가 이틀 후로 다가왔다. 상황은 변하지 않았다. 민주당 캠프는 분위기가 좋았고, 공화당원들 사이에는 침울함이 있었다. 미국 역사상 처음으로 돈이 선거를 결정하지 않는 듯 보였다. 민주당의 선동가와 홍보 요원은 대중의 불안과 편견을 잘 활용했기 때문에, 하다못해 유대인과 가톨릭교도도 무수히 흔들리고 있었고, 많은 사람은 한두 달 전만 해도 자신을 공격하던 후보를 지지하도록 설득당했다. 그들은, 흑인이 쉽게 눈에 띄던 지난날 흔히 백인 우월주의 편에 섰듯이, 그저 시류에 충실할 뿐이었다. 공화당원들은 기븐스와 스냅크래프트에 관한 스캔들을 파 보려 했지만, 위험한 선례를 남길까 우려한 전략 위원회는 그들을 설득해 단념하게 했다. 그들 중에도 불륜이나 취태, 부정부패를 저지른 정치인이 여럿 있었다.

공화당 구씨, 검프와 민주당 기븐스, 스냅크래프트는 전국 순회를 마치고, 그간 고생에서 벗어나 쉬고 있었다. 도시와 변두리 마을 어디에서나 퍼레이드가 펼쳐졌다. 대서양 연안에서 태평양 연안까지 하류 강연자들은 그들을 고용한 정당 후보의 가상 덕행을 격찬하며 강대상을 내려쳤다. 크루크먼 박사의 형상은 100번 불태워졌다. 분만 병원은 여러 곳 공격을 받았다. 양 후보에 대해 전혀 모르는 200명의 시민은 어느 후보가 더 나은지 다투다 구금되었다.

대기에는 기대로 부푼 긴장감이 흘렀다. 사람들은 삼삼오오 모여 서 있었다. 조그만 남자애들은 천만 주택의 현관 계단에 전단을 뿌렸다. 경찰은 분란을 진압하기 위해 경계 태세를 취했다. 자기들이 만드는 분란은 제외하고.

아써 스냅크래프트는 버지니아주에 처음 정착한 가문의 후손이라는 이름에 어울리는 자리에 곧 오르리라 믿고 들떠서 그의 호화로운 저택에서 환상적인 선거 전 파티를 열고 있었다. 그 저택의 주인은 객들 사이를 기분 좋게 어슬렁거리며 때 이른 축하 인사를 받았다. 벌써부터 부통령님이라 불리는 소리가 듣기 좋았다.

키가 큰 영국인 집사가 앵글로·색슨 협회 회장을 둘러싼 사람들 사이로 황급히 나아오더니, 조용히 말했다. "버거리 박사가 위층 서재에 있습니다. 지금 당장 회장님을 만나야 한다고 합니다. 아주, 아주 중대한 일이랍니다."

어리둥절한 스넙크래프트는 도대체 무슨 일인가 알아보려고 위층으로 올라갔다. 그가 들어서는데, 그 육중한 통계 전문가는 이마를 문지르며 앞뒤로 서성거리고 있었다. 눈알은 놀라 흔들리고, 손에는 타이핑한 종이 한 묶음이 떨고 있었다.

"뭐가 잘못되었는가, 버거리?" 불안한 스넙크래프트가 물었다.

"전부! 전부입니다!" 통계 전문가가 새된 소리를 냈다.

"자세히 말해 봐."

"그러니까," 스넙크래프트 얼굴에 종이 다발을 흔들며, "이건 어떤 것도 공개할 수 없어요! 너무 파괴적이에요! 너무 포괄적이에요! 이건 그냥 묻어야 합니다, 스넙크래프트. 듣고 있소? 누구도 이걸 알게 해서는 안 된다고요." 거대한 남자의 늘어진 턱이 격앙되어 부들거렸다.

"무슨 소리야?" 버지니아주 개척자 가문의 후손이 악을 썼다. "그 많은 돈과 수고가 헛된 것이라고 말하는 거야?"

"제 말이 바로 그 말입니다." 버거리는 우는소리를 냈다. "이걸 공개하는 것은 자살 행위예요."

"왜지? 빌어먹을, 그냥 요점을 말하라고. 성질 돋우지 말고."

"자, 들어 봐요, 스넙크래프트." 통계 전문가는 의자에 풀썩 주저앉으며 침착하게 대꾸했다. "앉아서 들어 봐요. 나는 우리가 수집한 데이터로, 대략—대체로 하류층인—이천만 명은 가깝든 멀든 흑인 조상을 가졌고, 또 그 절반은 조상이 불확실하거나 누군지 알 수 없음을 증명하리라는 가설을 세우고 이 조사를 시작했어요."

"그래, 뭘 알게 됐지?" 스넙크래프트가 성급하게 따져 물었다.

"나는 인구의 절반 이상이 다섯 세대를 넘어서면 조상에 대한 기록이 없다는 걸 알게 됐어요."

"그건 괜찮아!" 스넙크래프트는 크게 웃었다. "이 나라에 좋은 혈통을 가진 사람은 몇 안 된다고 나는 항상 생각해 왔으니까."

"근데 이 숫자는 모든 계층을 아우르는 거예요." 덩치가 더 큰 남자가 주장했다. "당신 계층뿐 아니라 더 낮은 계층까지."

"나를 욕보이지 말게, 버거리!" 앉아 있던 소파에서 반쯤 일어나며 앵글로·색슨 수장이 소리쳤다.

"진정해요! 진정!" 버거리는 초조해하며 크게 말했다. "아직 시작도 안 했어요."

"젠장, 이 나라 귀족에게 더 모욕적인 게 뭐가 있는데?" 스넙크래프트는 가무잡잡한 도도한 얼굴을 찡그렸다.

"어, 우리가 수집한 통계에 따르자면, 우리 사회 지도층 인사 대부분이, 특히 앵글로·색슨 혈통의 인사들이, 여기에 결박당한 채로 끌려 온 식민지 가족의 자손들입니다. 그들은 노예들과 연관되어 있고, 많은 경우에 노예들과 같이 일했거나 잠을 잤습니다. 그들은 흑인들과 뒤섞였고, 여자들은 노예 주인에게 성적으로 유린당했습니다. 그리고 심지어는 오늘날에도 미국에서는 사생아의 출산율이 높습니다."

스넙크래프트의 얼굴에는 억눌린 분노가 움직이고 있었다. 그는 일어나려다 다시 생각했다. "계속해 봐." 그가 명령했다.

"여러 계층에서 백인과 흑인 사이에 섞이는 게 너무 흔해서 식민지 초기에 그걸 막으려는 조처를 취했습니다. 다른 인종과 결혼하는 것은 어렵사리 금지했으나, 서로 섞이는 것은 막을 수 없었죠. 옛 기록이 거짓이 아니라는 건 당신도 알 겁니다. 누구나 볼 수 있게 바로 여기……."

버거리는 이 연구 보고를 즐기는 듯 이제 여유 있게 말을 이었다. "이 흑인의 몇 퍼센트는 때때로 백인으로 패스할 수 있을 정도로 피부색이 연했습니다. 그러다 그들이 대중과 섞이고요. 십오 세대 전에 이런 일이 천 번 있었다고 가정해 봐요. 사실 우리는 그보다 많았다는 증거가 있지만. 그들 후손의 수는 현재 오천만에 가까울 겁니다. 그래서 이 정보를 공개하는 위험을 감수할 수 없다는 겁니다. 우리 가문의 일 세대 중 리치먼드 바로 이곳에 발을 들여놓은 선조가 너무 많아요."

"버거리!" 버지니아주 최초 정착민의 후손이 헐떡이며 말했다. "너 미쳤어?"

"아닙니다, 회장님." 묵직한 남자가 다소 당당하게 앙칼진 소리를 냈다. "이제 내가 아는 것을 회장님도 압니다." 그는 물기 젖은 눈을 깜빡거렸다.

"어, 계속해. 더 있어?"

"많이 있죠." 통계 전문가는 이어 말했다. "예를 들어 당신 가문을 볼까요. (자, 화내지 말아요, 스넙크래프트.) 당신 가족을 봅시다. 당신 일가는 알프레드 왕에서부터 내려온 게 맞습니다. 그러나 알프레드 왕은 수십 명의, 어쩌면 수십만 명의 후손이 있습니다. 어떤 이는 물론 영예롭고 존경받은 시민이고, 이 나라가 자랑스러워하는 교양 있는 귀족입니다. 하지만 많은 수가, 친애하는 스넙크래프트, 이른바 당신이 하류층이라는 부르는 계층에 속해 있습니다. 그러니까, 노동자나 범법자, 매춘부 같은 부류요. 십칠 세기 후반, 당신 어머니 쪽 조상 중 한 분은 영국인 하녀와 흑인 노예의 자식이었어요. 이 여자는 또 농장 주인의 딸을 낳았고요. 이 딸은 한때 계약 노동자였던 남자와 결혼했죠. 그 자식들은 모두 하얬고, 당신은 그들의 직계 자손 중 한 명입니다."
버거리는 얼굴에 희색이 돌았다.

"그만!" 스넙크래프트가 소리를 질렀다. 좁은 이마에 혈관이 솟았고, 음성은 분노로 떨렸다. "당신이 거기 앉아서 그런 식으로 내 가문을 욕보일 수는 없어."

"당신이 이렇게 폭발하는 것을 보세요. 내가 앞서했던 주장이 맞는다는 걸 증명하잖아요." 덩치 큰 남자가 덤덤하게 계속했다. "이 사실에 당신이 그렇게 흥분하는데, 다른 사람들은 어떻게 반응하겠어요? 생각해 보세요. 나한테 화내 봐야 소용없어요. 나는 당신 조상에 대한 책임이 없으니까! 그리고, 이 문제라면, 당신 책임도 아니고요. 당신 상황이 내 상황보다 안 좋은 것도 아니에요, 스넙크래프트. 나의 조-조-조부는 빚을 갚지 못해 귀가 잘리고, 나중에는 도둑질로 감옥에 갔어요. 그의 사생아 딸은 미국 독립 전쟁에 참전했던 자유 흑인과 결혼했고요." 버거리는 신이 난 듯 머리를 흔들었다.

"어떻게 그걸 인정할 수 있지?" 모욕당한 스넙크래프트가 물었다.

"못 할 이유가 없죠." 버거리가 반박했다. "이런 사람이 많아요. 기븐스는 인종 문제와 백인 우월주의의 대단한 광신도입니다. 근데 그가 물라토 조상에서 벗어난 건 겨우 사 세대 전이에요."

"기븐스도 그렇다고?"

"그렇습니다. 그리고 그 거만한 상원 의원 크레튼도 비슷합니다. 그는 포카혼타스와 존 스미스 선장*의 후예인 것을 몹시나 자랑스러워하죠. 그러나 수천 명의 흑인도 그들의 후예입니다. 게다가 지난 일 세기 반 동안 대서양 연안 평원에서 흑인과 섞이지 않은 인디언은 한 명도 없어요."

"매튜 피셔는 어떤가?"

"매튜 피셔에 대한 기록은 전혀 찾을 수가 없습니다. 약 이천만 명도 역시 마찬가지고요." 그는 목소리를 극적으로 낮췄다. "그가 백인으로 변신한 흑인이지 않을까 의심이 가는 대목이지요."

"그리고 내가 그를 내 집에서 즐겁게 해 주고 있으니!" 스넙크래프트는 혼자 중얼거렸다. 그러고는 큰 소리로, "음, 그래서 우리가 어떻게 해야 할까?"

"이 모든 총격전을 끝내야만 합니다." 덩치 큰 남자는 소프라노 목소리를 가진 사람이나 낼 법한 소리로 단호하게 선언했다.

---

* 존 스미스 선장은 영국인 탐험가로 17세기 초 버지니아 식민지를 수립했다.

"그리고 지금 당장 하는 게 좋습니다. 빠를수록 더 좋아요."

"하지만 지금 손님들을 떠날 수는 없잖아." 스넙크래프트가 부정적으로 말했다. 그러다 성마르게 동료를 향해 돌아서며 울부짖었다. "빌어먹을, 왜 이제야 이걸 알게 된 거야?"

"어, 내가 할 수 있는 한 가장 빨리 찾은 겁니다." 버거리가 굴종하듯 말했다. "데이터를 정리해서 상관관계를 따져 봐야 했으니까요."

"이 산더미 같은 서류를 이 시간 당장 어떻게 없앨 생각인가?" 스넙크래프트는 물었다. 그들은 아래층으로 내려가려고 발걸음을 계단 쪽으로 옮겼다.

"경비를 불러 도와 달라고 할 겁니다." 그럴 수 있기를 바라며 버거리가 말했다. "그리고 인덱스 카드는 난방로에 태울 거고요."

"그래, 알았어." 버지니아주 최초 정착민 후손이 툭 말했다. "가세. 정리해야지."

5분 후, 그들은 미국 앵글로·색슨 협회 본부를 향해 널찍한 대로를 빠르게 내려가고 있었다. 게이트 앞에 차를 주차하고, 정문을 향해 석탄재 보도를 걸어갔다. 거의 대낮처럼 달빛이 밝은, 은은한 밤이었다. 주변을 둘러보았지만 아무도 보이지 않았다.

"주변에 경비가 안 보이는데." 스넙크래프트가 목을 빼며 말했다. "다들 어디 갔지?"

"아마 안에 있을 겁니다." 버거리가 짐작했다. "그래도 내가 건물 밖에서 순찰하라고 일러둔 걸로 기억하는데."

"어, 어쨌든 들어가 보지." 스넙크래프트가 말했다. "아래층에 있는지도 모르지."

그는 자물쇠를 풀고, 문을 활짝 열고 들어갔다. 홀은 칠흑같이 캄캄했다. 그 둘은 각자 스위치를 찾아 벽을 더듬었다. 난데없이 쿵 소리가 나고, 스넙크래프트가 욕지거리를 내뱉었다.

"무슨 일이야?" 경악한 버거리는 미친 듯이 성냥을 찾아 더듬으며 울부짖었다.

"젠장, 불을 켜!" 스넙크래프트가 고함쳤다. "방금 남자에 걸려 넘어졌어…… 서둘러, 어서?"

버거리 박사는 마침내 성냥을 찾아 불을 켰고, 벽에서 스위치를 찾아 눌렀다. 홀은 빛으로 흘러넘쳤다. 거기에는 교묘하게 손발이 묶이고 입에는 재갈이 물린 특별 경비원 여섯이 바닥에 일렬로 정렬되어 있었다.

"도대체 이게 무슨 일이야?" 스넙크래프트는 그들 앞에 납작 엎드린, 말 못 하는 남자들에게 소리를 질렀다. 버거리는 재빨리 재갈을 풀었다.

경비대장의 설명에 따르자면, 한 시간 전쯤, 버거리 박사가 떠나고 곧이어 무장한 자들이 곤봉을 휘둘러 그들은 정신을 잃었고, 건물 안으로 옮겨졌다. 경비대장은 머리에 난 혹을 증거로 보여 주었는데, 기분이 무척 안 좋아 보였다. 정신을 앗아간 공격을 받은 후 유출된 것이 무엇인지 누구도 기억할 수 없었다.

"금고실!" 버거리가 비명을 질렀다. "금고실을 봅시다."

그들은 황급히 계단을 내려갔다. 버거리가 맨 앞에서 헐떡거리고, 그 뒤로는 스넙크래프트, 그리고 모양새가 엉망인 여섯 경비가 맨 뒤에 섰다. 지하실 불은 여전히 밝게 빛나고 있었다. 금고실 문은 경첩이 늘어진 채 열려 있었다. 금고실 앞에는 쓰레기 나부랭이가 있었다. 그들은 모두 열린 곳으로 몰려가 내부를 보았다. 금고실은 텅 비어 있었다.

"어이쿠!" 스넙크래프트와 버거리가 일제히 부르짖었다. 어둡던 두 얼굴이 더욱 창백해졌다.

1, 2초 정도 그들은 그저 서로를 마주 보았다. 그러고는 돌연 버거리가 미소 지었다.

"그들은 이걸로 어떤 이익도 보지 못할 겁니다." 그가 득의양양하게 말했다.

"왜 그렇지?" 스넙크래프트가 따져 물었다. 간절함과 희망과 의심이 뒤섞인 어투였다.

"음, 우리가 그 카드를 정리해서 뭔가 얻기까지는 오랜 시간이 걸렸고, 그들도 그럴 겁니다. 그리고 그때가 되면, 기븐스와 당신은 이미 당선되었을 거고, 감히 누구도 이런 걸 공개하지 못할 테니까요." 통계학자가 설명했다. "나는 단지 요약본만 가지고 있어요. 당신 집에서 보여 줬던 거. 그걸 내가 가지고 있고, 그들은 가지고 있지 않은 한, 괜찮아요!" 그는 뚱뚱한 기쁨을 느끼며 씩 웃었다.

"좋아." 스넙크래프트가 안도하며 한숨을 쉬었다. "근데, 그 요약본은 어딨지?"

버거리는 마치 바늘에 찔린 것처럼 펄쩍 뛰고는 빈손을 펴 보고, 코트 주머니 속을 살펴보고, 끝으로 바지 호주머니를 뒤졌다. 그리고 휙 돌아 자동차로 뛰어갔다. 험상궂게 보이는 스넙크래프트와 머리가 헝클어지고 혹이 욱신거리는 제복 입은 여섯 경비가 그 뒤를 따랐다. 차를 뒤져 보았으나 헛수고였다. 스넙크래프트는 버거리의 어리석음에 큰 소리로 악담을 퍼부었다.

"당신, 당신 서재에 놓은 게 분명합니다." 버거리는 비굴하면서도 희망을 품으며 울부짖었다. "정말로 내가 책상 위에 놓고 온 게 기억납니다."

열이 오른 스넙크래프트는 버거리에게 차에 타라고 명령했고, 제복을 입은 여섯 경비는 현장 입구에 남겨 둔 채, 차를 몰고 나갔다. 경비들의 헝클어진 머리칼 사이로는 달빛이 놀고 있었다.

두 남자는 차가 우지끈 멈추는 것과 동시에 튀어 내려, 현관 계단을 한달음에 뛰어오르고, 집으로 들어가, 혼란스러워하는 손님들을 가로질러, 식민지풍의 곡선 계단을 올라가, 복도를 따라가, 서재로 들어갔다.

버거리는 스위치를 켜고, 기대에 차 사방을 미친 듯이 둘러보았다. 두 남자는 동시에 소파 위에 있는 하얀 종이 다발을 움켜쥐려 했다. 통계 전문가가 먼저 잡았고, 그것을 걸신들린 듯, 감사하며 살펴보았다. 그리고 눈이 튀어나오고 손이 떨렸다.

"봐요!" 종이 다발을 스넙크래프트 눈 아래로 들이대며 그는 음울하게 비명을 질렀다.

종이는 전부 비어 있었다. 맨 위에 한 장을 빼고는 전부 빈 종이였다. 거기에는 이렇게 갈겨 써 있었다.

내가 볼 수 있는 곳에 이 보고서를 놓아두어서 고맙네.
다른 요약본을 만들 때 쓰라고 이 종이는 남겨 두네.
좋은 꿈 꾸게나, 작은 친구.

유서 깊은 위대한 정당*

* 공화당

"빌어먹을!" 스넙크래프트는 의자에 털썩 주저앉으며 짜증스럽게 말했다.

12장

선거 전날 오후, 매튜와 버니는 버니의 호텔 스위트룸에 앉아 칵테일을 홀짝이고 담배를 피우며 그 필연적 운명을 기다리고 있었다. 그들은 그 전날부터 줄곧 기다리고 있었다. 큰 키의 매튜는 초조한 모습이 역력했다. 똥똥하고 수심에 찬 버니는 간간이 우스꽝스러운 짓을 하며 대장의 기운을 북돋으려고 어설프게 애썼다. 전화벨이 울릴 때마다 두 사람은 헬런의 침실에서 후계자가, 검둥이 후계자가 태어났다는 소식이 올지도 모른다고 생각하며 전화기를 향해 벌떡 일어났다. 더 이상 집무실에서 기다릴 수 없게 되자 그들은 호텔로 내려갔다. 잠시 뒤 다시 돌아올 계획이었다.

힘겨운 캠페인과 헬런의 분만 결과에 대한 걱정은 매튜 얼굴에 흔적을 남겼다. 흉악한 선은 또렷해졌고, 눈은 머릿속으로 푹

들어간 듯 보였다. 그가 잔에 잘 다듬어진 손을 뻗을 때마다 살짝 손이 떨렸다.

매튜는 이 모든 것이 어떻게 결론 날까 궁금했다. 그는 떠나기 싫었다. 백인이 된 후로 정말 행복한 시간을 보내왔었다. 많은 돈과 거의 제약이 없는 권력, 아름다운 아내, 좋은 술, 그리고 멋진 아가씨들이 가까이에 있었다. 이 모든 것을 포기해야 할까? 최고의 승리를 목전에 둔 바로 이 시점에서 그만두고 떠나야 할까? 생각해. 몇 푼 받지 못했던 보험 판매원에서 수백만 명을 호령하는 백만장자로—그리고 망각의 강으로. 매튜는 살짝 몸서리 치더니 다시 잔에 손을 뻗었다.

"모든 게 준비됐어." 버니가 통통한 의자에 앉아 빙글 돌며 말했다. "비행기는 연료를 가득 채운 채 대기하고 있고, 보물 상자도 바로 그 격납고에 모셔 놓았지. 그 작은 철제 상자에는 돈이 있어. 모두 천 달러 지폐*로 말이야."

"나랑 같이 갈 거지, 버니?" 매튜가 애원하듯 물었다.

"여기 있지는 않을 거야!" 보좌역이 대답했다.

"아, 버니, 너만 믿는다!" 땅딸막한 친구 쪽으로 몸을 기울여 무릎에 손을 놓으며 매튜가 말했다. "넌 정말 좋은 녀석이야."

---

* 1,000달러 지폐는 1969년까지 통용되었다. 현재는 통용되지 않는다.

"야, 웃기지 마." 발개진 얼굴을 황급히 돌리며 버니가 크게 말했다.

갑자기 전화벨이 울렸다. 크고, 선명하고, 끊음 음으로. 두 남자는 벌떡 일어났다—간절하게, 눈은 크게 뜨고, 근심하며. 매튜가 먼저 잡았다.

"여보세요!" 그가 외쳤다. "뭐라고! 응, 바로 갈게."

"음, 드디어 벌어졌군." 매튜는 수화기를 내려놓으며 체념한 듯 알렸다. 그러고는 약간 밝아지며 자랑스러워했다. "아들이래!"

산고 중에 헬런은 한껏 들떠 있었다. 가장 위대한 승리를 얻기 전날에 그녀는 이 얼마나 멋진 선물을 매튜에게 주는가! 하나님은 얼마나 그녀에게 잘해 주셨던가. 이런 방식으로 그녀를 축복함에 의심의 여지가 없었다. 간호사는 젊은 엄마의 눈에서 기쁨의 눈물을 닦아 주었다.

"가만히 계셔야 합니다." 간호사가 경고했다.

병실 앞 복도에는 매튜가 창가 의자에 앉아 좌불안석했다. 주먹을 꽉 쥐고, 윗니로 가는 아랫입술을 물었다. 다른 창가에는 버니가 밖의 거리를 멍하니 바라보며 서 있었다. 그는 자신이 이 상황에 어울리지 않고, 아무것도 할 수 없음을 느꼈다. 그럼에도 이 중대한 위기에 절친한 벗의 옆을 지키는 것은 자기 책무라고 확신했다.

매튜는 기관총의 세례를 맞닥뜨리기 위해 참호를 박차고 나가는 젊은 군인이거나 혹은 마지막 달러를 걸고 주사위를 던지는 도박꾼이 된 듯한 기분이었다. 무언가 빨리 일어나지 않는다면 미쳐 버릴 것 같았다. 그는 일어나 손을 호주머니에 넣고 복도를 걸었다. 반대편 벽에는 그의 긴 그림자가 그를 따라갔다. 어째서 의사는 나와서 무언가 말을 하지 않는 걸까? 이렇게 지연되는 이유가 뭘까? 헬런은 뭐라 말할까? 아기는 어떻게 생겼을까? 어쩌면 기적적으로 피부가 연한 색일 수도! 세상에는 더 이상한 일도 일어났다. 하지만 아니다, 그런 일은 일어날 수 없다. 음, 그는 행운의 기회를 잡았었다. 이제 휴가는 끝났다.

하얀 유니폼의 청순한 간호사는 헬런의 병실에서 나와 미소 지으며 황급히 그들을 지나 화장실로 들어갔다. 그녀는 손에 따뜻한 물을 한 대야 들고 돌아와 안심을 주듯 다시 웃으며 분만실로 들어갔다. 버니와 매튜는 일제히 무겁게 한숨을 내쉬었다.

"어휴!" 이마에서 땀을 닦으며 버니가 한탄했다. "곧 뭔가 생기지 않으면 나는 저 창밖으로 뛰어내릴 거다."

"나도 따라가지." 매튜가 말했다. "의사들이 끝내는 데 이렇게 오래 걸리는지 전혀 몰랐네."

헬런 병실 문이 열리고, 의사가 심각하고 걱정하는 표정으로 나왔다. 매튜는 그에게 달려들었다. 의사는 입술에 손가락을 대고, 복도 건너편 방을 가리켰다. 매튜는 그 방으로 들어갔다.

"음," 매튜가 불안한 듯 말했다. "무슨 일이 있나요?"

"이렇게 말하게 되어 유감입니다, 매튜 씨. 끔찍한 일이 발생했습니다. 아드님 피부가 아주 많이 검습니다. 당신이나 부인께서 흑인 혈통을 가진 게 분명합니다. 만약 이런 것이 증명된 적이 있다면, 아마 원형으로의 회귀라고 불릴 겁니다. 자, 이제 어떻게 하면 좋겠습니까? 당신이 원한다면 이 아이를 없애 버릴 수 있습니다. 그러면 모두가 근심과 치욕에서 벗어나겠죠. 간호사를 빼고는 아무도 이에 대해 알지 못하고, 간호사는 돈을 받으면 입을 다물 테니까요. 나한테도 이건 하루 일이죠. 심지어는 니그로인이 사라지기 전에도 애틀랜타에는 이런 일이 많았습니다. 자, 어떻게 할까요?" 의사가 구슬프게 말했다.

'음,' 매튜는 혼자 생각했다. '어떻게 해야 할까?' 의사는 이 딜레마를 해결할 멋진 방법을 제안했다. 아이는 죽었다고 말하면 그만이었다. 그러나 앞으로는 어떨까? 이런 식으로 계속해야 할까? 헬런은 젊고 비옥했다. 정말로 계속해서 자식을 살해할 수는 없었다. 특히 자식을 원하고 사랑할 때는 더욱 그랬다. 한 번에 이 문제를 해결하는 게 낫지 않을까? 아니면 의사에게 아이를 살해하라고 하고, 다음에는 더 상황이 나아지길 바라야 할까? 솔직함의 천사가 가식의 삶을 끝내라고 손짓했다. 아내와 아들을 데리고 모든 것에서 멀리 도피하라고. 하지만 야망의 악마는 유혹하며 부와 권력과 명성을 속삭였다.

수초 동안 고통스러운 기억의 스크린에 지난 3년의 장면이 연이어 나타났다. 새해 전날의 홍키통크 클럽, 환상적으로 아름다운 헬런과의 첫 만남, 백인이 되기 위한 분투, 흑인이라면 언제나 당했던 시답지 않은 욕설과 경박한 차별에서 벗어난 자유의 달콤한 첫날, 헬런을 찾아 애틀랜타를 배회하던 일, 노르디카 기사들 단체, 연달아 계속된 성공, 버니의 등장, 그가 계획하고 실행한 캠페인, 그리고 이제, 끝. 이렇게 끝나야만 할까?

"어떻게 할까요?" 재촉하는 의사의 목소리가 들렸다.

매튜가 입을 열어 막 대답을 하려던 차에 집사가 신문을 흔들며 문을 박차고 들어왔다.

"실례합니다." 그가 흥분하며 외쳤다. "브라운 씨가 이걸 당신에게 당장 가져다주라고 했습니다."

소름이 끼치는 헤드라인이 신문에서 튀어나와 매튜의 미간을 때리는 듯했다.

민주당 지도자, 니그로인 후예로 판명되다.
그들이 발견한 옛 기록에 따르자면, 기븐스, 스넙크
래프트, 버거리, 크레튼, 그리고 니그로인 계보를 가진
다른 이들은 니그로인 후예임이 드러났다.

나란히 서 있던 매튜와 의사는 두려움의 침묵 속에서 그 긴 기사를 읽었다. 버니가 문으로 들어섰다.

“매튜, 잠깐 이야기할 수 있어?” 그가 평소처럼 물었다. 매튜는 주춤거리며 버니를 따라 복도로 나갔다.

“진정해, 빅 보이.” 버니가 거의 신이 난 듯 조언했다. “그 사람들, 너에 대해서는 아무것도 없어. 이름을 바꿔 버리는 바람에 그들은 아무것도 찾을 수 없었던 거야. 네 이름은 언급조차 안 됐어.”

매튜는 마음을 다잡고, 어깨를 뒤로 젖히고, 깊은 한숨을 길게 내쉬었다. 어깨 위에 있던 산이 내려온 듯한 기분이었다. 자신감이 회복되면서 그는 정말 피식 웃었다. 그는 버니의 손을 잡았다—말없이 탄성을 지르며.

“음, 의사 선생님,” 매튜는 그가 잘하는 메피스토펠레스* 같은 태도로 왼쪽 눈썹을 아치형으로 만들며 말했다. “그 원형으로의 회귀라는 무언가가 존재하는 듯 보입니다. 그게 다 잠꼬대 같은 소리라고 생각했었는데, 음, 내가 늘 말했듯이, 뭐든 절대 장담할 수 없군요.”

“그렇습니다. 이건 정말 확실한 케이스 같군요.” 의사는 매튜

---

* 중세 서양의 파우스트 전설에 나오는 악마

의 평범한 하얀 얼굴을 날카롭게 슬쩍 보며 동의했다. “어, 이제 어떻게 할까요?”

“장인어른을 만나야겠어요.” 매튜는 방을 나가려고 돌아서며 말했다.

“마침 여기 오시는군.” 버니가 알렸다.

사실이었다. 허연 낯빛의 작달막한 대머리 남자가 염소처럼 계단을 껑충껑충 올라오고 있었다. 얼굴은 초췌하고, 눈은 분노와 공포가 뒤섞여 툭 튀어나왔고, 넥타이는 비뚤어져 있었다. 손에 든 신문을 흔들고, 말없이 입은 연 채, 그들을 후다닥 지나쳐 헬런 병실로 돌진했다. 그 늙은 남자는 분명 제정신이 아니었다.

그들은 기븐스를 뒤따라 방으로 갔고, 그가 헬런의 침대 커버에 얼굴을 묻고 있는 것을 보았다. 헬런은 무서워 떨며 15센티 크기의 헤드라인을 보고 있었다. 그녀가 쓰러지듯 베갯속으로 푹 꺼지자, 매튜는 황급히 그녀 곁으로 갔다. 의사와 간호사는 그녀를 소생시키려고 달려들었다. 늙은이는 무릎을 꿇고 쉰 목소리로 흐느꼈다. 기븐스 부인이 문간에 모습을 드러냈는데, 15년은 더 늙어 보였다. 버니는, 웃음이 나오려는 것을 힘겹게 억누르려고 왼쪽 눈썹을 살짝 낮추는 매튜를 보았다.

“여기서 벗어나야 해!” 임페리얼 대마법사 기븐스가 소리쳤다. “여기서 벗어나야 해, 아, 이 끔찍한…… 나도 전혀 몰랐어, 정말

이야…… 오, 매튜, 우리가 나가게 해 줘. 사무실에서 그들은 나를 거의 습격하다시피 했어…… 나갈 때처럼 난 방금 뒷문으로 들어왔네…… 거의 만 명이…… 낭비할 시간이 없어. 어서 빨리, 어서! 그 사람들이 우리를 전부 죽일 거야."

"내가 모든 것을 챙기겠습니다." 매튜는 짐짓 생색을 부리듯 위로했다. "내가 옆을 지키겠습니다." 그러고는 신속히 동료에게 돌아서더니 지시했다. "버니, 당장 두 차를 오라고 해. 공항으로 달릴 거야…… 닥터 브로커, 헬런과 아기를 보살펴야 하니 우리랑 같이 갈 수 있소? 당장 떠나야 해요. 비용은 지불하겠습니다."

"기꺼이 그렇게 하겠습니다, 매튜 씨." 의사가 차분히 말했다. "지금 부인을 떠나지는 않을 겁니다."

간호사는 헬런이 의식을 되찾게 했다. 헬런은 운명과 아버지를 비난하며 비참하게 흐느꼈다. 종종 사람들은 확정되지 않은 정황 증거를 사실로 받아들이게 된다. 헬런은 그 논법에 따르며, 태어난 아들의 의심스러운 갈색 피부가 자기 혈관 속에 흐르는 숨겨진 니그로인의 피 때문이라고 지레짐작했다. 그녀는 애절하게 남편을 올려다보았다.

"오, 매튜, 여보." 그녀가 울부짖었다. 불그스름한 긴 금발 머리는 그녀의 얼굴을 감싸고 있었다. "이 모든 일이 정말 미안해요. 진작 알았더라면 당신을 끌어들이지 않았을 텐데. 당신은 이런 망신과 굴욕을 당하지 않았을 거예요. 오, 매튜, 여보, 용서해 주세요. 사랑해요, 여보. 제발 나를 떠나지 말아요, 제발 날 떠나지 말아요. 사랑해요, 여보. 제발 날 떠나지 말아요, 제발 날 떠나지 말아요!" 그가 당장 떠나 버릴 거라고 믿는 것처럼 그녀는 손을 뻗어 그의 코트 끝자락을 움켜잡았다.

"자, 자, 꼬마 아가씨." 매튜는 그녀의 말에 감동하며 달래듯 말했다. "당신은 나를 망신시키지 않았어. 당신은 나에게 아름다운 아들을 선물했잖아. 나에게 영광을 주었지."

그는 간호사의 품에 안겨 있는 통통하고 갈색인 둥그스름한 것을 숭배하듯 내려다보았다.

"헬런, 내 걱정은 말아요. 당신이 내 옆에 있는 한, 난 당신 곁에 있을 테니까. 당신 없이는, 인생은 한 푼의 가치도 없어. 당신은 우리 아기의 피부색에 책임이 없어, 여보. 죄가 있는 건 나야."

닥터 브로커는 속내를 아는 듯 미소 지었고, 기븐스는 분개하여 일어섰고, 버니는 깜짝 놀라 입이 벌어졌다. 기븐스 부인은 팔짱을 끼고 입이 살짝 열렸고, 간호사는 "오!"라고 말했다.

"당신?" 헬렌은 놀라 소리쳤다.

"그래, 나야." 매튜가 다시 말했다. 그의 영혼에서 큰 짐을 들어 올려졌다. 그러고는 다음 몇 분 동안 그는 놀란 작은 청중에게 자신의 비밀을 털어놓았다.

헬런은 안도의 물결이 밀려오는 것을 느꼈다. 남편이 흑인이라는 생각에 혐오감은 들지 않았다. 한때는 그랬을 테지만, 그것은 그녀가 먼 흑인 조상에 대해 몰랐던 수 세기 전의 일처럼 보였다. 그녀는 그녀의 매튜가 자랑스러웠다. 그녀는 그 어느 때보다도 그를 사랑했다. 그들은 돈과 아름다운 갈색의 아기가 있었다. 더 이상 뭐가 필요하겠는가? 빌어먹을 세상! 엿 먹어라! 헬런은 자신이 소유한 것에 비하면, 인종과 색에 관한 이야기는 전부 빌어먹을 어리석음이라고 생각했다. 그 순간 수많은 미국인이 같은 생각을 하고 있다는 것을 그녀가 알았다면, 아마 놀랐을 것이다.

"그러니까," 버니가 웃으며 말했다. "매튜, 너는 다시 한번 지그* 춤꾼이라는 게 판명됐어. 아주 좋아."

"그래, 버니." 기븐스 노인은 말했다. "이제 우리는 모두 깜둥이야."

"니그로인이죠, 기븐스 씨, 니그로인." 닥터 브로커가 방으로 들어오며 정정했다. "나는 여러분과 같은 배를 탔고요. 다만 내 경우는 흑인 조상이 그리 멀리 있지 않아요. 공화당이 이기면 좋겠네요."

---

* 발을 요란하게 움직이며 흥겹게 추는 춤이다.

"염려 마요, 닥." 버니가 말했다. "그들이 이길 겁니다. 아, 그리고, 셜록 홈스나 닉 카터, 그리고 그 핑커턴 탐정이라도 이제 크레튼 의원이나 아써 스넙크래프트를 찾지 못할 겁니다."

"자, 어서." 근심에 잠긴 기븐스가 소리쳤다. "폭도들이 밀어닥치기 전에 여기를 나가자."

"무슨 폭도들, 여보?" 기븐스 부인이 물었다.

"서두르지 않으면 그게 뭔지 지랄 같이 알 거야." 남편이 대꾸했다.

서늘한 가을밤 공기를 가르며 엔진이 세 개인 매튜의 대형 비행기는 멕시코의 안전을 찾아 남서쪽으로 향했다. 헬런 피셔는 편안한 접이식 의자에 몸을 뒤로 기대며 세상과 화해하고 차분해졌다. 근처 해먹에는 작은 갈색 아들 매튜 주니어가 있었다. 매튜는 곁에서 그녀의 손을 잡고 있었다. 앞쪽, 파일럿 가까운 곳에서는 버니와 기븐스가 카드를 하고 있었다. 그들 뒤로는 간호사와 닥터 브로커가 말없이 앉아 창밖으로 멕시코 연안에서 반짝이는 불빛들을 바라보고 있었다. 노부인 기븐스는 비행기 뒤편에서 코를 골았다.

"젠장!" 기븐스가 투덜댔다. 버니가 마지막 카드를 펼치며 연속해서 세 번을 이겼다. "애틀랜타를 벗어나기 전에 돈을 좀 챙길 시간이 있었으면 좋았을 텐데. 내가 가진 것이라고는 겨우 오 달러 오십삼 센트뿐이니."

"걱정 마세요, 어르신." 버니가 웃었다. "금고에 천 불 이상은 남아 있지 않을 테니. 저기 철제 상자 보이죠? 저 안에 달러만 한 가득 있어요. 천 달러짜리보다 작은 지폐는 없죠."

"오, 세상에나!" 임페리얼 대마법사 기븐스는 탄성을 질렀다. "저 친구는 완벽하게 챙겼군."

그러나 기븐스는 다른 누구보다 심히 더 음울했다. 그는 자신이 백인 우월주의나 인종의 순결성, 이방인과 가톨릭교도, 모더니즘 사상가, 유대인의 위협에 대해 설교했던 것을 진심으로 믿었다. 그는 항상 자신의 편견에 충실했다.

그들이 멕시코시티 근교 밸부에나 이착륙장에 내리자, 한 메신저가 버니에게 전보를 가져다주었다.

"거기서 벗어날 수 있었던 것에 대해 별들에게 고마워해야 할 거야." 버니가 친구에게 전보를 건네며 빙긋 웃었다. "내 여자가 뭐라는지 볼래?"

매튜는 그 메시지를 흘긋 보고는 아무 말 없이 기븐스에게 건넸다. 이렇게 쓰여 있었다.

안전하게 도착하길 바람 마침표 크레튼 의원은 유니언

스테이션에서 린치당함 마침표 스냅크래프트와 버거리는 도망갔다고 함 마침표 구씨와 검프는 거의 만장일치로 당선 마침표 정부는 혼란이 멈출 때까지 계엄령을 선포함 마침표 내가 언제 갈 수 있나?

매덜린 스크랜턴

"이 매덜린 처자는 누구야?" 매튜는 아내를 조심스럽게 흘긋 보며 속삭이듯 물었다.

"어여쁜 조지아 갈색인." 버니가 신이 나서 소리쳤다.

"진짜!" 매튜가 믿을 수 없다는 듯 헉하며 말했다.

"코카시아인 아님!" 버니가 응수했다.

"이 나라에 마지막 남은 흑인 숙녀겠군." 매튜는 부러운 듯 친구를 쳐다보며 말했다. "왜 그녀는 백인이 안 됐지?"

"어, 그녀는," 은근히 우쭐함이 배인 음성으로 버니가 말했다. "인종 수호주의자야. 그녀는 그런 면에서 재밌지."

"와, 대단하네!" 매튜가 머리를 긁적이며, 놀라서 어색하게 웃는 표정으로 탄성을 질렀다. "도대체 어떤 유의 시바 여왕*일까?"

기븐스 노인이 손에 전보를 들고 얼굴에 평온한 표정을 지으며

* 솔로몬 왕에게 가르침을 청한 여왕

그들이 서 있는 곳으로 왔다.

“이보게,” 그가 불렀다. “저기 조지아에 있는 것보다 여기 아래 있는 게 안전해 보이는군.”

“안전한 것처럼 보이기만 하나요?” 버니가 따라 하며 조롱했다. “형제님, 여기가 세상 어디보다 안전하다는 걸 분명히 아실 텐데요.”

13장

선거일 전날 밤, 시계는 11시를 향해 가고 있었다. 길고 낮은 자동차가 버지니아주 리치먼드 근교의 위풍 있는 시골 저택 앞으로 미끄러지듯 다가와 우두둑 소리를 내며 멈췄다. 라이트가 꺼지고, 두 남자가 차에서 튀어나왔다. 하나는 키가 크고 삐쩍 말랐고, 다른 하나는 덩치가 크고 딴딴했다. 그들은 아무 말도 하지 않고 집 근처로 질주했고, 뒤쪽으로 약 300미터 떨어진 평평한 들판에 서 있는 덩굴이 무성한 헛간으로 좁은 차도를 따라 달렸다. 그들은 문 앞에 멈춰 섰고, 숨을 헐떡이며 다급하게 문을 두드렸다.

"문 열어, 프레이저!" 스넙크래프트가 명령했다. 바로 그였기 때문이다. "문을 열라고." 기척이 없었다. 답이라고는 그저 귀뚜라미 울음소리와 나뭇가지가 바스락거리는 소리뿐이었다.

"그가 여기 없는 게 틀림없어." 버거리 박사는 불안하게 어깨 뒤를 흘긋거리고 축축한 손수건으로 이마의 땀을 훔치며 말했다.

"이 빌어먹을 놈, 네 놈이 여기 있는 게 나을 거다." 민주당 부통령 후보 스넙크래프트는 다시 문을 두드리며 소리를 질렀다. "내가 두 시간 전에 준비하라고 전화했으니까."

그가 말하는 사이 누군가 문의 자물쇠를 열고, 문을 3, 4센티 정도 옆으로 굴렸다.

"스넙크래프트 씨인가요?" 안쪽 어둠 속에서 졸린 목소리가 물었다.

"빌어먹을 문이나 열어, 이 멍청아." 스넙크래프트가 짖어 댔다. "우리가 여기 도착하기 전에 비행기를 준비시켜 놓으라고 내가 말하지 않았어? 왜 내가 말한 대로 안 한 거야?" 스넙크래프트는 버거리 박사와 함께 거대한 문을 밀어 닫는 걸 도왔다. 프레이저는 불을 탁 켰고, 엔진이 세 개인 대형 비행기가 모습을 드러냈다. 양 날개 아래로는 각각 자동차가 자리 잡고 있었다.

"기, 기다리다 잠이 들어 버렸습니다, 스넙크래프트 씨." 프레이저가 사과했다. "하지만 준비는 끝났습니다."

"그럼 됐어." 앵글로·색슨 협회 회장이 크게 말했다. "어서 빨리 여길 떠나자고. 생사가 달린 문제니까. 밖으로 비행기를 이동하고, 이륙할 준비를 해."

"네, 알겠습니다." 남자는 바삐 움직이며 유순하게 입속말 했다.

"이런 빌어먹을, 멍청한 가난뱅이 백인 녀석이라고는!" 자리를 뜨는 조종사를 사악하게 노려보며 스넙크래프트는 투덜댔다.

"반, 반, 반감을 사서는 안 돼요." 버거리가 구시렁댔다. "저 사람은 우리가 여기를 벗어날 유일한 방법이니까."

"입 닥쳐, 멍청아! 네가 아니었다면, 네 놈의 빌어먹을 멍청이 통계가 아니었다면, 우리가 이 곤경에 빠지지 않았을 거다."

"당신도 원했잖아요?" 통계 전문가는 변호하며 푸념했다.

"어, 아무나 가져갈 수 있는 곳에 그 빌어먹을 요약본을 두라고는 내가 말한 건 아니잖아." 스넙크래프트가 꾸짖듯 응수했다. "나는 그렇게 멍청한 짓에 대해 들어 본 적이 없어."

버거리는 대꾸하려고 입을 열었지만 아무 말하지 않았다. 그를 노려보는 스넙크래프트를 그냥 바라볼 뿐이었다. 두 남자는 행색이 말이 아니었다. 부통령 후보는 초췌했다. 모자도 쓰지 않았고, 셔츠에는 옷깃도 없었으며, 여전히 흡연용 재킷을 입고 있었다. 저명한 통계 전문가이자 『아마존 계곡의 히파파 인디언의 프시타코시스 발생률과 미국 생명 보험 요율과의 관계』의 저자는 품위와는 동떨어진 모습이었다. 넥타이도 매지 않았고, 캔버스 반바지에 양말도 신지 않았으며, 집을 뛰쳐나오면서 옷장에서 낚아채 온 사냥용 재킷을 입고 있었다. 그는 두툼한 안경을 잊어버렸고, 툭 튀어나온 눈은 발갛고 물기가 어려 있었다. 그들은 조바심을 내며 앞뒤로 오갔다. 처음에는 재빠르게 일하는 프레이저를 쳐다보았다. 그러다가, 찬란한 도시로 향하는 긴 도로를 내려다보았다.

프레이저가 비행기로 가서 모든 게 준비되었는지 확인하는 동안 그들은 10분을 기다렸다. 그리고 격납고에서 그 거대한 철제 새를 굴려 비행장으로 나오는 것을 도왔다. 기분 좋게 비행기에 올랐고, 푹신한 쿠션 의자에 지쳐 쓰러졌다.

"음, 이제야 안도할 수 있겠군." 육중한 버거리는 이마를 훔치며 헉헉거리며 말했다.

"우리가 이륙할 때까지는 아니야." 스넙크래프트가 고함쳤다. "오늘 밤 그 폭동을 겪어 봐서 알겠지만 무슨 일이든 일어날 수 있어. 평생 그런 수모를 당한 적이 없었어. 가난뱅이 백인 쓰레기들이 내 계단으로 몰려 올라오며 깜둥이라고 소리 지른다고 생각해 봐. 치욕적이었어."

"그래요. 끔찍했죠." 버거리가 동의했다. "당신 차가 있던 뒤쪽으로 가지 않은 게 천만다행이에요. 그랬다면 탈출하지 못했을 거요."

"시위가 있을 거라고 나는 예감했지." 예전에 가졌던 당당함을 되찾으며 스넙크래프트가 말했다. “그래서 프레이저에게 준비하라고 전화한 거야. …… 어, 이런 식으로 우리나라를 떠야 하는 건 빌어먹을 치욕이야!”

그는 비참하게 통계 전문가를 쳐다보았다. 통계 전문가는 그의 시선을 피했다.

“준비됐습니다.” 프레이저가 알렸다. “어디로 가십니까?”

“치와와에 있는 내 목장으로 가지. 서둘러.” 스넙크래프트가 딱 잘라 말했다.

“어, 어, 근데 그렇게 멀리 갈 만큼 연료가 충분하지 않습니다.” 프레이저가 말했다. “어, 회장님이 멕시코로 갈 거라고는 말하지 않았잖아요.”

스넙크래프트는 믿을 수 없는 듯한 표정으로 남자를 노려보았다. 그는 너무 화가 나서 잠시 말을 할 수 없었다. 그러고는 해적 선장이나 좋아할 만한 욕설을 쉬지 않고 뿜어 댔다. 가여운 조종사는 어찌할 줄 몰라하며 입을 헤벌리고 멍하니 서 있었다.

이런 비아냥거림 중에 자동차 경적과 확성기 소리가 대기를 휘저었고, 그것은 고함과 권총 소리에 끊어지곤 했다. 비행기에 타고 있던 세 사람은 도시에서부터 도로를 타고 줄지어 내려오며 일렁이는 헤드라이트 물결을 보았다. 그 화려한 행렬은 이미 스넙크래프트 사유지의 게이트에 거의 다다랐다.

"자, 어서, 여기를 벗어나자고." 스넙크래프트가 성급히 말했다. "연료는 가다가 넣기로 하고. 서둘러!"

공포에 질려 얼굴이 시퍼레진 버거리 박사는 할 말을 잃고 조종사를 비행기 밖으로 밀어냈다. 그가 프로펠러를 돌리고, 조종실로 뛰어 올라와 조종을 시작하자, 그 커다란 기계는 비행장을 가로질러 굴러갔다.

그들은 겨우 시간 맞춰 출발했다. 자동차 행렬은 이미 활주로에 들어서고 있었다. 엔진이 윙 하고 돌아가는 소리는 다가오는 폭도의 소리를 묻어 버렸지만, 겁에 질린 두 남자는 권총이 발사된 듯 보이는 섬광을 몇 번 보았다. 여러 자동차는 비행기가 지나간 길을 쫓아 비행장을 가로질렀다. 그들이 거의 따라붙는 듯했다. 스넙크래프트와 버거리는 초조하게 앞을 바라보았다. 그들은 거의 활주로 끝에 있었고, 비행기는 아직 이륙하지 못했다. 쫓아오는 자동차가 점점 더 가까이 왔다. 총기로부터 몇 번 더 섬광이 번쩍였다. 총알 하나가 객실 벽을 관통해 들어왔다. 스넙크래프트와 버거리는 동시에 바닥으로 엎드렸다.

마침내 비행기가 떴다. 활주로 끝의 나무들을 넘어서 고도를 올리기 시작했다. 두 사람은 깊은 안도의 한숨을 쉬고 일어나 두툼하게 부풀어 있는 의자에 풀썩 주저앉았다.

돌연 두 승객과 조종사는 기괴한 악취를 난다는 걸 느꼈다. 조종사는 어깨너머로 궁금한 듯 보았다. 스넙크래프트와 버거리는 코에 주름이 잡혔고, 이마에는 물결 모양을 만들며 서로를 의심스럽게 보았다. 둘 다 불안하게 의자에서 움직였고, 비난의 표정에 이어 죄책감의 표정이 나타났다. 스넙크래프트는 뒤 객실로 황급히 물러났다. 통계 전문가는 창문 몇 개를 활짝 열고는 부통령 후보를 따라갔다.

15분 후, 뒤 객실 창문으로 꾸러미 두 개가 내던져졌고, 겸연쩍어하면서도 안도하는 듯 보이는 두 승객은 원래 자리로 돌아왔다. 스넙크래프트는 갈색 작업복을 입고 있었는데, 그것은 프레이저의 옷이었다. 과학자 친구는 평소 스넙크래프트의 하인이 입던 하얀색 바지에 자기 몸을 밀어 넣었다. 프레이저는 그들을 돌아보며 씩 웃었다.

밤새 오랜 시간 동안 비행기는 날아갔다. 시속 100마일로 도시를 지나고 또 지나갔다. 미시시피주 머리디언을 지나가는데 엔진이 멈칫거리기 시작했다.

"무슨 일이지?" 스넙크래프트가 조종사 귀에 대고 초조하게 물었다.

"연료가 거의 다 됐어요." 프레이저가 암울하게 대답했다. "곧 착륙해야 합니다."

"안 돼, 안 돼, 미시시피에서는 절대 안 돼!" 두려움에 파랗게

질린 버거리는 헐떡거리며 말했다. “우리가 누군지 알면 그 사람들은 우리를 때려죽일 거야.”

“그렇지만 오래 버틸 수는 없어요.” 조종사가 경고했다.

스넙크래프트는 입술을 물며 미친 듯이 머리를 굴렸다. 미시시피주는 말할 것도 없이 사실 남부라면 어느 지역에 착륙해도 운명에 맡기는 수밖에 없을 텐데, 어떻게 해야 할까? 엔진은 더 자주 멈칫거렸고, 프레이저는 연료를 아끼려고 속도를 줄였다. 그들은 서서히 날고 있었다. 조종사는 대답을 달라는 듯 스넙크래프트를 향해 돌아보았다.

“염병할, 우리가 딜레마에 빠졌군.” 앵글로·색슨 협회 회장이 말했다. 그러고는 돌연 떠오른 생각에 얼굴이 밝아졌다. “프레이저가 연료를 충전하는 동안 우리는 뒤 객실에 숨어 있을 수 있어.” 그가 제안했다.

“누군가 뒤 객실을 본다면?” 하얀 바지 호주머니에 손을 찔러 넣으며 버거리가 서글프게 물었다. “이렇게 큰 비행기가 농장 지역에 착륙하면 많은 사람이 궁금해하기 마련이지.”

이렇게 말하는 동안 그는 호주머니 안에서 왼손에 무언가가 잡히는 게 느껴졌다. 연고 상자인 듯했다. 궁금해 그것을 꺼냈다. 구두약상자였다. 틀림없이 하인이 스넙크래프트의 신발에 사용했던 것이었다. 그것을 무심히 보다가 다시 호주머니에 넣으려던 순간 기막힌 아이디어가 떠올랐다.

"여기 봐요, 스넙크래프트." 그가 흥분하며 크게 말했다. 눈곱이 많은 그의 눈은 평소보다 더 튀어나와 보였다. "이거면 돼요."

"무슨 소리야?" 작은 양철 상자에 눈길을 주며 동행인이 말했다.

"음," 과학자가 설명했다. "요즘 진짜 검둥이는 흔치 않다는 걸 당신도 알죠. 그래서 검둥이를 봐도 별로 신경을 안 쓰죠. 미시시피에서조차도. 아마 호기심의 대상이 될 겁니다."

"그래서 어쨌다는 거야?"

"이거. 이걸로 머리며 얼굴, 목, 손을 까맣게 할 수 있죠. 우리가 스넙크래프트와 버거리라는 건 아무도 모를 겁니다. 누가 물어보면 프레이저가, 우리가 국경을 벗어나려고 하는, 아니면 그와 비슷한 것을 하려고 하는 검둥이라고 말하면 되고요. 그리고 연료를 다 채우면 다시 출발하는 거죠. 나중에 휘발유로 이걸 씻어 버리면 되고. 이게 유일한 방법이에요, 스넙크래프트. 우리가 지금 이대로 내려가면, 그들은 분명 우리를 죽일 겁니다."

스넙크래프트는 입술을 오므리고 잠깐 그 제안을 생각해 보았다. 정말로, 그건 여기서 발각되지 않고 실제로 도망갈 수 있는 유일한 방법 같았다.

"좋아." 그가 동의했다. "서둘러. 비행기가 곧 착륙할 테니."

그들은 부지런히 상대의 머리며 목, 얼굴, 가슴, 손, 팔을 구두약으로 발라 주었다. 5분 안에 그들은 한 쌍의 흑인 가수 같아 보였다. 스넙크래프트는 서둘러 프레이저에게 지시했다.

비행기는 서서히 원을 그리며 착륙했다. 그 지역은 다소 경사져 있어 착륙하기에 좋은 곳이 아니었다. 하지만 더는 지체할 수 없었고, 프레이저는 최선을 다했다. 거대한 비행기는 꼭지를 부딪치며 큰 나무들을 넘어서, 수풀을 헤치고, 나무숲으로 곧장 향했다. 조종사는 재빨리 방향을 왼쪽으로 틀었으나 오히려 도랑에 처박히고 말았다. 비행기는 완전히 뒤집혔고, 날개 하나는 박살 났다. 엔진 아래 잔해에 갇힌 프레이저는 잠시 도와 달라고 힘겹게 울부짖더니 잠잠해졌다.

혼이 빠지고 이곳저곳 멍이 든 두 승객은 안전을 찾아 가까스로 객실 창으로 기어 나왔다. 미시시피 햇볕 아래 그들은 음울하게 서서 부서진 잔해를 살펴보고는 미심쩍이 서로를 쳐다보았다.

"음," 버거리 박사는 먹먹한 큰 엉덩이를 문지르며 투덜거렸다. "이제 어쩌죠?"

"입 닥쳐." 스넙크래프트가 버럭 소리를 질렀다. "당신 때문에 우리가 이 지경이 됐잖아."

미시시피주 해피 힐은 모든 것이 너풀거렸다. 지난 며칠간, 참 신앙 그리스도 연인 교회는 대규모 야외 부흥회를 준비하고 있었다. 선거일 오후로 계획된 예배에는 수 킬로 내 주변의 신자들이 참석할 것으로 예상되었으며, 그들은 예배가 밤까지 계속되길 바랐다.

블랙-노-모어 법인의 활약으로 남부 다른 지역에서 발생했던 불화들이 아직 이 지역에는 닿지 않았었다. 수 킬로 내에 사는 주민들은 아주 소수를 제외하고는 대부분 나이가 많았고, 그래서 그들이 기억하는 한, 적어도 지난 50년은, 자기들이 진짜 귀족 코카시아인이라고 믿어 왔다. 그들은 이 사실에 자부심이 있었다. 그러나 해피 힐이 참 신앙 그리스도 연인 교회의 탄생지이자 본고장이라는 사실에 더 자부심을 느꼈다. 이 교회가 미국 내 모든 그리스도교 종파를 거슬러 가장 진실한 근본주의적임에 비범한 자긍심을 가졌다. 이 지역 사회가 자부심을 품는 다른 것은 지나치게 높은 문맹률과 린치 기록이었다. 비록 누구도 이런 것을 수치스럽게 생각하지 않았지만, 좀처럼 말로 꺼내지는 않았다. 어떤 일들은 어디에서나 당연하게 여겨진다.

미국이 주니어스 크루크먼 박사의 훌륭하지만 환영받지 못한 회사를 통해 흑인들을 제거하기 오래전부터, 해피 힐은 근처에 거주하던 몇 안 되는 흑인뿐 아니라 재수 없게 그 지역을 지나가는 검은 피부 여행객도 모두 없애 버렸다. 코카시아인 거주인의 자랑스럽고 용감한 선조들이 그들을 남부 연합군에 징병하려는 온갖 시도를 강하게 저항했던 남북 전쟁이 끝나고부터 줄곧, 잡화점과 우체국에는 '검둥이는 익꼬 달려라. 일글 줄 모르면, 기냥 달려라' 하고 쓰인 게시판이 못으로 고정되어 있었다. 해피 힐의 학식 있는 주민들은 간혹 물러서서, 흔히 박식함에서 나오는 자긍심으로 한 자 한 자 읽었다.

해피 힐이 이 지역에서 대접받기를 원했던 흑인 여행객을 저지하는 방법은 간단했다. 기분 나쁜 에티오피아인은 목을 매달거나 총으로 쏜 후에 불에 구웠다. 잡화점과 우체국 건너편에는 1미터 50의 철제 기둥이 있었다. 흑인은 전부 거기에 매달려 불에 탔다. 기둥의 한쪽 아래에는 망치와 끌로 만든 새김눈이 길게 나열돼 있었다. 새김눈 하나는 처형된 흑인 한 명을 뜻했다. 이 기둥은 지역의 랜드마크 중 하나였고, 지역 옹호자들은 방문객들에게 용납될 수 있는 시민의 자부심으로 그것을 꼭 집어 가리켰다. 늙은 현자들은 종종, 해피 힐의 흑인 문제라고는 단지 이곳의 지루함을 달래기 위해 충분한 수의 햄의 아들딸을 찾을 수 없는 것이라고, 담배 가래를 내뱉는 사이사이에 말하곤 했다.

해피 힐 주민들은 그들의 주뿐 아니라 나라 전역에서 흑인이 완전히 사라졌다는 뉴스에 대단히 아쉬워하고 있었다. 오래된,

잘 정립된 관습이 사라지고 있는 것이 보였다. 구식 종교와 대규모 부흥 집회가 끝나면 어김없이 곧바로 이어지는 은밀한 섹스 파티 외에는 이제 그들을 자극할 만한 것은 남아 있지 않았다.

그리하여 이 소박한 시골 사람들은 새로운 열정을 가지고 종교에 눈을 돌렸다. 이곳에는 여러 교회가 있었다. 감리교, 침례교, 캠벨리교, 그리고 당연히 광신교. 광신교는 신자 수가 제일 많았다. 그러나 새로운 것을 갈망하는 사람들은 구식 교회가 하나같이 너무 따분했다. 그들은 더욱 박력이 넘치는 신앙을 원했다. 그들 모두가 마시는 지독한 옥수수 위스키에 어울리는 신앙. 비록 그들은 모두 금주주의자라고 단언했지만.

사회적 요구가 있을 때면, 그곳이 어디든지 간에, 그것을 충족시키기 위해 어떤 기관이 생겨난다. 해피 힐의 요구 또한 예외가 아니었다. 몇 주 전 어느 날, 그 마을에 알렉스 맥풀이라는 목사가 나타났다. 그는 자칭 사악한 자의 속임수로부터 모두를 구원할 새 신앙, 참 신앙의 창시자라고 공언했다. 다른 교회들은 실패했다고 그는 주장했다. 다른 교회들은 점점 약해졌고, 무신론이나 모더니즘과 시시덕거리고 있다고 했다. 맥풀 목사의 견해로는 무신론이나 모더니즘은 매한가지였다. 어느 여름 저녁 머리디언에서, 맥풀은 자신이 지은 죄의 결과로 아파서 침상에 머물고 있을 때, 하나님의 천사가 나타나 그에게 개심하고 세상에 나아가서 그리스도 사랑의 참 신앙을 가르치라고 말했다고 했다. 그는 당연히 그렇게 하겠다고 서약했다. 그러자 천사는 오른손을 펴서 맥풀 목사의 이마에 댔고, 모든 질병과 고통은 사라졌다.

해피 힐과 인근 주민들은 넋을 잃고 경의를 표하며 경청했다. 그는 진솔하고, 언변이 좋았으며, 분명히 게르만족이었다. 키가 크고, 홀쭉하고, 약간 안짱다리에, 부스스하게 헝클어진 붉은 머리, 야생의 푸른 눈, 움푹 팬 볼, 주걱턱, 그리고 유인원 같이 긴 팔. 그가 열변을 토하면서 그 긴 팔을 위아래로 흔드는 모습은 매우 인상적이었다. 시골 사람들에게 그의 이야기는 논리적으로 들렸고, 그래서 그들은 마을에서 1.5킬로미터 정도 떨어진 자연 원형 극장에서 열린 첫 부흥회로 우르르 몰려갔다.

누구도 새 신앙을 이해하는 데 어려워하지 않았다. 노래를 부르고 나무통 바닥을 두드리는 것 말고는 어떤 음악도 허용되지 않았다. 의자도 없었다. 모두가 맥풀 목사를 중심으로 원을 그리며 땅바닥에 앉았다. 그 거룩한 분이 즉흥적으로 노래를 시작하고, 곧이어 신자들은 그 노래를 따라 부르며 일제히 몸을 좌우로 흔들었다. 그러다 목사는 갑자기 멈추고, 예전에 유행했던 지옥불과 저주 설교를 시작할 것이다. 설교에는 악마와 유황과 불륜과 럼주와 그리고 다른 사악한 것들이 또렷이 묘사되었다. 설교가 절정에 이르면, 그는 하늘을 향해 눈을 굴리고, 입에는 거품을 물고 사방으로 뛰어다니며 집회에 참석한 사람을 모두 한 명씩, 특히 가슴이 풍만한 여인들을, 껴안을 것이다. 이것은 다른 사람들도 그의 본보기를 따르라는 신호였다. 형제들과 자매들은 딱 붙어서 서로 껴안고 뒹굴며 소리를 질렀다. “그리스도는 사랑이시다! …… 그리스도를 사랑합시다! …… 오, 예수의 품 안에서 행복하라. …… 오, 예수는 나의 사랑! …… 하늘 아버지시여!” 이런 부흥회는 주로 칠흑 같은 밤에 소나무 횃불이 어렴풋이 비추는 예배 장소에서 일어났다. 껴안고 뒹구는 시간이 시작되면 횃불은 늘 적절하게 꺼지는 듯했고, 이리하여 새 신앙은 급속도로 인기를 얻었다.

단기간 내, 해피 힐에는 알렉스 맥풀 목사와 견줄 만한 것은 없게 되었다. 그를 위해 모든 빗장은 풀어졌다. 보통 성직자들은 부인들 사이에 인기가 있었지만, 그는 더욱 각별했다. 남자들이 들판에 나가 일하는 동안, 신의 사람은 집집이 방문하며 그리스도의 메시지로 여인들을 위로했다. 독신인 그는 굉장히 빈번하게 이런 직업적 방문을 했다.

알렉스 맥풀 목사는 또한 자신의 작은 오두막에 병들고, 죄 많고, 신경증이 있는 사람들을 따로 불러 모았다. 그는 그곳에 제단을 세웠는데, 그 제단은 옛날 책상에서 떼어 낸 흰 대리석 상판으로 덮여 있었다. 제단 주위로는 기괴한 인물들이 그려져 있었다.

이 전도자의 작품임이 분명했다. 제단 뒤쪽 벽에는 커다란 눈이 하나 그려진 큰 정사각형의 하얀 기름천이 걸려 있었다. 죄를 멈추고 싶은 죄인은 자백하고 호소하며 그 눈을 바라보라는 지시를 받았다. 제단 위에는 약 7센티 두께의 조잡하게 제본된 원고가 놓여 있었다. 그것은 그리스도 연인의 '성경'으로, 맥풀 목사는 예수 그리스도의 명을 받아 자신이 썼다고 공언했다. 대체로 방문자 대다수는 중년 부인과 아데노이드와 신경증이 있는 어린 아가씨 들이었다. 누구나 떠날 때는 흡족해했다.

맥풀 목사는 주님의 사역에 참여한 결과로 얻은 수많은 행운에도 아직 만족하지 못했다. 침례교나 감리교, 광신교 교회를 지나칠 때면 항상 질투와 야심이 속에서 끓어올랐다. 이 카운티 주민 전부를 그의 양으로 만들고 싶었다. 다른 교회들이 파산할 정도로 신의 사역을 정말 효과적으로 하고 싶었다. 그것을 이루기 위해서는 오직 천국에서 곧바로 내려오는 메시지의 도움을 받아야만 할 수 있다는 것을 그는 알았다. 그 메시지만으로도 그들에게 감동을 줄 것이다.

그는 집회에서, 감리교도나 침례교도 같은 이교도와 회의론자를 모두 확신시키기 위해 천국에서 내려오는 징조에 관해 이야기하기 시작했다. 그의 양들은 이내 기대감에 차 예민하게 초조해했지만, 주님은 어떤 이유에서인지 그의 오른팔의 기도에 답하지 않았다.

맥풀 목사는 자신이 어떤 일로 전능하신 분을 불쾌하게 하지 않았나 의아해하기 시작했다. 그는 침실의 고요함 속에 오랫동안 열성적으로 기도했으나—손님이 없을 때는 하지 않았다—어떤 조짐도 보이지 않았다. 어쩌면 어떤 큰 시위라도 일어난다면 예수의 관심을 끌지 않을까 하고 이 전도자는 생각했다. 그가 연출해 왔던 부흥 집회보다 더 큰 어떤 것. 그러던 어느 날, 누군가 그에게 「경고문」을 한 부 주었고, 그걸 읽다가 아이디어를 얻었다. 주님이 그의 신도들이 때려죽일 수 있는 검둥이를 하나 보내주신다면! 그거야말로 진정 알렉스 맥풀 목사의 능력을 보여 주는 확실한 증표가 될 것이다.

그는 열성을 더해 기도했지만, 아프리카인은 나타나지 않았다. 이틀 밤 뒤, 제단 앞에 앉아 손으로 그의 '성경'을 움켜잡는데, 박쥐 한 마리가 창으로 날아 들어왔다. 박쥐는 빠르게 방을 빙빙 돌더니 다시 날아 나갔다. 맥풀 박사는 박쥐의 날개에서 불어오는 바람을 느꼈다. 그는 벌떡 일어났고, 촉촉해진 푸른 눈알이 미친 듯이 흔들렸다. "징조다! 징조! 오, 영광이 있도다! 주님께서 내 기도에 응답하셨다! 오, 감사합니다, 하나님! 징조다! 징조야!" 그리고 그는 머리가 띵 하고 눈이 침침해지더니, 몸이 뒤틀리며 정신을 잃고 제단을 가로질러 쓰러졌다.

다음 날, 그는 해피 힐을 돌아다니며 전날 밤 경험을 이야기했다. 주님의 천사가 창문으로 날아 들어와 그의 '성경' 위에 앉았고, 그의 이마에 입 맞춘 후, 주님이 그의 기도를 응답하여 전조를 보낼 것이라 밝혔노라고, 입을 떡 벌리고 멍하니 쳐다보는 마을 사람들에게 그는 말했다. 그 진술의 증거로 맥풀 목사는 머리를 제단의 대리석 상판에 찧었을 때 생긴 붉은 반점을 보여 주며, 주님의 메신저가 입 맞추었던 곳을 표시한 것이라고 주장했다.

해피 힐의 소박한 사람들은 맥풀 목사가 한두 가지를 빼고는 천상의 소식통과 잘 어울린다고 믿었다. 기대감으로 긴장한 마을 사람들은 오직 그 징조만을 이야기했다. 선거일에 계획된 대부흥성회가 다가오자 그들은 그날에 주님이 행하시길 간절히 소망하며 노심초사했다.

드디어 그 중대한 날이 되었다. 시골의 선량한 사람들은 먼 곳에서도 오고 가까운 곳에서도 왔는데, 말이나 농장 마차, 진흙투성이인 싸구려 차를 타고 왔다. 지난 24시간 동안에 전개된 일에 대해 몰랐던 많은 사람은 기븐스와 스넙크래프트에게 투표하기 위해 잠깐 머물렀다. 그러나 대부분은 설교가 예정된 신성한 자리로 지체 없이 직진했다.

알렉스 맥풀 목사는 얼굴을 위로 쳐든 사람들이 많은 동심원을 만들고 있는 것을 보며 속으로 히죽거렸다. 그들은 그의 지혜로운 말을 마시고 거나하게 취하길 진정 바라고 있음을 맥풀은 알았다. 회중에 낯선 얼굴이 많은 것에 흡족해하며 주목했다. 그의 세력이 커지고 있음을 증명하고 있었다. 목사는 걱정스럽게 푸른 하늘을 흘긋 올려다보았다. 징조가 나타날까? 주님이 그의 기도에 응답할까? 그는 다시 기도를 중얼거리더니 영업을 개시했다.

맥풀은 오늘 인상적인 모습이었다. 왼쪽 가슴에 큰 붉은 십자가가 있는, 길게 늘어진 하얀 가운을 입고 있었다. 옛날 어느 선지자와 비슷해 보였다. 그는 촘촘하게 만들어진 인간 원 안에서 앞뒤로 오가며, 앞뒤로 몸을 굽혔다 폈다 하고, 팔을 앞뒤로 움직이고, 머리를 흔들고, 눈알을 굴리며, 천사가 방문했던 이야기를 50번째 반복했다. 그는 타고난 배우였다. 목소리는 흔히 신의 사람이나 궁정의 소리꾼, 독립기념일 연설가와 연관된 무덤처럼 음산한 음색을 가지고 있었다. 첫 줄에는 젊은 여성 여덟 명으로 구성된 해피 힐 참 신앙 성가대가 자리 잡았고, 그 사이에는 통 연주자인 머리가 희끗희끗한 요브루 노인이 쪼그려 앉아 있었다. 그들은 신음하고, 회개하고, 간간이 오, 주여를 외쳤다.

이 전도자는 자기 이야기를 마치며 비음이 섞인 거친 목소리로 노래를 시작했다.

당신을 죄에서 구하려고 나는 해피 힐에 왔네
구원의 문이 열려 있으니 어서 들어오시오
오, 영광 할렐루야! 어서 들어오시오.
예수 그리스도는 이 백인종을 구하라고 나를 부르셨네
그의 도움으로 나는 당신을 끔찍한 치욕에서 구하리니
오, 영광 할렐루야! 우리는 반드시 우리 인종을 구해야 하네.

자매들이 몸을 흔들며 목사에 합류하고, 요브루 노인은 통을 두드렸다. 신도들도 같이했다.

돌연 맥풀 목사가 멈추었다. 그는 위로 쳐든 긴장한 얼굴들을 날카롭게 보더니 태양을 향해 긴 팔을 뻗으며 소리쳤다.

"분명히 말합니다. 오 주여, 징조가 보일 것입니다-아. 우리 주님은 살아 계시고, 신호가 오리라는 것을 나는 압니다-아. 어, 믿음이 있는 사람은, 오 예수님, 형제자매여-어. 믿음을 가져라-아. 주님이 우리의 기도에 응답할 것이다-아. …… 오 주여, 오 어린 예수-우. …… 오, 하나님, 오, 기도에 응답하소서. …… 우리를 구원하소서-어. 징조를 보여 주소서……."

신도들은 그를 따라 소리쳤다. "징조를 보여 주소서!" 목사는 다시 그 자리에서 만든 찬송가를 부르기 시작했다.

그는 징조를 보여 주리라
오, 그는 징조를 보여 주리라
사랑의 어린 예수 그리스도
그는 징조를 보여 주리라

그는 그 구절을 계속 반복했다. 사람들이 따라 부르면서 그 성량은 어마어마해졌다. 맥풀 목사는 목청이 찢어질 듯 절규하며 땅에 두 손을 짚었고, 줄지어 포옹하고 있는 사람들 사이를 차례차례 네 발로 뛰어다니며 울부짖었다. "그리스도는 사랑이시다! …… 그가 징조를 보여 주리라! 오, 예수님! …… 징조를 보내 주소서!" 그 외침은 다른 사람들의 울부짖음과 섞였고, 한낮의 태양 아래 초록으로 담장이 쳐진 숲에서 그래 왔듯이 그들은 키스하고, 껴안고, 뒹굴었다.

태양이 정점에 가까워질 무렵, 피부를 검게 하고 정체 모를 옷을 입은, 기괴한 모습의 아써 스넙크래프트와 사무엘 버거리 박사는 먼지투성이 길을 따라 터벅터벅 걸어갔다. 그 길이 마을에 닿게 해 주길 기대하며. 길에 오른 지 벌써 세 시간이 지나고 있었다. 그들은 열차를 탈 수 있는 곳을 찾고 있었고, 여러 외딴 농가와 오두막을 지나왔다. 용기를 내어 큰길로 나서기 전에는 박살 난 비행기 주변에서 두어 시간 정처 없이 빈둥거렸다. 돌연, 지대가 높은 길에서 보니 많은 집이 모여 있는 곳이 보였다. 그들은 기뻐 짜릿했다. 걱정으로 다소 축축한 기쁨이었다.

"마을이다." 스넙크래프트가 외쳤다. "어, 이제 이 빌어먹을 것을 얼굴에서 지우지. 아마 저기 전신국이 있을 거야."

"오, 미쳤어요!" 버거리가 항변했다. "이 검은 것을 지우면 우리는 끝장나는 거요. 지금쯤이면 우리에 관한 뉴스를 듣지 못한 사람은 어느 곳에도 없을 거요. 심지어는 미시시피 사람들도 알걸. 이대로 검둥이인 체하며 가 보죠. 우리는 괜찮은 대우를 받을 겁니다. 오래 있을 필요는 없어요. 우리 사진이 사방에 깔렸을 테니, 여기 편견과 무식의 온상에서 우리 모습을 드러내는 것은 자폭하는 짓이에요."

"음, 자네 말이 맞을 수도 있겠군." 스넙크래프트는 마지못해 인정했다. 그는 어서 빨리 피부에서 구두약을 지우고 싶었다. 두 사람 모두 길을 걸으며 땀을 뻘뻘 흘렸고, 땀이 검게 칠한 것과 섞이면서 더할 나위 없이 불편했다.

그들이 조그만 정착지를 향해 가는데, 왼편에서 고함과 노랫소리가 들렸다.

"저건 뭐지?" 버거리가 잘 들어 보려고 발걸음을 멈추며 물었다.

"캠핑하는 소리 같은데." 스넙크래프트가 대꾸했다. "그러면 좋겠네. 그 사람들이 우리에게 호의를 베풀 수도 있을 테니까. 분명한 것은, 여기 아래 사람들은 진짜, 신실한 그리스도인들이라는 거지."

"사람들이 모여 있는 곳에는 가지 않는 게 상책일 겁니다." 통계 전문가가 경계했다. "군중이 어떻게 행동할지 알 수 없으니까요."

"어, 입 닥치고 따라와!" 스넙크래프트가 소리를 질렀다. "당신 말은 충분히 들었어. 당신 땜에 우리가 이 고생을 하는 거잖아 통계! 허!"

그들은 노랫소리가 나는 곳을 향해 들판을 가로질러 갔다. 이윽고 협곡 가장자리에 이르렀고, 아래로 사람들이 모여 있는 것을 보았다. 거의 동시에 그 방향으로 얼굴을 들고 있던 몇몇이 그들을 보았고, 소리 지르기 시작했다. "징조다! 껌둥이들이다! 하나님을 찬양하라. 싸인이다! 저놈들을 잡아 죽여라!" 다른 사람들도 함께 부르짖었다. 맥풀 목사는 한 풍만한 자매를 놓아주고는, 눈을 휘둥그레 뜨고 뻣뻣이 서 있었다. 기도에 응답이 왔다! "저놈들을 잡아 죽여라!" 그가 포효했다.

"여기를 빠져나가는 게 좋겠어요." 버거리가 벌벌거리며 말했다.

"그래." 스넙크래프트가 찬성했다. 군중이 그들을 향해 움직이기 시작했다.

두 사람은 울타리를 넘고, 덤불 사이를 지나, 그리고 도랑을 가로질러 질주했다. 익숙지 않은 전력투구에 헐떡거리고 헉헉거렸다. 맥풀 목사는 그들을 맹추격했고, 그의 열성적인 양 떼가 뒤를 따랐다.

폭도들은 서서히 그 두 버지니아 귀족을 따라잡았다. 버거리 박사는 넘어지면서 바닥에 뻗어 버렸다. 십여 명의 남자와 여자는 그를 덮쳤고, 그는 전속으로 도망가는 스넙크래프트에게 도와 달라고 울부짖었다. 뼈가 앙상한 스넙크래프트는 계속 달렸으나, 맥풀 목사와 몇몇 사람이 그를 곧 따라잡았다.

두 남자는 거리로 끌려 나갔다. 그들은 해피 힐에 항의했다. 그들이 당당하게 행진하자, 열광한 마을 사람들은 그들을 꼬집고, 잡아당기고, 장난하듯 주먹질과 발길질을 했다. 아무도 그들의 호소에 주의를 기울이지 않았다. 해피 힐은 너무나 오랫동안 린치할 검둥이를 기다려 왔었다. 비로소 주님께서 기도에 응답을 주셨는데, 이 선한 사람들이 지금 망설여야 할까?

버거리는 흐느꼈고, 스넙크래프트는 자기들을 놓아주면 엄청난 돈을 주겠다고 제안했다. 돈은 빼앗기고 분배되었으나, 두 남자는 해방되지 못했다. 자기들은 검둥이가 아니라고 주장했지만, 고통스럽게 몽둥이질 당할 뿐이었다.

마침내 그 재밌는 행진은 해피 힐 잡화점과 우체국 앞의 오랫동안 사용하지 않았던 철제 기둥에 이르렀다. 스넙크래프트 씨는 기둥을 보자마자 그 의미를 짐작했다. 무엇이든 빨리 대책을 세워야만 했다.

“우리는 껌둥이가 아니오.” 그는 폭도들에게 소리쳤다. “우리 옷을 벗기고 보시오. 직접 봐요. 오, 하나님! 백인을 린치하지 마시오. 우리는 당신들처럼 하얗습니다.”

“맞습니다, 신사 여러분.” 버거리가 우는소리를 했다. “정말 백인이란 말입니다. 우리는 조금 전에 머리디언에서 열린 가장무도회에서 왔고, 우리 비행기가 부서졌어요. 우리한테 이러면 안 됩니다. 우리는 백인이에요. 정말입니다.”

군중은 정지했다. 심지어 맥풀 목사도 믿는 듯했다. 열성적인 손이 남자들의 옷을 찢었고, 속의 창백한 하얀 피부가 드러났다. 곧바로 증오의 자리에 사과가 들어왔다. 두 남자는 잡화점으로 인도되었고, 구두약을 씻어 낼 수 있게 되었다. 그사이 약간 실망한 군중은 어떻게 해야 할까 궁리하며 서 있었다. 그들은 속았다고 느꼈다. 그들의 재미가 사라진 것에 대해 누군가 비난받아야만 했다. 그들은 맥풀 목사에게 눈길을 주기 시작했다. 목사는 초조하게 주위를 두리번거렸다.

긴장이 고조되는 가운데 난데없이 낡은 포드 한 대가 군중의 끝자락으로 다가왔고, 젊은이가 신문을 흔들며 튀어나왔다.

"여기 보세요." 그가 소리쳤다. "빌어먹을 민주당 후보가 껌둥이라는 사실이 드러났대요. 여기 봐요. 기븐스하고 스넙크래프트. 그 사람들 사진이 여기 있어요. 그들은 어젯밤에 비행기를 타고 도주했거나, 아니면 폭도들에게 린치당했을 거라네요." 남자, 여자, 아이 할 것 없이 모두 새로 나타난 사람 주변으로 모여들었고, 민주당 당직자들이 도망간 것에 관한 기사를 읽었다. 그들은 당황한 표정으로 서로를 바라보며 사라진 후보들의 머리에 저주를 퍼부었다.

씻어 개운해진 아써 스넙크래프트 씨와 사무엘 버거리 박사는 (그 상점에서 가장 비싼) 5센트 시가를 빼끔거리며 잡화점 포치에 다시 모습을 드러냈다. 구사일생으로 살아난 후 그들은 심히 안도하고 있었다.

"우리가 누군지 모를 거라고 했잖아." 스넙크래프트는 경멸적이면서도 나직이 말했다.

"근데 당신들은 누구요?" 난데없이 그들 팔꿈치 뒤에서 나타난 맥풀 목사가 물었다. 그는 손에 신문을 들고 있었다. 사람들은 숨을 죽이고 지켜보고 있었다.

"어, 어, 그러니까, 나, 나는……." 스넙크래프트가 더듬거렸다.

"요 사진이 당신들 아니요?" 신문 1면에 비슷하게 생긴 것을 가리키며 목사가 우레같은 소리를 냈다.

"아, 아닙니다." 스넙크래프트가 거짓말했다. "그, 그래도 나처럼 생겼네요. 그렇죠?"

"그렇죠. 당신이 정확하군요!" 맥풀 목사 단호하게 말했다. "이게 바로 당신이니까!"

"아, 아, 아닙니다. 내가 아니에요." 앵글로·색슨 협회 회장이 울부짖었다.

"아니야. 맞아." 맥풀이 으르렁거렸다. 사람들은 이 불운한 두 남자를 에워싸고 좁혀 왔다. "이게 당신이고, 여기 신문에 의하면 당신은 껌둥이야. 신문은 거짓말을 하지 않거든." 목사는 신봉자들에게 돌아서서 명령했다. "잡아라. 내가 생각했던 것처럼 이놈들은 껌둥이다. 주님의 뜻이 이루어지이다. 껌둥이 주제에 민주당 표를 얻으려고 했다니!"

사람들이 점점 더 다가왔다. 버거리는 자신은 진짜 백인이라고 항변했으나, 소용없는 짓이었다. 군중은 그들이 처음 하려고 했던 일을 할 수 있는 충분한 이유가 생겼다. 참 신앙 그리스도 연인들은 두 남자의 얼굴에 주먹을 휘두르고, 발로 걷어차고, 정체를 알 수 없는 옷을 찢어 던지고, 지갑을 뒤지고, 그들의 신분을 증명하는 카드와 서류를 찾아냈다. 맥풀 목사의 존재감과 냉정함이 없었다면, 그들은 이 불행한 두 사람의 사지를 찢어 버렸을 것이다. 복음 전도자는 성급한 사람들을 제지하고, 전통적인 관례에 따라 의식을 진행해야 한다고 강조했다.

그리하여 충동적인 사람들은 더욱 현명한 조언에 따랐다. 시끄럽게 대항하는 두 남자는 거칠고 완강한 농부의 손에 짓눌린 채 발가벗겨졌고, 남자와 여자 들의 악랄한 외침 속에 귀와 성기가 잭나이프에 잘려 나갔다. 이 노골적인 수술이 끝나자, 어떤 이는 그 귀를 그들 등에 꿰매고 도망가라고 풀어 주었다. 두 남자는 고통스러웠지만, 필사적으로 이 기회를 잡으려고 애썼다. 무엇이든 이보다는 나았다. 피를 줄줄 흘리며, 군중 속에 뚫린 틈을 비집고 비틀비틀 나아가, 그 먼지 많은 길을 내달리려 했다. 그들이 몇 미터 채 가기도 전에 호전적인 전도자는 신호를 보냈고, 여섯 개의 총구가 불을 뿜었다. 신도들의 요란한 웃음소리 속에, 두 버지니아인은 먼지 속으로 꺼꾸러졌다.

예비 절차가 끝났다. 아직 생명이 붙어 있는 두 희생양은 들려져 그 말뚝까지 질질 끌려갔고, 거기에 등을 마주하고 앞뒤로 묶였다. 어린애들은 대팻밥이나 종이 부스러기, 나뭇가지, 잔가지 들을 즐겁게 모아 왔고, 그들의 당당한 부모는 통나무와 상자, 등유, 사이다 나무통의 장대 들을 집어 왔다. 신음하는 남자들의 주변으로는 장작이 쌓였고, 그들 머리만 간신히 보일 정도가 되었다.

준비가 완벽히 되자 사람들은 뒤로 물러났다. 맥풀 목사는 의식의 주관자로서 장작더미에 불을 붙였다. 불길이 높이 치솟자, 멍한 상태에 있던 두 남자는 그 불길에 정신을 차리고, 그들을 묶고 있는 쇠사슬을 당겨 보았으나, 소용없었다. 버거리는 불꽃이 그의 기름진 살을 핥자 목소리를 되찾아 도와 달라고 소리쳤다. 군중은 환호성을 내질렀고, 맥풀 목사는 흡족해하며 미소 지었다. 불길은 점점 높아졌고, 그 제물들을 시야에서 완전히 가려 버렸다. 불은 경쾌하게 탁탁 소리를 냈고, 강렬한 열기를 내며 구경꾼들을 뒤로 밀쳤다. 고기를 굽는 냄새가 맑은 시골 공기 속으로 스며들었다. 많은 콧구멍이 죄스럽게 넓어졌다. 불길이 잦아들면서 새까맣게 탄 두 덩어리를 지탱하는, 붉게 달궈진 말뚝이 모습을 드러냈다.

그 무리에는 백인이 된 흑인이 두어 명 있었다. 그들은 과거 그들 인종이 어떻게 고통받았는지를 기억하기에 기꺼이 그 두 사람을 도왔으면 좋았겠지만, 생명에 위협을 느껴 그렇게 하지 못했다. 그들은 다른 사람들처럼 전심으로 이 광경을 즐기는 듯 보이지 않았다. 그래서 그리스도 연인들로부터 더욱 따가운 시선을 받았다. 이런 미심쩍은 눈길을 알아채고 백인이 된 흑인들은 소리를 지르기 시작했다. 불타는 몸뚱이를 나무로 찌르고, 돌을 던졌다. 이렇게 과시하자, 사람들은 다시 그들에게 호의를 보였고, 어쩌면 그들이 100퍼센트 미국인이 아닐지도 모른다는 의심은 건혔다.

그 구이가 끝나고 불씨가 식자, 맥풀 목사의 무리 중에 한층 도전적인 사람들은 말뚝으로 달려가 집게손가락이나 발가락, 이빨과 같은 유골 기념품을 찾기 위해 두 몸뚱이를 뒤적거렸다. 목사는 자랑스럽게 지켜보았다. 이것은 일생 대망의 정점이었다. 내일이면 미국 내 모든 신문에 그의 이름이 실릴 것이다. 하나님은 진정 그의 기도에 응답하셨다. 호주머니에 손을 찔러 넣으며 그는 다시 감사의 큰 숨을 내쉬었다. 스넙크래프트의 지갑에서 빼낸 100달러 지폐가 살포시 느껴졌다. 그는 행복의 극치에 있었다.

덧붙이는 이야기

구씨 행정부 말기에, 미국 위생국장인 주니어스 크루크먼 박사는 진짜 백인과 블랙-노-모어 트리트먼트를 거쳐 백인이 된 사람의 피부 색소 차이에 관한 논문을 발표했다. 이 논문에 수많은 미국인은 경악했다. 박사는 실질적으로 모든 사례에서 새 코카시아인이 옛 코카시아인보다 두 단계에서 세 단계까지 피부색이 연한 것으로 나타났고, 인구의 약 6분의 1이 새 코카시아인에 속한다고 밝혔다. 옛 코카시아인의 피부는 실제 하얀 것이 아니고, 모래색과 붉은색에 가까운 밝은 핑크라고 했다. 사실 옛 코카시아인이 백반증에 걸렸을 때도 그 피부가 더 밝아졌었노라고 그는 꼬집었다.

300년 이상 백인성을 숭배하도록 가르쳐 온 사회에, 이 발표는 다소 충격적이었다. 흑인이 백인보다 하얗다면 이 세상은 어떻게 될 것인가? 상류층의 많은 사람이 매우 창백한 자기 피부를 흘긋거리기 시작했다. 만약 정말로 극단적인 백인성이 니그로 혈통을 가졌다는 증표라면, 그것이 한때 천민 계급에 속했었다는 증표라면, 분명 너무 하얀 것은 좋은 게 아니었다.

크루크먼 박사의 놀라운 책자는 나라 전체가 다시 피부색 색조를 검토하게 했다. 일요 매거진 부록에는 색소 형성에 관한 장문의 기사가 실렸는데, 그것은 그 소재에 대해 전연 모르는 삼류 작가가 쓴 것이었다. 눈이 푸른색이 아닌 창백한 사람들은 구설에 오르기 시작했다. 코믹 주간지에서는 사람 입술에 대한 의문을 독점적으로 다룬 특집호를 여러 번 발간했다. 재출마를 앞둔 보쉬 미시시피주 상원 의원은 연방 의회 의사록에서 이를 여러 차례 언급했는데, 그의 발언은 '박수갈채'를 받으며 퍼져나갔다. 전국 어디서나 인기곡 「하얀 것보다 더 하얀」을 불어 대는 휘파람 소리가 들렸다. 노동자들 사이에서는 다음 몇 달간 극도로 창백한 피부의 동료들을 모두 적대시하는 어떤 편견이 생겨났다.

새 코카시아인은 자의식이 강해지기 시작했고, 공공장소 어디서나 백합처럼 하얀 그들의 얼굴에 꽂히는 호기심 어린 시선에 분개했다. 그들은 자신들이 점차 자주 당하는 모욕과 차별에 대해 신문사에 분노의 편지를 썼다. 고용주가 임금을 적게 주려고 노력하는 것이나 공공 기관 경영진이 그들을 차별하려고 하는 시도에 격렬하게 항의했다. 구씨 대통령을 지지했던 대표단은 이런 시류를 단호하게 비난했고, 이에 대해 정부가 조처를 취하라고 촉구했다. 칼 본 비어디라는 사람은 백인-편견-저지-연맹을 창립했는데, 어떤 이는 그가 일찍이 흑인이었을 때 전국 사회 평등 연맹을 이끌었던 비어드 박사와 같은 인물이라고 고발했다. 연맹 사무실은 뉴욕시 타임스퀘어 지구에 자리 잡았고, 우편함은 극도로 창백한 피부를 가진 사람들은 그렇지 않은 사람과 별반 차이가 없으며, 따라서 그들을 억압해서는 안 된다는 것을 증명하려고 애쓰는 발행물로 가득 찼다. 커튼 프로드 박사라는 사람은 이집트와 크레타섬이 문명의 최고조에 이르렀을 때 노르웨이와 북유럽 민족들은 야만적인 상태였다고 지적하며, 사회에 영속적인 선물은 모두 피부색이 극도로 창백하지 않은 인종에서부터 왔다고 입증하는 책을 썼다. 저명한 인류학자인 (그의 인기 있는 저작물 『아이누인* 중 왼손잡이 저능인의 섹스 라이프』로 잘 알려진) 핸든 마우디 교수는 가장 창백한 시민들 사이에서 오랫동안 연구한 결과, 그들은 정신적으로 열등하며, 그들의 자식은 학교에서 다른 애들과 분리해야 한다는 확신을 얻었다고 공표했다. 마우디 교수의 연구 결과는 권위가 있는 것으로 여겨졌다. 그가 자료 수집을 위해 3주간을 꼼짝없이 고생했기 때문이

* 일본 홋카이도와 러시아 사할린 지역에 사는 한 종족

다. 네 개 주의회는 창백한 아이들에 대해 분리 학교를 요구하는 법안을 즉각 검토하기 시작했다.

상류층 사람들은 피부색을 어둡게 할 방법을 찾아 나섰다. 해변에서 온몸을 드러내고 몇 시간씩 햇볕을 쬐고, 진한 청동색이 된 채 집으로 달려가, 어둡게 탄 피부에 치장하고, 그들보다 더 창백하여 더 불운한 동료에게 그것을 뽐내는 것이 유행되었다. 뷰티 숍에서는 '파우드르 네그레', '파우드르 르 이집트엔', '라프리크'라는 이름의 얼굴 파우더를 팔기 시작했다.

브로드웨이 오토맷*의 스팀 테이블에서 일하던 블랜딘 부인(전 할렘의 시쎄리따 블랜디시 마담)은 기회를 포착하고, 피부 착색제를 연구하기 시작했다. 한 주 쉬면서 공립 도서관에서 그 소재에 관한 책을 읽고 직장에 돌아오니, 체코슬로바키아에서 최근에 들어온 사람이 그녀의 자리를 차지하고 있었다.

그러나 블랜딘 부인은 낙담하지 않았다. 그녀는 이제 그 지식이 있었고, 3, 4주 후에는 피부 착색제를 만들었다. 이 착색제는 피부 색소에 오래 지속되는 연한 갈색 색조를 주었다. 그녀는 젊은 딸에게 적용해 보았고, 분명 효과가 있었다. 너무 효과가 좋아 이 아가씨는 이것을 사용한 지 한 달이 채 되기도 전에 젊은

* 자동 판매식 식당

백만장자로부터 청혼을 받았다.

동네 모든 젊은 여성에게 무료로 사용하게 했다. 블랜딘 부인의 착색제는 큰 인기를 얻었고, 그녀는 그 지역에서 명성이 올라갔다. 그녀의 앞방에 가게를 열었고, 이내 그곳은 아침부터 저녁까지 북적거렸다. 그 조제약은 '블랜딘의 이집트엔 착색제'라는 이름으로 특허를 받았다.

혼빌 대통령 당선자가 취임했을 때는 이집트엔 착색제 전문점이 전국 곳곳에 문을 열었고, 블랜딘 부인은 특허권 침해와 연관된 3건의 소송에서 이겼다. 보통 사람이라면 누구라도 착색된 피부를 가졌다. 착색하지 않는 여자는 젊은 남자들이 피했다. 착색하지 않은 남자는 경제적으로나 사회적으로 결정적인 불이익을 당했다. 하얀 얼굴은 놀랄 정도로 드물게 보였다. 미국은 이제 확실히, 열성적으로 물라토 마인드였다.

블랜딘 부인의 발명품 모조품이 공동묘지의 잡초처럼 쑥 튀어 올랐다. 2년 동안 다른 유의 착색제와 인공 선탠제를 제조하는 회사가 열다섯 개나 생겼다. 마침내 줄루 탠마저도 유행의 첨단을 걷는 사람들 사이에 유행이 되었고, 귀여운 아가씨가 진열장 앞에 서서 얼굴에 목탄을 도닥거리는 모습은 흔히 볼 수 있는 광경이었다. 도전적인 플로리다와 캘리포니아 리조트 운영자들은 상류층 인사의 관심을 끌 요량으로 검게 태어난 아프리카 수영

소녀들을 고용했다. 그러나 백인 여자들이 가정생활에 위협이 된다며 이 영업 방식에 항의했고, 그래서 그만두었다.

어느 일요일 아침, 크루크먼 위생국장은 그가 좋아하는 신문의 포토 섹션을 훑어보다가, 칸의 모래사장에 간소화한 최신 수영복을 입고 모여서 찍은, 즐거워하는 미국인들의 사진을 보았다. 크루크먼은 그 무리에서 행크 존슨, 척 포스터, 버니 브라운과 그의 진짜 흑인 아내, 전 임페리얼 대마법사 기븐스와 그의 부인, 매튜와 헬런 피셔가 눈에 들어왔다. 그들은 모두 발 앞 모래터에서 놀고 있는 어린 매튜 크루크먼 피셔만큼이나 거무스름했다.

크루크먼 박사는 씁쓸히 미소 지으며 그 섹션을 아내에게 건넸다.

씁쓸하게 재밌는 소설『블랙 노 모어』

『블랙 노 모어』는 아프리카계 미국인 저널리스트이자 사회 평론가인 조지 S. 스카일러가 1931년에 출간한 풍자 소설이다. 이 작품은 20세기 초 미국의 인종, 정체성, 사회적 지위 문제를 파헤친 통렬한 소설로 주니어스 크루크먼 박사가 발견한 과학 및 기술 혁신을 중심으로 이야기가 전개된다. '블랙-노-모어'로 알려진 이 과학적 혁신은 흑인을 백인으로 바꿀 수 있는 의학적 시술이다. 이 시술이 저렴한 비용에 다수의 대중에게 제공되면서 수많은 흑인이 백인으로 변하게 된다. 이 소설은 흑인이 사라진 미국 사회가 겪게 되는 사회적 격변을 흥미롭게 묘사한다. 인종적 정체성과 사회 구조에 대한 이념을 풍자하며 미국 사회에 만연한 위선, 편견, 모순을 드러낸다.

스카일러는 유머와 재치, 풍자의 렌즈를 통해 인종 정체성의 복잡성과 도전, 사회적 출세 추구, 인종과 사회적 지위에 대한 미국 사회의 인식에 내재된 모순을 탐구한다. 『블랙 노 모어』는 인종, 정체성, 미국 문화의 복잡한 사회 구조에 대한 논의와 관련하여 여전히 독자의 사고를 자극하는 도전적인 작품이다. 미국 내 인종 문제의 복잡성에 대해 신랄하고 예리한 논평을 제공하는 아프리카계 미국인 문학의 중요한 작품이다.

이 소설은 1930년대 미국 뉴욕, 할렘을 배경으로 한다. 1930년대 뉴욕은 흑인들의 삶이 문화적 활기와 심각한 도전으로 점철된 복잡한 도시였다. 아프리카계 미국인들은 남부 주에 만연한 인종 분리와 차별을 피하고 더 나은 경제적 기회를 찾아 북부로 이주했고, 많은 수가 뉴욕에 정착했다. 하지만 그들은 쉽게 기회를 잡을 수 없었다. 고용과 직장 환경에서의 차별적 관행은 그들이 일자리를 잡는 데 장벽이 되었다. 그들은 제한된 취업 기회에 직면했고 가사 노동, 청소부, 육체노동과 같은 저임금 직종으로 밀려났다.

흑인 가정의 생활 여건은 매우 열악했다. 많은 가정이 할렘과 같은 지역의 연립주택과 아파트에 거주했는데, 이런 주택에는 수용 가능 인원보다 더 많은 수가 거주했고, 주거 환경은 표준 이하였습니다. 제한된 경제 활동과 체계적인 주거 분리 및 차별은 그들의 삶을 힘들게 만들었다. 인종 차별은 삶의 여러 측면에서 현실로 존재했다. 식당이나 극장, 기타 공공장소는 흑인의 출입을 분리하거나 노골적으로 거부했다. 학교는 분리되어 있었고, 흑인 아동은 백인 아동에 비해 저급한 교육을 받았다.

어려운 환경에도 불구하고 1930년대에는 흑인 문화와 예술이 꽃을 피웠다. 뉴욕 맨해튼 북부에 위치한 할렘은 아프리카계 미국인들에게 엄청난 문화적, 지적 성취를 안겨준 '할렘 르네상스'의 진원지가 되었다. 작가, 시인, 음악가, 예술가, 지식인들이 할렘에 모여 아프리카계 미국인의 경험을 표현하고 인종적 고정관념에 도전하는 작품을 창작했다. 랭스턴 휴즈, 조라 닐 허스턴, 클로드 맥케이, 진 투머와 같은 인물이 등장하여 아프리카계 미국인의 경험과 열망을 담아낸 영향력 있고 강력한 문학 작품을 만들어 냈다. 이들은 창의력과 표현력을 통해 아프리카계 미국인에 대한 인식을 바꾸고, 재능과 투쟁, 미국 사회를 위한 공헌을 강조했다.

미국 흑인 커뮤니티에서 시작된 재즈와 같은 음악 장르는 미국 고유의 값진 문화를 형성했다. 할렘의 재즈 클럽은 흑인 뮤지션들에게 플랫폼을 제공하여 듀크 엘링턴, 루이 암스트롱, 빌리 홀리데이와 같은 전설적인 뮤지션을 탄생시켰다. 할렘의 커뮤니티는 예술적 표현, 지적 교류, 문화적 자부심을 지지하는 환경을 만들었으며, 흑인 주민들 사이에는 강한 연대와 결속력이 형성되었다. 한마디로 1930년대는 뉴욕 흑인들에게 사회적, 경제적, 문화적 도전과 함께 미국 역사와 문화에 중요한 유산을 생성한 시기였습니다.

『블랙 노 모어』은 유머, 아이러니, 과장, 풍자가 강한 재밌는 소설이다. 소설에 등장하는 인물들은 끊임없이 농담하고 서로를 비웃고 조롱한다. 심지어 심각한 상황에서도 우스갯소리를 던진다. 피부색의 중요성은 터무니없이 과장되며, 피부색이 변한 사람들이 많아짐에 따라 일어나는 사회적 변화 또한 허풍스럽게 묘사된다. 흑인을 그렇게 무시하던 백인들이 흑인들이 사라진 사회가 제 기능을 못 하자 흑인들을 다시 그리워하게 되는 상황은 아이러니하다. 이런 문학적 창작을 통해 스카일러는 인종적 편견, 사회적 위계질서, 정치적, 경제적 이익을 위한 인종 착취를 풍자적으로 비판한다. 이 소설은 이 주제들을 과장하고 조롱함으로써 당시의 인종적, 사회적 풍경에 대해 날카롭게 날을 세운다.

아프리카계 미국인 문학에서 유머, 아이러니, 과장, 풍자는 여러 중요한 목적을 가지며 미국 흑인 공동체의 복잡한 경험과 도전, 회복력을 반영한다. 그것은 스토리텔링과 문화적 표현에서 다양한 역할을 수행한다. 미국 흑인 문학에서의 유머는 공동체의 문화유산과 구전 전통에 깊이 뿌리내리고 있는데, 고난과 소외를 견뎌온 문화의 회복 탄력성과 창의성을 증명한다. 유머는 변화하는 사회 안에서 동시에 진화하면서 문화적 정체성과 전통을 보존하는 수단의 역할을 해 왔기 때문이다. 유머나 아이러니는 또한 미국 흑인들이 인종 차별과 체제적 억압의 가혹한 현실에 대처할 수 있는 도구가 되어 왔다. 그것은 억압적인 상황 속에서 일어나는 삶의 부조리와 모순에서 눈을 돌리며 고통스러운 경험을 해결할 수 있는 수단을 제공했다. 이런 문학적 장치를 통해 작가들은 어려운 상황을 탐색하고 대처하며 고통을 회복력으로 변화시켰다.

유머는 종종 인종의 부당함과 고정관념에 대한 저항의 한 형태로 작용한다. 풍자, 재치, 아이러니를 사용함으로써 아프리카계 미국인 작가들은 고정관념에 도전하고 지배적인 서사를 전복한다. 이러한 전복적인 유머, 아이러니, 풍자는 사회 내부의 비합리성과 불의를 드러내며, 현상에 맞서고 도전하는 도구로 작용한다.

맥스 디셔와 버니 브라운의 대화에서 잘 나타나듯이, 유머는 종종 공동체 의식과 연대감을 키워 준다. 내러티브 내의 공유된 웃음과 유머는 비슷한 도전에 직면한 개인들 사이에 소속감과 공유된 경험을 만들어 낸다. 유머의 이러한 공동체적 측면은 공유된 문화적 정체성을 형성하면서 아프리카계 미국인 공동체 내의 연결을 강화한다. 본질적으로 아프리카계 미국인 문학에서 유머는 작가들이 역경 속에서 경험을 탐색하고 저항하며 재해석할 수 있게 해 주는 강력하고 다재다능한 도구이다. 회복력과 저항력, 문화적 표현의 한 형태로 작용하며 다양한 관점과 다면적인 스토리텔링으로 문학 지형을 풍부하게 한다.

조지 사무엘 스카일러(1895-1977)는 로드 아일랜드의 프로비던스에서 요리사 조지 프란시스 스카일러와 엘리자 제인 피셔 사이에서 태어났다. 어릴 때 아버지를 여의고, 어린 시절을 뉴욕 시러큐스에서 보냈다. 1912년, 그는 17세의 나이로 입대하여 흑인으로 구성된 제25보병대에서 복무했다. 중위 계급까지 올라갔으나, 장교라는 지위에도 불구하고 인종 차별을 겪었다. 그에 대한 항거로 그는 1918년에 탈영했다가 일리노이주 시카고에서 붙잡혔고 9개월 동안 투옥되었다.

석방된후, 스카일러는뉴욕에서잡다한일을하며미국사회당과 반 마커스 가비(Marcus Garvey) 단체인 '흑인 자유의 친구들'에 가입했다. 이 기간 그는 사회주의 성향의 잡지인 『메신저』에 기사와 사설을 실었다. 1924년에는 당시 미국에서 가장 큰 두 흑인 신문 중 하나였던 『피츠버그 쿠리어』에도 칼럼을 썼다. 1926년 『피츠버그 쿠리어』의 수석 논설위원으로 임명되었을 때 그는 사회 비평가로서의 명성이 높아졌다. 1920년대와 1930년대 초 내내 스카일러는 할렘 르네상스에 대해 보수적이고 비판적인 시각을 제공했다. 그럼에도 불구하고 그는 미국 흑인 지위 향상 협회(NAACP)를 포함한 저명한 시민 인권 단체들의 회원으로 남아 있었다. 1937년 그는 미국 흑인 지위 향상 협회의 사업 부장으로 임명되었고, 1944년까지 그 자리에 있었다. 이 사이 1931년에 『블랙 노 모어』가 출간되었다. 이 소설은 인기가 많아 두 번이나 재인쇄되었다. 『블랙 노 모어』에는 흑인 문화를 과장하고 비하하는 데 뿌리를 둔 컬러 라인 개념에 반대하는 그의 속뜻이 함유되었다.

스카일러는 나이가 들어갈수록 보수주의 색채가 강해졌다. 1950년대 초 그의 정치적 견해는 중도에서 극단적 보수주의로 바뀌었다. 1960년대까지 스카일러는 최대 보수주의자 존 버치 협회의 『아메리칸 오피니언』과 같은 저널을 통해 W. E. B. 듀보이스, 말콤 X, 그리고 심지어 마틴 루터 킹 주니어와 같은 사회 운동가들을 강하게 비판했다. 많은 독자가 그의 칼럼에 항의해 구독을 취소하겠다고 위협하면서 스카일러는 『피츠버그 쿠리어』를 떠나야만 했다. 1966년에 자서전 『흑인과 보수』를 출간했지만, 그는 1920년대나 1930년대의 인기를 회복하지 못했다. 조지 스카일러는 1977년 82세의 나이로 펜실베이니아주 피츠버그에서 생을 마감했다.

스카일러와 『블랙 노 모어』는 이 번역을 통해 처음으로 국내에 소개된다. 이 소설이 다루는 인종 문제와 풍자가 미국 내부 일로 국한되는 듯하지만, 실제로 그렇지 않다. 우리나라도 이제 더 이상 단일 민족 국가가 아니다. 끊임없이 해외에서 새로운 인구가 유입되고 있다. 토착 한국인들은 색안경을 끼고 그들을 보는 경우가 많다. 인종 차별 사건이 간간이 언론에 보도되고, 설령 공론화가 되지는 않더라도 실생활 속에 어두운 피부색이나 다른 외모를 가진 사람에게 불손한 말이나 부당한 대우를 하는 경우는 쉽게 목격할 수 있다. 따라서 인종과 사회적 지위에 관한 풍자적인 내용을 다루는 『블랙 노 모어』는 현대 한국 사회에 중요한 메시지를 전달하고 있다. 인종 문제와 사회적 편견에 대한 비판적 시각을 제시하며, 의미 있는 이야기를 통해 독자들에게 사회적 이슈에 대한 생각할 거리를 제공한다. 이 소설을 통해 국내 독자들이 인종 문제와 사회적 이슈에 대한 이해를 넓히고, 문학적으로도 풍부한 경험을 할 수 있길 기원한다.

2024년 1월

박재영

조지 S. 스카일러(1895–1977)
스카일러는 17세에 입대하여 흑인으로 구성된 제25보병대에서 복무했다. 중위 계급까지 올라갔으나, 장교라는 지위에도 불구하고 인종 차별을 겪었다. 그에 대한 항거로 그는 1918년에 탈영했다가 일리노이주 시카고에서 붙잡혔고 9개월 동안 투옥되었다. 석방된 후, 스카일러는 뉴욕에서 잡다한 일을 하며 사회주의 성향의 잡지인 『메신저』에 기사와 사설을 실었다. 1924년, 당시 미국에서 가장 큰 두 흑인 신문 중 하나였던 『피츠비그 쿠리어』에 칼럼을 쓰기 시작했고, 1926년에는 그 신문의 논설위원이 되었다. 1937년 그는 미국 흑인 지위 향상 협회(NAACP)의 사업 부장으로 임명되었으며 1944년까지 그 자리에 있었다. 이 사이 1931년에 『블랙 노 모어』가 출간되었다. 이 소설은 인기가 많아 두 번이나 재인쇄되었다. 스카일러는 나이가 들어갈수록 보수주의 색채가 강해졌다. 1966년에는 자서전 『흑인과 보수』를 출간했지만, 그는 1920년대나 1930년대의 인기를 회복하지 못했다.

옮긴이 **박재영**
박재영은 미국 애리조나주립대학교에서 학부와 석·박사 통합과정을 공부하고 영문학 박사 학위를 받았다. 문학과 영화에 관해 30여 편의 논문을 썼고, 초등 영어 교과서와 고등 영어 교과서 집필에 참여했으며, 마빈 피셔 도서상, 윌프레드 페렐 기금상, 전북대 평생지도교수상, 온라인 Best Teacher상을 수상했다. 옮긴 책으로는 샬럿 대커의 『조플로야』, 제시 포셋의 『플럼번』, 엘런 글래스고의 『끌림 1, 2』, 윌키 콜린스의 『이세벨의 딸』, 앤 피트리의 『116번가』, 앤 래드클리프의 『시칠리아 로맨스』, 폴린 합킨스의 『생의 나락에서 희망을 줍다』가 있다.

블랙 노 모어

지은이 조지 스카일러
옮긴이 박재영
펴낸이 양오봉
펴낸곳 소리내

초판 1쇄 인쇄 2024. 2. 15
초판 1쇄 발행 2024. 2. 20

전북대학교출판문화원 전라북도 전주시 완산구 어진길 32 (풍남동2가)
전화 (063) 219-5319~5322
FAX (063) 219-5323
출판등록 2012년 8월 20일 제465-2012-000021호

값 14,000원

ISBN 979-11-6372-221-2 03840

'소리내'는 전북대학교출판문화원의 임프린트입니다.